Janette Oke

Laura – Aufbruch in eine neue Welt

Janette Oke

LAURA

AUFBRUCH IN EINE NEUE WELT

Schulte & Gerth

Die amerikanische Originalausgabe erschien bei Bethany House Publishers, a division of Baker Book House, P.O.Box 6287, Grand Rapids, MI 49516-6287, USA,
unter dem Titel "A Bride for Donnigan"

Aus dem Amerikanischen übersetzt von Eva Weyandt

Best.-Nr. 815 948
ISBN 3-89437-948-0
1. Taschenbuchauflage 2004
Umschlaggestaltung: Bethany House / Immanuel Grapentin
Satz: Typostudio Rücker, Linden
Druck und Verarbeitung: Ebner & Spiegel, Ulm
Printed in Germany

Vorwort

Die „Classic"-Serie beschäftigt sich mit couragierten Frauen in ganz unterschiedlichen Lebenssituationen, in die sie das entbehrungsreiche Pionierleben zur Zeit der Besiedelung des „Wilden Westens" stellte. Ich fand es reizvoll, eine Geschichte über eine der Frauen zu schreiben, die auf gut Glück nach Amerika kamen, um einen Mann zu heiraten, den sie noch nie zuvor gesehen hatten – und der sie zuvor in Irland oder England „angefordert" hatte, ebenfalls ohne zu wissen, was ihn erwartete.

Aus verschiedenen Quellen weiß ich, daß so etwas aufgrund des akuten Frauenmangels im Westen tatsächlich vorgekommen ist. Aber was wissen wir wirklich über diese Frauen und Männer? Was bewegte einen Mann, sich eine ihm vollkommen unbekannte Frau als Lebenspartnerin zu „bestellen"? Was für eine Art von Frau reagierte auf ein solches Ansinnen? Was hat sie wohl empfunden, während sie über den Ozean und quer durch das ganze Land reiste, um zu einem ihr unbekannten Ziel zu gelangen? Konnte eine solche Ehe überhaupt funktionieren?

Ich möchte nicht behaupten, alle Antworten zu kennen – aber mit Hilfe einiger Nachforschungen und mit ein wenig Phantasie können wir ein solches Paar zu dem bedeutungsvollen ersten Kennenlernen begleiten und einige der Gefühle miterleben, die es vielleicht auf dem Weg zu diesem großen Augenblick – und später – durchlebt hat.

Janette Oke

Laura

Lange Zeit starrte sie durch den düsteren Morgennebel auf das Plakat. Ihre Lippen bewegten sich leicht, während sie die seltsamen Worte im flackernden Licht der Straßenlaterne noch einmal las. Um sicher zu sein, daß sie richtig verstanden hatte, las sie sie noch ein drittes Mal durch.

„Meine Damen!" Diese Worte sprangen ihr ins Auge. „Sie haben die Gelegenheit, ein neues Leben im amerikanischen Westen zu beginnen! Finanziell gut abgesicherte Rancher, Farmer und Geschäftsleute suchen Partnerinnen, mit denen sie ihr Leben und ihren Wohlstand teilen können. Fragen Sie im Laden nach!"

„Das bedeutet doch sicher nicht ..." Sie sprach den Satz nicht zu Ende. Ihr Blick hing an dem Zettel wie festgeklebt, und sie las ihn zum vierten Mal durch.

„Kann denn ein Mädchen – eine Frau wirklich in Betracht ziehen ...?" Laura konnte es nicht fassen. „Nein, sicher nicht. Ich könnte nicht einmal – nicht einmal an so etwas denken."

Doch einige Worte blieben bei ihr haften. „Finanziell gut abgesichert" – „Wohlstand" – „Partnerinnen". Bedeutete das wirklich, was sie vermutete? Sie konnte sich nur eine Erklärung vorstellen: Da suchten wirklich Männer, die irgendwo am Ende der Welt lebten, per Annonce eine Frau!

Sie zuckte leicht mit den Achseln. Der dünne Mantel, der selbst für ihre schmale Gestalt viel zu klein war, ließ ihr nur wenig Bewegungsfreiheit. Die kühle Morgenluft ließ sie zittern, obwohl sie entschlossen war, die Kälte zu ertragen.

„Vermutlich mache ich mich jetzt besser auf den Weg, sonst komme ich noch zu spät zur Arbeit", ermahnte sie sich und wollte sich gerade in Bewegung setzen, als zwei andere junge Frauen schnell und aufgeregt herankamen.

„Sieh nur – sieh es dir mit eigenen Augen an. Ich habe nicht gelogen. Schau, da ist es.“

Laura hatte keine Zeit mehr, von dem Aushang an der Mauer zurückzutreten. Die Mädchen schienen sie nicht zu bemerken, so sehr konzentrierten sie sich auf den Zettel. Sie schoben sich an ihr vorbei, und die größere der beiden las der anderen vor, was auf dem Plakat stand:

„Meine Damen! Sie haben die Gelegenheit, ein neues Leben im amerikanischen Westen zu beginnen! Finanziell gut abgesicherte Rancher, Farmer und Geschäftsleute suchen Partnerinnen, mit denen sie ihr Leben und ihren Wohlstand teilen können. Fragen Sie im Laden nach!“

Es konnte also kein Irrtum sein. Die ihr bereits bekannten Worte waren Laura von der anderen Frau bestätigt worden.

„Aber ich würde doch nie –!“ rief die kleinere der beiden Frauen. Sie redeten aufgeregt aufeinander ein. Laura errötete. Aus irgendeinem unerfindlichen Grund war sie verlegen.

„Und du denkst wirklich daran, das zu machen?“ fragte das kleinere Mädchen.

„Jawohl, Irma“, antwortete die andere mit breitem schottischem Akzent. „Ich habe es bereits getan.“

„Nein! Das kann doch nicht wahr sein!“

Die Große brach in Gelächter aus. „Und warum nicht? Hier gibt es doch keine Zukunft, nicht für jemanden wie mich.“

„Aber dein Zuhause verlassen –“

„Zuhause? Ich habe kaum ein anderes Zuhause als die Straße gehabt –“

Sie brach ab. Ihre Worte hingen bedeutungsvoll in der kalten Morgenluft. Beide Mädchen wurden ernst, und Laura erzitterte wieder in ihrem dünnen Mantel.

„Meinst du –? Ich meine, denkst du wirklich, daß jemand – nun, vielleicht ...“ Das Mädchen mit Namen Irma konnte den Satz nicht zu Ende sprechen.

„Was haben wir schon zu verlieren?“ fragte ihre Begleiterin achselzuckend. „Hier haben wir gar nichts.“

Irma nickte. „Und du hast bereits unterschrieben? Was mußtest du tun? Ich meine, brauchst du eine Mitgift? Mußtest du irgendwelche Zahlungen leisten?“

„Du brauchst nur deinen Namen anzugeben und zu versprechen, bei Auslaufen des Schiffes an Bord zu sein, das ist alles.“

„So leicht kann es doch nicht sein.“

„Aber so ist es, ich sag’ es dir. Sie haben bereits eine Passage auf meinen Namen gebucht. Ich hab’ es selbst gesehen.“

Laura rührte sich. Sie mußte zur Arbeit gehen. Wenn sie es nicht tat, würde sie ihren Job verlieren; und obwohl sie nicht viel damit verdiente, so brachte er ihr doch einige Pence pro Woche ein.

Die beiden Mädchen schienen sie erst jetzt zu bemerken. Ihre Köpfe fuhren herum, doch als sie das schmale Mädchen sahen, entspannten sie sich sichtlich.

„Du hast mich aber erschreckt, meine Liebe“, sagte das größere Mädchen.

„Das tut mir leid“, entschuldigte sich Laura. Sie fühlte sich unbehaglich, und ihr breiter irischer Akzent verstärkte sich noch.

„Keine Angst“, sagte die kleinere Irma. „Es ist ja nichts passiert.“ Ihre Stimme hatte einen warmen Klang, und Laura fühlte sich sofort zu ihr hingezogen. Sie wünschte – aber sofort riß sie sich zusammen und schüttelte sich, als wolle sie so einen unerreichbaren Traum abschütteln. Und doch wäre es so schön – so schön, eine wirkliche Freundin zu haben.

„Überlegst du auch, ob du unterschreiben sollst?“ fuhr Irma fort. Ihr Blick war immer noch auf Laura gerichtet.

Laura wollte gerade verneinen, als Irma bereits fortfuhr.

„Peggy hier hat bereits unterschrieben. Sie sagt, es wäre ganz einfach. Ich ...“ Das Mädchen zögerte, dann schob sie entschlossen das Kinn vor. „Ich denke auch darüber nach, mich zu melden.“

Das größere Mädchen, Peggy, jubelte los und umarmte ihre Freundin stürmisch.

„Ich muß zur Arbeit gehen“, murmelte Laura und machte Anstalten zu gehen. „Sonst verliere ich meinen Job.“

Peggy unterbrach sie schnell. „Wenn wir nach Amerika fahren, werden wir keine Lumpen mehr sammeln oder die Straßen fegen müssen.“ Sie brach ab und betrachtete eindringlich das schlanke Mädchen, das vor ihr stand. „Du bist hübsch“, bemerkte sie offen. „Sie würden dich bestimmt gern nehmen.“

Laura blieb stehen. Sie öffnete den Mund, brachte jedoch kein einziges Wort über die Lippen. Wieder errötete sie.

„Wenn du daran denkst zu unterschreiben“, fuhr das Mädchen namens Peggy vertraulich fort, „warte nicht zu lange. Sie haben nur noch etwa 20 Plätze frei, und die finden reißend Absatz.“

„Wo muß man denn unterschreiben?“ fragte Irma Peggy schnell.

„Gleich hier – du mußt durch diese Tür gehen. Ich begleite dich“, sagte Peggy aufgeregt. Die beiden Mädchen gingen auf die Tür zu, während Laura ihnen nachsah. Sie fühlte sich allein und verlassen.

„Falls du beschließen solltest, mit uns zu kommen, würden wir uns sehr freuen“, rief Irma ihr über die Schulter hinweg zu.

Sie war also doch nicht allein.

Laura setzte sich wieder in Bewegung. Sie mußte die verlorene Zeit aufholen. Wenn sie nur ... Sie schüttelte ihre Gedanken ab und kämpfte sich durch die beißende Morgenkälte.

*

Der Tag lief nicht besonders gut. Trotz ihrer Bemühungen kam Laura ein paar Minuten zu spät. Der alte Mann, der die Bäckerei leitete, war schrecklich böse geworden. Er schimpfte und fluchte und drohte, er würde ihren Lohn kürzen. Sie wußte genauso gut wie er, daß Laura dann großen Ärger mit Madame bekommen würde.

Madame! Laura haßte diese Bezeichnung, obwohl sie sich selbst nie gestattet hatte, die Person dahinter zu hassen. Sie war immerhin die einzige Mutter, die sie hatte; die Frau, die ihr Vater zwei Jahre nach dem Tod ihrer leiblichen Mutter geheiratet hatte. Laura war damals drei Jahre alt gewesen und hatte nur wenige wohlgehütete Erinnerungen an ihre eigene Mutter.

Madame bekam selbst noch eine Tochter und zwei Söhne, die alle drei sehr verwöhnt und ein wenig schwierig waren. Doch ungeachtet ihrer Fehler hatte Laura gelernt, sie zu lieben.

Das Leben war nicht freundlich zu Laura gewesen. Mit sieben Jahren hatte sie die Großmutter verloren, die immer versucht hatte, sie zu beschützen. Schon sehr jung hatte sie den größten Teil der Hausarbeit übernehmen müssen, trotz ihrer zierlichen Gestalt und der leichten Gehbehinderung, die sie von klein auf hatte.

„Sie muß lernen, einen Haushalt zu führen", verteidigte sich ihre Stiefmutter, die darauf bestand, daß Laura sie aufgrund ihrer französischen Herkunft mit „Madame" ansprach.

Lauras Vater hatte schweigend zugestimmt. Er mischte sich nicht in „Haushaltsangelegenheiten" ein, doch Laura meinte, daß sie häufig Besorgnis in seinen Augen gelesen hatte.

So hatte Laura mit zehn Jahren gelernt, den gesamten Haushalt zu führen. Sie war auch Kindermädchen für die kleineren Geschwister gewesen, wozu gehörte, daß sie in der Nacht aufstand, ihre Windeln wechselte und sie zum nächtlichen Füttern zu Madame brachte. Die Gehbehinderung, die zu Beginn nur sehr geringfügig gewesen war, wurde immer stärker, je häufiger sie schwere Babys und volle Wäschekörbe auf ihren schmalen Hüften trug.

„Sie wird niemals heiraten", beschwerte sich Madame Lauras Vater gegenüber.

„Unsinn." Laura war erstaunt, daß ihr Vater es wagte, seiner Gattin zu widersprechen. „Sieh dir nur ihr hübsches Gesicht an."

„Aber ein hübsches Gesicht allein reicht nicht aus. Vielleicht drehen sich die Männer nach ihr um – doch sie werden sich schnell wieder abwenden, wenn sie sie laufen sehen."

„Ich will solches Geschwätz nicht mehr hören", sagte ihr Vater bestimmt. Offensichtlich hatte er doch noch das Gefühl, Herr im eigenen Haus zu sein. „Laura ist intelligent und hübsch. Man wird nicht beiseite geschoben und mißachtet wegen ... wegen eines kleinen Fehlers. Das ist doch dummes Geschwätz – ich will davon nichts mehr hören."

So weit Laura wußte, sprach Madame mit ihrem Vater nie wieder über Lauras Gehbehinderung, mit ihr selbst dafür um so häufiger. Immer und immer wieder, wenn sie mit Laura allein war, klagte die Stiefmutter über den „unglücklichen Zustand" des Mädchens, während Laura im Haus herumeilte und die Böden schrubbte, die Wäsche wusch, das Abendessen vorbereitete oder auf die Kleinen aufpaßte. Laura fühlte sich gedemütigt und ungerecht behandelt.

Und dann kam das schlimmste Ereignis ihres jungen Lebens. Ihr Vater erkrankte und wurde innerhalb von nur zwei Monaten von ihnen genommen. Madame jammerte und klagte, denn in ihren Augen hatte ihr Mann sie einfach mit vier Mäulern allein gelassen, die zu füttern waren. Laura durfte nicht mehr länger „nur" den Haushalt führen – obwohl die meiste Hausarbeit trotzdem noch auf sie wartete, wenn sie abends müde von dem langen Tag auf den Straßen heimkehrte. Es war nicht leicht gewesen, diese Arbeit zu finden. Sie war dreizehn, sehr schmächtig, und außer Hausarbeit hatte sie nichts gelernt. Sie konnte allerdings lesen und rechnen – dafür hatte ihr Vater gesorgt.

Wie Madame vorausgesagt hatte, war es schwierig, aufgrund ihrer Gehbehinderung eine Beschäftigung für sie zu finden. Die meisten Ladenbesitzer wollten sie nicht haben. Sie fürchteten, die Kunden würden sich durch sie abschrecken lassen. Auch als Gouvernante wurde sie nicht angenommen. Nur der alte Mann in der Bäckerei sah ihre Gehbehinderung als einen möglichen Vorteil an. Die Menschen reagierten auf eine Behinderung häufig mitleidig. Mit ihrem kleinen, ausdrucksvollen und hübschen Gesicht und dem mitleiderregenden Hinken war sie gut geeignet, um seine Waren auf der Straße zu verkaufen.

Er behielt recht. Laura verkaufte mehr als alle seine anderen Straßenverkäufer – obwohl er ihr das nie gesagt hatte. Tag für Tag lebte er in der Furcht, Laura könnte eine andere Arbeit finden oder einen jungen Mann kennenlernen, der sie heiraten wollte.

Als sie an diesem Tag nun einige Minuten zu spät zur Arbeit kam, weil sie sich bei dem Aushang aufgehalten hatte, war der Mann außer sich vor Sorge. Wenn er sie nun verlor? Damit würde auch ein beträchtlicher Teil seiner täglichen Einkünfte verloren sein.

Als sie dann schließlich auftauchte, schimpfte und wütete er und häufte ihr mehr Waren als gewöhnlich in den Korb.

„Und mach dich sofort an die Arbeit“, befahl er. „Du hast bereits den größten Teil der Leute auf dem Weg zur Arbeit verpaßt.“

Laura taumelte unter dem Gewicht des Korbes, doch sie ging widerspruchslos hinaus in die Kälte, um die Brote und Kuchenstücke feilzubieten.

Während sie ihre Ware den Passanten anpries und die Pennies einsammelte, wanderten ihre Gedanken zurück zu den Worten auf dem Aushang. „Finanziell gut abgesichert. Wohlstand. Partnerinnen.“ Würde ein Mann im amerikanischen Westen bereit sein, eine Frau mit einer Behinderung zu nehmen? Nein, das war undenkbar. Aber die Worte ließen sie den ganzen Tag über nicht los. Sie wünschte beinahe, sie wäre jemand anderes. Wie zum Beispiel Peggy, die groß und gerade gewachsen war und einen starken Rücken hatte. Oder die kleine Irma. Sie hatte so freundliche Augen und eine so weiche Stimme. Das Mädchen war stabil und kräftig, nicht dürr und klein wie Laura. Sie würde keine Schwierigkeiten haben, einem Mann zu gefallen.

Dann kamen ihr Peggys Worte wieder in den Sinn. „Du bist hübsch. Sie würden dich bestimmt gern nehmen.“

Aber Peggy hatte ihre Behinderung nicht bemerkt.

Und wieder mußte sie an Madames Worte denken. „Aber

ein hübsches Gesicht allein reicht nicht aus. Sie werden sich von ihr abwenden, wenn sie sie laufen sehen."

Es stimmte, nicht einmal ein Mann im amerikanischen Westen würde so jemanden wie sie als „Lebenspartnerin" akzeptieren.

*

Am Ende des langen, anstrengenden Tages schleppte sich Laura durch die grauen Straßen, vorbei an den grauen Gebäuden, die nun von dichtem, grauem Nebel eingehüllt waren. Mit vor Müdigkeit herabhängenden Schultern kämpfte sie sich voran.

Zweifellos wartete die Wäsche noch auf sie, und das Abendessen war vorzubereiten. Sie hoffte, daß Bridget wenigstens Fleisch und Gemüse eingekauft hatte. Doch wenn es so feucht und kalt war, weigerte sich das jüngere Mädchen häufig einfach, vor die Tür zu gehen.

Trotz ihres Eigensinns liebte Laura Bridget. Sie konnte diese Liebe nicht unterdrücken, denn das Mädchen sah aus wie ihr Vater. Laura dagegen, so hatte er ihr bis zu seinem Tod immer und immer wieder gesagt, war das Ebenbild ihrer Mutter. Darum bemutterte Laura Bridget, obwohl auch Madame sie verwöhnte. Laura wollte, daß dieses Kind ihrem Vater Ehre machte. Darum ging sie besonders auf diese jüngere Halbschwester ein, lehrte sie Lesen und Schreiben und gute Manieren. Die beiden Mädchen kamen eigentlich recht gut miteinander aus – wenn Madame sich nicht einmischte und Laura ausschimpfte, weil sie zuviel von einem „so zarten und jungen" Geschöpf verlangte.

Laura stieß das schwere Eisentor mit ihren Schultern auf. Das Tor quietschte in seinen rostigen Angeln.

„Wenn Vater noch da wäre, würde er es ölen", murmelte Laura vor sich hin. „Es wird nicht mehr lange dauern, bis es sich gar nicht mehr bewegen läßt."

Ein tiefer Seufzer entrang sich ihr, während sie sich der ausgetretenen Treppe näherte. Sie fürchtete sich davor, das

Haus zu betreten und ihre wenigen Münzen auf den Küchentisch zu legen. Im Haus, das ihr seit dem Tod ihres Vaters immer düster erschien, wartete so viel Arbeit auf sie. Sie wünschte, sie könnte einfach – ja, was eigentlich? Sie wußte es nicht. Sie wußte nur, daß sie wünschte, sie bräuchte diese Tür nicht zu öffnen und über diese Schwelle in die feuchte, düstere Küche einzutreten. Doch leider gab es keinen Ausweg.

Sie legte ihre Hand auf den Türgriff und stieg die letzte Stufe hoch.

Vollkommen unerwartet wurde die Tür von innen aufgerissen. Da stand Bridget, mit wirrem Haar und geröteten Wangen. „Laura!“ rief sie aufgeregt. „Nie errätst du, was gerade passiert ist! Mama wird wieder heiraten!“

Donnigan

„Hoooh."

Der Mann zog leicht an den Zügeln, die er fest in seiner schwieligen Hand hielt. Das große schwarze Pferd, das er ritt, verlangsamte gehorsam sein Tempo, wenn es auch den Kopf hochwarf und ungeduldig mit den Hufen scharrte. Der Mann lächelte und streichelte ihm die vom Wind zerzauste Mähne. Der Hals des Pferdes war warm und feucht vom Schweiß. Beide hatten den Ritt genossen.

Er schwang sein rechtes Bein über den Rücken des Pferdes und stieg ab. Als er sich entfernte, folgte ihm das Tier, immer noch nervös seinen Kopf werfend.

„Sei doch nicht so ungeduldig", sagte der Mann, doch sein Tonfall war sanft, seine Stimme leise und tief.

Sein Blick schweifte über die Felder, die sich vor ihm ausbreiteten. Dies war seine erste Ernte – das Korn, das er gesät hatte, stand bereits hoch auf dicken Halmen. Er konnte das stolze Funkeln in seinen Augen nicht unterdrücken, doch das Pferd, das seine Nase ungeduldig am Ärmel seines Herrn rieb, schien das nicht zu bemerken.

„Sieh dir das nur an, Schwarzer", sagte er zu dem Pferd, denn er mußte mit jemandem sprechen. „Das beste Korn, das ich je gesehen habe."

Der Mann blieb noch einige Minuten dort stehen und betrachtete seine Felder, dann wendete er sich dem Pferd wieder zu. „Ich weiß gar nicht, warum du es immer so eilig hast", schimpfte er. „Wir haben doch den ganzen Tag Zeit."

Der Schwarze schnaubte und hob den Kopf. Als er spürte, daß die Zügel wieder aufgenommen wurden, tänzelte er, hocherfreut darüber, daß sie ihren Ritt fortsetzten.

Der Reiter war fast zwei Meter groß, mit breiten Schultern und muskulösen Armen. Dichtes blondes Haar und ein sympathisches Gesicht rundeten seine Erscheinung ab.

Er schwang sich leicht wieder in den Sattel und nahm die Zügel in die Hand. Der Schwarze drehte sich um und galoppierte sofort an, sobald er den leichten Schenkeldruck spürte.

Als sie die Weggabelung erreichten, wendete der Mann das Pferd nach Osten, und das Tier zögerte nicht einen Augenblick. Es kannte jeden Pfad der Farm beinahe genauso gut wie sein Herr, und dieser Weg führte sie zu den Weiden, wo das Vieh graste.

Sie mußten anhalten, um das Gatter zu öffnen. Das Pferd stampfte und schnaubte ungeduldig, doch der Mann handelte routiniert und gelassen. „Ruhig, Schwarzer, ruhig“, murmelte er leise, als das Tier sich schwer auf die Zügel legte. Er beugte sich vor, öffnete mit der linken Hand das Tor und trieb das Pferd behutsam hindurch. Dann wendete er das Tier und trieb es durch einen leichten Schenkeldruck seitlich wieder an das Tor heran, das er die ganze Zeit nicht losgelassen hatte. Er schloß das Gatter und sicherte den Pfosten mit einem Draht. Dann lobte er den Rappen und ritt weiter.

Mittlerweile glänzten die Flanken des Pferdes vor Schweiß, doch der Mann mußte es immer noch zurückhalten.

Sein nächster Nachbar, Wallis Tremont, hatte einmal bewundernd gesagt: „Ich glaube, dieser Hengst würde im Zweifelsfall rennen, bis er tot umfällt.“

Bei diesem Gedanken mußte Donnigan lächeln, und er mußte zugeben, daß Wallis vermutlich recht hatte. Der Schwarze liebte es zu laufen.

Pferd und Reiter überquerten nun einen kleinen Bach, ritten einen Berg hinauf und blickten vom Gipfel aus über das wogende Tal hinweg. Unter ihnen graste eine Herde von rund fünfzig Stück Vieh. Das Funkeln kehrte in Donnigans Augen zurück, und langsam machte sich ein Lächeln auf seinem Gesicht breit.

„Die Frühlingskälber sehen wirklich gut aus“, erzählte er dem Pferd.

Der Schwarze scharrte mit den Hufen.

„Ich weiß, ich weiß“, sagte Donnigan lächelnd. „Du willst deine Stuten besuchen.“

Doch er gab dem Pferd noch nicht das Signal weiterzugehen. Noch nicht. Er liebte den Anblick seiner Herde, die so friedlich im Tal graste. Wie lange hatte er davon geträumt. Seine Herde. Selbst jetzt noch konnte er kaum glauben, daß sein Traum tatsächlich in Erfüllung gegangen war.

Oh, er hatte noch nicht alles erreicht. Einiges lag noch vor ihm. Zäune mußten gezogen und Gebäude errichtet werden. Und dann waren natürlich auch noch die Zahlungen. Die Ernte mußte eingebracht werden, und seine Herde war noch nicht so groß, wie er es sich erhofft hatte. Aber das Korn sah gut aus, und die Rinder würden sich von selbst vermehren. Er hatte gutes Vieh, und das allein zählte. Und mit der Zeit würde er auch die jährlichen Zahlungen leisten können. Er fühlte sich gut. Gesegnet. Glücklich. Er war genau dort, wo er immer hatte sein wollen – und er war noch jung genug, um es zu genießen.

Das Pferd scharrte wieder mit den Hufen und schnaubte verärgert darüber, daß es so lange im Zaum gehalten wurde.

„Ist ja schon gut“, sagte Donnigan, zum ersten Mal mit einem Anflug von Verärgerung in der Stimme.

Er hob die Zügel und ließ das Pferd antraben. „Was meinst du, wo sie stecken?“

Der Schwarze wartete nicht auf eine zweite Einladung. Er warf seinen Kopf hoch und galoppierte nach Süden.

„Ruhig! Ruhig!“ ermahnte ihn Donnigan sanft, wobei er die Zügel etwas fester packte.

Sie erreichten die Anhöhe, und da waren sie – drei Wallache, sieben Stuten und sechs Fohlen. Beim Geräusch der herannahenden Hufe hoben alle die Köpfe. Aufgeregtes Wiehern hieß den Rappen willkommen. Eine Stute verließ die Herde und trabte mit hocherhobenem Kopf und aufgeblähten Nüstern auf sie zu. Die anderen Stuten schlossen sich ihr an, machten ein paar Schritte, blieben stehen, schnaubten und schlugen mit den Schweifen. Donnigans Rapphengst stieß ein lautes, trompetenartiges Begrüßungswiehern aus, und die Wallache wurden unruhig. Das Auftauchen des Hengstes schien ihnen nicht recht zu sein. Nur die Fohlen kümmerten sich nicht darum. Sie grasten, machten Luftsprünge oder jagten sich gegenseitig, so als wäre der Hengst gar nicht da.

Donnigan ritt neben die unruhig gewordene Herde, und der Hengst begrüßte seinen Harem mit blubberndem Gewieher und einem ausdrucksvollen Imponiertrab. Die Fohlen tobten übermütig und ziemlich respektlos um ihren Vater herum.

„Sieh dir nur dieses Fohlen an“, sagte er zu dem Schwarzen. „Du kannst stolz darauf sein. Es sieht genauso aus wie du.“

Das besagte Fohlen sah tatsächlich vielversprechend aus. Es hatte die kräftige Hinterhand, die breite Brust und die hohe Kopfhaltung seines Vaters geerbt und würde sicher ein gutes Pferd werden. Es biß spielerisch nach einem anderen Fohlen, tänzelte um es herum und trat im Spaß nach ihm.

Donnigan betrachtete eingehend jedes seiner Pferde. Er freute sich über das, was er sah, doch seine Augen verengten sich, als er bemerkte, daß Sergeant, eines seiner Arbeitspferde, leicht zu lahmen schien. Er schonte sein rechtes Vorderbein. Donnigan beobachtete das Pferd noch eine Weile, dann ritt er ein wenig näher heran. Er nahm sein Lasso vom Sattel.

Das Lasso wirbelte durch die Luft und landete um den Hals des erstaunten Pferdes. Er wehrte sich zwar nicht, hob aber den Kopf und schnaubte entrüstet.

Donnigan ritt zu dem Pferd hin und stieg ab.

„Ruhig, Junge, ruhig“, murmelte er beschwichtigend, während er sich dem Wallach näherte.

Sanft strich er ihm über die Nase, liebkoste seinen Hals und ließ seine Hand dann zum rechten Vorderbein hinuntergleiten. Das Pferd hob das Bein ein wenig an, und Donnigan griff nach dem Huf. Erleichtert stellte er fest, daß sich nur ein Stein zwischen der Hufsohle und dem weichen Hornstrahl eingeklemmt hatte.

Er griff in seine Hosentasche und holte sein Messer heraus.

Nachdem er die Klinge mit den Zähnen geöffnet hatte, begann er vorsichtig den Stein aus dem Huf herauszukratzen, während er gleichzeitig beruhigend auf das Pferd einsprach.

Als der Stein entfernt war, untersuchte Donnigan den Huf sehr genau auf Druckstellen oder Entzündungsherde, aber es war nichts zu entdecken.

Noch einmal tätschelte er den Wallach, dann setzte er sein Bein ab und nahm ihm das Lasso ab. Das Pferd trat nicht zurück, sondern rieb statt dessen seine Nase an der Schulter des Mannes.

„Nun lauf schon, los“, sagte Donnigan liebevoll und tätschelte noch einmal den Hals des Pferdes. „Du wirst erst wieder in ein paar Tagen beim Heumachen gebraucht.“

Das Pferd trottete langsam davon. Donnigan ging zu seinem Hengst zurück, der gehorsam gewartet hatte, und wickelte unterwegs sein Lasso zusammen.

Er hängte es am Sattelhorn auf und griff nach den Zügeln. Noch einmal ließ er seinen Blick über die Herde gleiten, die sich allmählich wieder beruhigt und zu grasen begonnen hatte.

„Sieh nur, Schwarzer. Sie ignorieren dich bereits“, lachte Donnigan und streichelte die Nase des Pferdes. Er blickte zum Himmel hoch. Es war ein klarer, sonniger Tag. Ein idealer Tag für – irgend etwas. Aber Donnigan wußte nicht so genau, was er damit anfangen sollte.

Es würde noch eine Woche dauern, bis das Heu soweit war. Das Korn wuchs gut, konnte jedoch noch lange nicht geerntet werden. Die Zäune waren repariert, der Stall ausgemistet und neu eingestreut. In den Sommermonaten brauchte das Vieh kaum Pflege, da es auf den Weiden genügend zu fressen fand. Die Pferde hatte er gerade überprüft.

„Ich schätze, wir werden hier nicht gebraucht“, sagte er zu dem Hengst. „Wir können genausogut nach Hause reiten.“

Er nahm die Zügel und saß auf. Der Schwarze scharrte mit den Hufen und schnaubte. Donnigan wußte, daß er lieber bei seiner Herde geblieben wäre. Aber das Haus war mindestens zwei Kilometer entfernt, und Donnigan hatte sich noch nie viel aus Spaziergängen gemacht. Und ganz bestimmt hatte er nicht die Absicht, an diesem Nachmittag mit dem schweren Westernsattel auf den Schultern nach Hause zu laufen.

„Komm schon", drängte er den Schwarzen, während er sein Gewicht nach rechts verlagerte, um ihn zum Umkehren zu bewegen. „Du wirst noch früh genug wieder bei deiner Familie sein."

Dann fügte er leise, wie zu sich selbst, hinzu: „Wenigstens hast du eine Familie, zu der du gehen kannst. Und ich? Ich muß mich damit zufrieden geben, den Grillen zuzuhören."

Und auf einmal schien die Freude verschwunden zu sein. Es war wundervoll, sich einen Traum erfüllt zu haben – doch was brachte das, wenn man die Freude darüber mit niemandem teilen konnte?

*

Als Donnigan zur Farm zurückkehrte, hatte ihn die Wolke der Unzufriedenheit vollständig eingehüllt. Da er sich dem finsteren Brüten nicht hingeben wollte, versuchte er, dieses Gefühl abzuschütteln. Sicherlich würde diese Stimmung verschwinden, wenn er nach Hause kam und sein hübsches Haus, die soliden Stallungen und die wie mit dem Lineal gezogenen Zäune betrachtete, die er in tagelanger Arbeit errichtet hatte.

Doch als er den Rappen vor der Einzäunung zum Stehen brachte und abstieg, hatte sich seine Laune immer noch nicht gebessert.

Er wollte sich schütteln, diese düsteren Gedanken abschütteln, sich selbst Vorwürfe machen, daß er sich so von ihnen herunterziehen ließ, wo er doch gerade so vieles gesehen hatte, das ihn aufbauen sollte.

„Was ist nur los?" fragte er laut. Er sprach nicht mit dem Schwarzen, sondern mit sich selbst.

Er hatte keine Antwort. Er fühlte sich einfach nur – ja, er fühlte sich einsam. Doch bestimmt hatte jeder Mann, der allein lebte, das Recht, sich ab und zu einsam zu fühlen. Es schien nur natürlich zu sein.

Doch während Donnigan den Hengst trockenrieb, ihn auf die Koppel brachte, seinen Trog mit klarem Brunnenwasser und seine Raufe mit duftendem Heu füllte, erkannte er, daß er sich gegen diese Gedanken nicht wehren konnte.

Seine Unruhe stieg noch, als er sah, daß der Schwarze das Wasser und das Heu nicht anrührte, sondern zum äußersten Ende der Koppel galoppierte, wo er der Herde näher war. Er warf sich gegen den Zaun und stieß ein lautes, klagendes Wiehern aus.

Der einsame Ruf des Hengstes erschütterte Donnigan bis in die tiefste Seele. Einen Augenblick lang bedauerte er, daß er das Pferd nicht bei der Herde auf der Weide gelassen und den Weg durch die Hitze auf sich genommen hatte. Es schien ihm grausam zu sein, den Hengst von seinen Artgenossen zu trennen.

Im nächsten Augenblick nahm Donnigan den Sattel vom Zaun und pfiff dem Pferd. Der Schwarze fuhr herum, warf seinen Kopf hoch und trottete eifrig auf ihn zu.

„Freu dich nicht zu früh", warnte Donnigan ihn leise. „Wir reiten nicht zur Herde zurück. Aber ich muß mit jemandem reden, bevor ich noch ganz verrückt werde. Wir werden Wallis besuchen."

*

Wie erwartet hatte der Hengst den Weg zurück zur Weide nehmen wollen, doch Donnigan lenkte ihn auf die Landstraße. Der Schwarze wehrte sich nicht, da er zu gut erzogen war, um sich einem Befehl zu widersetzen. Schon bald trabten sie auf die Farm des Nachbarn zu, der ebenfalls Junggeselle war.

Donnigan fragte sich, ob sie Wallis wohl zu Hause antreffen würden, doch als sie näherkamen, sah Donnigan, wie der Mann aus seiner Tür heraustrat und in den hellen Sonnenschein blickte.

„Bind dein Pferd an und komm rein", forderte er ihn auf. „Ich wollte mir gerade etwas zu essen machen."

Nach Donnigans Meinung war es für das Mittagessen zu

spät und für das Abendessen zu früh, doch er lächelte nur. Wallis hatte seine eigene Zeiteinteilung.

Er band den Hengst an einen Pfosten und folgte dem Mann in sein Häuschen. Bevor er eintrat, klopfte er sich den Straßenstaub von den Kleidern.

In dem einzigen Raum des kleinen Häuschens herrschte die übliche Unordnung.

„Nimm dir 'nen Stuhl", forderte Wallis ihn auf.

Donnigan hob ein zerrissenes Zaumzeug von dem Stuhl, auf den Wallis gedeutet hatte, und warf es in die Ecke.

„Ich habe schon zu Mittag gegessen", meinte Donnigan. „Für mich nur eine Tasse Kaffee."

Wallis holte eine Kaffeetasse von dem Bord und wischte sie mit einem schmutzigen Geschirrtuch aus. Dann griff er nach dem schweren Emailletopf und goß die schwarze, dampfende Flüssigkeit hinein. Kommentarlos nahm Donnigan die Tasse entgegen und setzte sie an die Lippen. Der Kaffee war schwarz wie Teer und sehr heiß. Er stellte die Tasse auf den Tisch und leckte sich die Lippen, um sie zu kühlen.

„Und, was führt dich her?" fragte Wallis, zwischen zwei Bissen in sein mit Braten belegtes Brot. „Du bist doch gewöhnlich zu beschäftigt, um am hellichten Tag mit deinem Nachbarn zu plaudern."

Donnigan lächelte. „Tja, ich habe momentan eine Art Leerlauf", erklärte er. „Das Heu ist noch nicht soweit. Dachte, ich könnte ein wenig mit dir quatschen."

Donnigan nahm vorsichtig einen zweiten Schluck Kaffee und betrachtete Wallis über den Tassenrand. In seinen Augen lag ein wissender Blick.

„Bin neulich in der Stadt gewesen", erzählte Wallis langsam, als wollte er seine Zunge im Zaum halten, könnte andererseits die Neuigkeiten aber nicht für sich behalten. „Hab' mir eine Zeitung geholt."

Donnigan sah nichts Besonderes darin.

„Hatte auch eine Unterhaltung mit Lucas."

Donnigan kannte Lucas sehr gut. Er führte einen Mietstall und das Hotel. Wie die Leute sagten, hatte er es „geschafft", er war zu dem Wohlstand gekommen, den sich alle im Westen erhofften.

Donnigan schlürfte seinen Kaffee und nickte. Er wartete darauf, daß Wallis mit seiner Geschichte über Lucas – oder die Zeitung, oder was immer es war, das seine Augen zum Funkeln brachte – fortfuhr.

Wallis kam direkt zur Sache.

„Wußtest du, daß man sich eine Frau drüben in England bestellen kann?“ fragte Wallis.

Donnigan verschluckte sich an seinem brühheißen Kaffee. Er spuckte den Schluck aus und holte tief Luft, um seine verbrannte Kehle zu kühlen.

„Was kann man?“ fragte er ungläubig.

„Du kannst dir eine Braut bestellen“, erklärte Wallis.

Langsam stellte Donnigan seine Tasse auf den Tisch und runzelte die Stirn. Er konnte nicht fassen, was er hörte. „Erzähl mir doch nichts!“ sagte er schließlich. „Du machst Witze.“

„Absolut nicht“, entgegnete Wallis ein wenig beleidigt. „Hab's mit eigenen Augen gesehen. Schwarz auf weiß.“

Donnigan wußte, daß Wallis kaum mehr als seinen Namen lesen konnte. Langsam machte sich ein Lächeln auf seinem Gesicht breit. Wenn Wallis keinen Scherz machte, dann amüsierte sich da wohl jemand anderes auf seine Kosten.

„Wer hat dir das erzählt?“ fragte er vorsichtig. Er wollte Wallis nicht beleidigen, doch er war sicher, daß ihn jemand hereingelegt hatte.

„Lucas höchstpersönlich. Er hat sich selbst schon eine bestellt. Hat auch schon alles unterschrieben. Es kommt eine ganze Schiffsladung voll. Werden im Herbst hier sein.“

Donnigan wollte seinen Ohren nicht trauen. Die ganze Idee war absurd. Nein, schlimmer noch. Es war degradierend, unmenschlich. Welcher Mann würde sich eine Frau bestellen wie einen Kessel für seine Küche? Es war vollkommen verrückt. Undenkbar. Unmöglich.

„Ich versuch' grade, das Geld zusammenzukratzen. Hab' fast alles für die Überfahrt zusammen. Du hast doch gesagt, du würdest gern 'n paar Schweine haben – ich will welche verkaufen. Zwei Säue, die bereits trächtig sind."

Er holte tief Luft, und Donnigan starrte ihn immer noch ungläubig an.

„Na? Bist du interessiert oder nicht? Wenn nicht, dann lad' ich sie auf meinen Wagen und fahr' sie in die Stadt. Irgend jemand wird sie schon wollen. Die Frauen werden im Herbst hier sein."

Dieser Scherz geht nun wirklich zu weit, dachte Donnigan. *Der Mann meint es ernst, und –*

„Na?" drängte Wallis wieder, und Donnigan riß sich zusammen.

„Sicher. Sicher", erwiderte er langsam. „Ich bin interessiert. Ich nehme sie – die Schweine, meine ich."

„Gut", erwiderte Wallis, und Donnigan sah wieder das Funkeln in den Augen des Mannes. Wallis rieb sich die Handflächen, als könne er es kaum erwarten.

Donnigan fühlte sich elend. Was konnte er sagen? Er mußte zuerst mit Lucas sprechen. Aber selbst der Gedanke an Lucas bereitete ihm Unbehagen. Lucas war eigentlich kein Mann, der sich solche Scherze erlaubte. Wenn es Sam Cook oder Pete Rawlings gewesen wären, die Wallis diese seltsame Geschichte erzählt hätten, dann wäre Donnigan nicht erstaunt gewesen. Aber Lucas!

Auf einmal war Donnigan klar, daß er der Sache auf den Grund gehen mußte. Er mußte Wallis vor einer herben Enttäuschung bewahren. Er erhob sich.

„Ich muß wieder los", sagte er.

Wallis blickte auf. „Warum die Eile? Du bist doch grade erst gekommen."

„Ich – ich muß noch mal in die Stadt", erklärte Donnigan lahm. Dann fügte er schnell hinzu: „Wann brauchst du das Geld?"

„Bis Freitag", erwiderte Wallis. „Ich will eine Frau von dem nächsten Schiff. Sonst muß ich bis zum Frühling warten, und ich möchte nicht noch so 'n langen Winter erleben, in dem ich niemanden habe, mit dem ich reden kann."

Die Einsamkeit des Mannes traf Donnigan bis ins Innerste. Er wußte, was es bedeutete, Selbstgespräche zu führen. Ihm war gar nicht klar gewesen, daß Wallis genauso empfand wie er.

„Bis Freitag also“, wiederholte er. Sein Mund war plötzlich wie ausgetrocknet. „Ich werde das Geld dann bereit haben.“

Er wandte sich zum Gehen. Seine Kaffeetasse war noch nicht geleert. Würde Wallis beleidigt sein? Donnigan nahm die Tasse und leerte sie mit einem großen Schluck. Der Kaffee war zwar nicht mehr so heiß, doch noch genauso bitter. Er nickte Wallis zu und griff nach seinem Hut.

Er wollte das Haus gerade verlassen, als Wallis ihn aufhielt. „Willst du nicht auch eine Frau haben?“ fragte er aufgeregt.

Donnigan antwortete nicht einmal auf die Frage. Ihm war schwindelig.

Das Wagnis

Laura hätte nicht schockierter sein können. Ihr war klar gewesen, daß Madame ein gesellschaftliches Leben außerhalb des Hauses führte. Madame verkehrte mit einer gewissen Mrs. Mercer, die sie ihren Freundinnen und vermutlich auch einigen Männern vorgestellt hatte, doch nie hatte Laura die Möglichkeit in Betracht gezogen, daß Madame noch einmal heiraten könnte. Mit offenem Mund blieb sie in der Tür stehen.

„Steh nicht so herum! Du läßt die kalte Luft herein“, schimpfte Madame, als sie den kleinen Raum vom Wohnzimmer aus betrat.

Laura schloß die Tür hinter sich. Aufmerksam betrachtete sie das Gesicht ihrer Stiefmutter, und sie bemerkte ihre geröteten Wangen. Zu gern hätte sie gefragt, ob Bridget ihr die Wahrheit erzählt hätte, doch sie brachte kein Wort heraus.

„Warum stehst du so dumm herum, wo es so viel zu tun gibt? Das Abendessen ist nicht einmal –“

„Ich habe ihr gerade von deiner bevorstehenden Heirat erzählt“, unterbrach Bridget.

Madame blieb stehen und errötete noch mehr. Ihre Augen begannen im Licht der Petroleumlampe zu leuchten. Nervös strich sie eine Haarsträhne zurück, die sich unter ihrer Tageshaube gelöst hatte. Doch sie gab keine Antwort.

„Ich – ich –“ Laura wußte nicht, was sie sagen sollte. Was wurde von ihr erwartet? „Ich hatte ja keine Ahnung“, brachte sie schließlich lahm heraus.

„Du bist ja auch nie da, so daß du darüber informiert sein könntest“, gab ihre Stiefmutter schnippisch zurück. „Mr. Withers macht mir seine Aufwartungen tagsüber, wenn du fort bist.“

Laura wußte sehr wohl, wie sie ihre Tage verbrachte.

„Er ist ein netter alter Knabe“, mischte sich jetzt Edmund ein, Lauras achtjähriger Halbbruder. Er hielt eine Zuckerstange in der Hand, die der Mann ihm offensichtlich mitgebracht hatte.

„Halte deine Zunge im Zaum, Edmund“, ermahnte ihn Madame. „Du wirst mehr Respekt ihm gegenüber zeigen.“

Schnell wich der Junge der Hand seiner Mutter aus, die ihn am Ohr ziehen wollte. Seine Augen funkelten fröhlich, und er lachte über den halbherzigen Versuch seiner Mutter, ihn zurechtzuweisen. An seiner Zuckerstange leckend, verließ er den Raum.

„Er ist wirklich nett“, versicherte Bridget ihrer älteren Halbschwester. „Er hat sogar versprochen, mich auf eine Schule zu schicken.“

Der Gedanke, Bridget könnte das Haus verlassen, durchzuckte Laura wie ein bohrender Schmerz.

„Auch Charles wird zur Schule gehen“, fuhr Bridget fort.

„Ach du meine Güte!“ rief Laura. Es hatte den Anschein, als hätte es in den wenigen vergangenen Stunden eine Menge Veränderungen in ihrem Leben gegeben.

„Und wir werden umziehen“, mischte sich nun Charles ein, der gerade ins Zimmer gekommen war. „Aufs Land. Ich kann es kaum erwarten. Ich hoffe, daß ich dann ein eigenes Pony bekomme.“

„Umziehen?“ Laura warf ihrer Stiefmutter einen schnellen Blick zu.

Die Frau nickte nur, während sie begann, den Kragen von Charles’ Jacke geradezuziehen. Immer fummelte sie an Charles herum. Laura hatte bereits herausgefunden, daß er ihr Liebling war.

„Wohin?“ wagte Laura zu fragen.

„Darüber brauchst du dir deinen Kopf nicht zu zerbrechen“, erwiderte die Frau, als ob all die Veränderungen Laura nicht im mindesten betreffen würden. „Im Augenblick warten wir auf unser Abendessen. Wir werden noch ausreichend Zeit haben, um über die Zukunft zu sprechen, wenn wir gegessen haben. Setz das Essen auf, und während es kocht, kannst du mit der Wäsche beginnen. Ich brauche morgen mein blaues Kleid. Aber paß auf, daß die Farbe nicht in den weißen Kragen hineinläuft."

Mit diesen Worten wandte sie sich ab und verließ mit ihren Kindern den Raum.

Bridget blickte über die Schulter zurück. „Ich habe das Fleisch in den hinteren Schrank gelegt", rief sie. Laura war erleichtert, daß wenigstens die Zutaten zum Abendessen da waren.

Gleichzeitig spürte sie heiße Wut in sich hochsteigen. Warum wurde sie immer behandelt wie ein – wie ein gewöhnliches Dienstmädchen? Schnell verdrängte Laura diese Gedanken. Sie sollte dankbar sein, daß sie eine Familie und ein Heim hatte – genau wie Madame ihr immer wieder sagte. Täglich sah sie Mädchen ihres Alters, die auf der Straße lebten, und deren Schicksal war noch weit schlimmer als ihres.

Auf einmal schien ihr dünner Mantel ihr schwer auf den Schultern zu liegen. Sie zog ihn aus und hängte ihn auf den Haken neben der Tür. Eine neue Ehe! Eine solche Möglichkeit hatte sie nie in Betracht gezogen, obwohl sie nicht sagen konnte, warum nicht. Madame war immer noch keine alte Frau. Und sie war auch anziehend – auf ihre Weise. Laura hätte nicht überrascht sein sollen zu hören, daß ein Mann ihrer Stiefmutter einen Heiratsantrag gemacht hatte.

Müde und vollkommen durchgefroren ging sie zum Schrank und bereitete das Fleisch und das Gemüse zu. Sie wünschte, sie müßte nicht auch noch die Wäsche machen. Es war ein so langer und schwerer Tag gewesen.

Ein anderer Gedanke hob ihre Stimmung ein wenig. Durch die Eheschließung und den Umzug aufs Land würde sie nicht mehr jeden Tag durch die düsteren Straßen Londons laufen und ihre Waren anpreisen müssen. Dafür konnte sie dankbar sein.

Sie legte noch etwas Kohle nach. Die Wärme des Feuers tat ihr gut. Es würde nicht lange dauern, bis sie nicht mehr frieren würde. Beinahe freute sie sich darauf, die Hände in das warme Wasser stecken zu können. Sie beeilte sich, das Fleisch aufzusetzen.

*

„Ich habe gehört, daß Mama sagte, du würdest Mr. Withers nicht kennen, weil du nie zu Hause bist, wenn er sie besucht“, sagte Bridget, nachdem sie sich zu Bett gelegt hatten.

Laura nickte schweigend.

„Aber weißt du, was ich glaube?“ fuhr das jüngere Mädchen fort. „Ich glaube, Mama will nicht, daß du ihn kennenlernst.“

Laura bewegte sich unruhig.

„Oder – Mama will nicht, daß er dich kennenlernt – ich weiß nicht so genau“, fuhr das Mädchen offen fort.

„Was meinst du damit?“ fragte Laura.

„Nun, entweder hat Mama Angst, er könnte dich für hübsch halten, oder –“

Laura konnte nicht glauben, was das Mädchen sagte, doch Bridget fuhr schnell fort. „Mama ist immer eifersüchtig auf dich gewesen, weißt du. Papa hat oft gesagt, du würdest genauso aussehen wie – wie deine Mama, und – nun, das gefiel meiner Mama überhaupt nicht. Sie hatte Angst, er würde dich vorziehen –“

„Das ist doch lächerlich!“ unterbrach Laura sie schnell.

„Das sagst du vielleicht – aber es stimmt“, beharrte Bridget. Und dann fügte sie hinzu, ohne sich bewußt zu sein, wie sehr ihre Worte ihre Schwester verletzten: „Aber natürlich schämt sie sich auch wegen deiner Behinderung. Sie hat immer Angst, jemand könnte dich für ihr Kind halten, und sie will keinen ... keinen Krüppel. Sie scheint zu befürchten, die Männer könnten denken, mit ihr stimme etwas nicht. Daß sie – daß sie vielleicht einem anderen Kind das Leben schenken könnte, das in – in noch schlimmerem Zustand ist. Ich denke, das ist der wirkliche Grund, warum sie es immer so eingerichtet hat, daß Mr. Withers nie die Gelegenheit hatte, dich kennenzulernen. Ich habe selbst gehört, wie sie gesagt hat: ‚Wir sind zu viert. Ich habe drei Kinder.‘ Und sie stellt uns vor, als wären wir die einzigen, die in diesem Haus leben.“

Stille.

„Laura? Bist du eingeschlafen, während ich geredet habe?“ fragte Bridget in die Dunkelheit hinein.

„Nein“, kam die leise Antwort.

„Warum antwortest du nicht?“ hakte Bridget nach.

„Was soll ich sagen?“ erwiderte Laura. Es sah tatsächlich so aus, als seien alle Zukunftspläne geschmiedet worden, ohne sie zu berücksichtigen.

„Wenn wir umziehen –“, begann Bridget, doch Laura unterbrach sie.

„Ja, wenn ihr umzieht“, stieß sie hervor. „Verstehst du denn nicht, Bridget? Es ist nicht geplant, daß ich mitkomme.“

Bridget richtete sich neben ihr in der Dunkelheit auf. Laura hörte, wie sie scharf die Luft einzog, und war sicher, daß das jüngere Mädchen die Situation vorher nicht richtig eingeschätzt hatte.

„Ohne dich werde ich nicht gehen“, erklärte Bridget und legte ihre Hand auf den Arm ihrer Halbschwester. „Ich tue es nicht.“ Sie wurde immer lauter, und Laura befürchtete, ihre Stiefmutter, die unmittelbar hinter der dünnen Mauer schlief, könnte sie hören.

„Schsch“, warnte sie.

„Nein, ich gehe nicht mit.“

„Schsch“, wiederholte Laura und legte ihrer jüngeren Schwester die Hand auf die Schulter.

„Was wirst du tun?“ fragte Bridget schließlich schluchzend.

„Ich habe doch meine Arbeit“, versicherte Laura mit weit mehr Zuversicht, als sie empfand.

„Aber wo wirst du wohnen?“

Das war eine Frage, die Laura nicht beantworten konnte, doch sie versuchte, ihre Stimme unter Kontrolle zu halten, als sie scheinbar unbesorgt antwortete: „Das wird sich zeigen. Es gibt genug Möglichkeiten.“ Doch noch während sie es aussprach, wußte sie, daß sie sich von ihrem lächerlichen Verdienst kein Zimmer würde leisten können.

„Wann ist denn die Hochzeit?" fragte sie.

„Mamas? Ende des Monats. Wir werden bis dahin hier wohnen bleiben. Ich hörte, wie Mr. Withers und Mama über alles gesprochen haben. Am Tag der Hochzeit wird er eine Kutsche schicken, die unsere Sachen abholt –"

Aber Laura wollte nichts mehr davon hören.

„Wir müssen jetzt schlafen", sagte sie dem jüngeren Mädchen. „Ich bin heute morgen zu spät zur Arbeit gekommen, und ich möchte morgen nicht wieder zu spät sein. Ich muß zeitig aufstehen, um das Frühstück zu machen."

Bridget antwortete nicht. Laura tätschelte ihr den Arm, um ihr zu zeigen, daß sie nicht böse auf sie war, dann rollte sie sich auf ihrer Seite zusammen und versuchte, den so dringend benötigten Schlaf zu bekommen.

Die Minuten verstrichen.

Bridget bewegte sich in der Dunkelheit.

„Laura", flüsterte sie schließlich. „Ich habe es ernst gemeint. Ich will nicht ohne dich gehen."

„Du wirst keine Wahl haben", erwiderte Laura, ohne sich umzudrehen. „Madame gibt die Befehle."

*

Bridgets gleichmäßiges Atmen sagte Laura, daß das jüngere Mädchen eingeschlafen war. Doch das war Laura nicht vergönnt. Ihre Gedanken ließen sie nicht zur Ruhe kommen. „Was soll ich tun? Was soll ich tun?" fragte sie sich immer wieder. Auf einmal erinnerte sie sich wieder an den Aushang, den sie am Morgen gesehen hatte.

„Wenn ich zwei gesunde Beine hätte, würde ich nicht eine Minute mehr zögern", wagte sie zu denken. „Sicherlich kann es mir in Amerika nicht schlechter ergehen als hier."

Doch noch während sie diese Gedanken hegte, war sie nicht sicher, ob das stimmte. Vielleicht war es dort ja doch noch schlimmer. Wenigstens hatte sie hier Bridget, Charles und den verwöhnten Edmund. Wenigstens hatte sie ein Dach über dem Kopf und ein warmes Bett in der Nacht.

Trotz ihrer quälenden Gedanken wurde sie schließlich vom Schlaf übermannt.

Nur zu bald dämmerte der Morgen, und Laura stand widerwillig aus dem warmen Bett auf, um das Feuer im Kamin anzuzünden und Frühstück zu machen.

Sie war gerade mitten in den Vorbereitungen, als sich die Tür öffnete und Madame erschien. Sie war in einen anscheinend neuen, warmen Morgenmantel gehüllt, war ungeschminkt und hatte den Kopf voller Lockenwickler.

„Du fragst dich sicher, was aus dir werden soll", begann sie ohne Vorrede. „Dir bleiben zwei Möglichkeiten. Ich möchte dir deine Zukunft nicht diktieren. Immerhin bist du nicht mein Kind." *Und ich bin auch nicht verantwortlich für dich,* hing unausgesprochen, doch unmißverständlich in der Luft.

„Wenn du mit uns aufs Land kommen möchtest", fuhr sie fort, „so bin ich sicher, daß wir für dich eine Arbeit als Mitglied unseres Hauspersonals finden werden. Du bist in der Küche ja recht brauchbar. Mr. Withers wird sicher bereit sein, ein – ein Dienstmädchen zu beherbergen."

Diese Worte gingen Laura durch und durch, doch sie schwieg.

„Wenn du in London bleiben möchtest, so hast du ja deine Arbeit. Zweifellos wird der Bäcker dir gestatten, weiter für ihn zu arbeiten."

Laura schwieg immer noch und rührte einfach nur mit dem schweren Holzlöffel in dem Porridge.

Die Frau gähnte. „So", sagte sie, als hätte sie sich nun aller ihrer Verpflichtungen entledigt. „Es liegt also an dir." Dann drehte sie sich um und ging zur Tür. „Heute morgen bin ich besonders müde", sagte sie beim Hinausgehen. „Ich werde zum Frühstück nicht herunterkommen. Charles soll mir Tee und Porridge in mein Zimmer bringen."

Laura rührte weiter und blickte tief in den Porridgetopf, als suche sie dort die Antwort auf ihr Problem.

*

Als sie an dem Aushang vorbeikam, verlangsamte sie ihren Schritt, doch sie hatte nicht die Absicht stehenzubleiben. Sie kannte den Inhalt sowieso schon auswendig.

Ihr Blick hing an den Worten, während sie langsam vorbeiging. Dann zögerte sie. Stand irgendwo, bis wann man sich entscheiden mußte? Sie blieb gerade so lange stehen, daß sie den Text noch einmal überfliegen konnte, um zu sehen, ob ein Datum angegeben war. Sie konnte keines entdecken.

Gerade als sie weitergehen wollte, trat ihr ein Mann in den Weg. Überrascht blieb Laura stehen.

„Begleiten Sie uns auf unserem Abenteuer?" fragte er sie mit einem Akzent, den Laura nicht identifizieren konnte.

„Von welchem Abenteuer sprechen Sie?" erwiderte Laura zögernd.

„Die Reise nach Amerika natürlich, Miss – genau wie es dort auf dem Aushang steht. Eine wundervolle Gelegenheit. Wundervoll. Und es sind nur noch wenige Plätze frei. Wenn Sie mitkommen möchten, müssen Sie –"

„Nein", sagte Laura und schüttelte nervös den Kopf. „Nein, ich möchte nicht mit."

Der Mann trat vor sie, nahm ihr Kinn in die Hand und drehte ihr Gesicht so, daß das Licht der Laterne darauf fiel. Laura geriet in Panik.

„Es ist eine Schande", sagte er offen. „Ein so hübsches Gesicht wäre in Amerika sicher willkommen."

Laura entwand sich ihm, und er schien ihre Verärgerung zu spüren.

„Entschuldigen Sie, Miss", sagte er, doch seine Worte und sein Tonfall widersprachen sich. „Ich wollte Sie nicht beleidigen – ich wollte mir Ihr Gesicht nur genauer ansehen."

Laura trat zurück. Ihr irisches Temperament kühlte sich schnell ab.

„Ich dachte, Sie seien vielleicht interessiert", fuhr der Mann fort, als wolle er sich noch weiter entschuldigen. „Das ist alles."

„Und wenn es so wäre?“ Laura hatte die Frage gestellt, noch bevor ihr klar war, was sie da sagte.

„Wenn es so wäre, dann kommen Sie in mein Büro, und wir sprechen darüber.“

„Ich bin gehbehindert!“ brach es mit neu aufflackerndem Zorn aus ihr heraus. „Kein Mann – nicht einmal in Amerika – würde eine lahme Frau zur Braut nehmen, und das ist die Wahrheit.“

Doch der Mann schien ihre wütenden Worte nicht zur Kenntnis zu nehmen. Statt dessen betrachtete er ihr gerötetes Gesicht und ihre funkelnden Augen, und ein Lächeln machte sich auf seinem Gesicht breit.

„Kommen Sie doch eine Minute herein, dann können wir –“

„Ich bin ein Krüppel“, schleuderte sie ihm entgegen und wollte an ihm vorbeigehen. „Sehen Sie selbst, Sir“, rief sie über die Schulter zurück. Und sie begann davonzuhumpeln, wobei sie ihre Gehbehinderung übertrieb, um den Mann zu überzeugen.

„Und was bedeutet das schon?“ rief der Mann ihr hinterher. „In Amerika können Menschen anders sein. Wir sind alle behindert – auf die eine oder andere Weise.“

Laura wirbelte herum, um ihm ihre Meinung zu sagen, doch sie sah, daß er sie nicht verspottete. Sein Gesicht wirkte ernst. Er hatte ihr seine Hand entgegengestreckt. Ihre Wut verflog.

Sie blieb stehen und atmete tief durch.

„Und wann läuft dieses Schiff aus?“ fragte sie beinahe flüsternd.

„In vierzehn Tagen“, antwortete er.

Laura hielt den Atem an.

„Ich habe bereits neunzehn junge Frauen wie Sie gefunden, die sich für diese Reise gemeldet haben. Ich brauche noch zwei weitere, um die Anfragen zu decken, die ich aus Amerika bekommen habe“, fuhr der Mann fort.

„Neunzehn?“

„Neunzehn.“

Laura konnte kaum glauben, daß neunzehn junge Damen ihre Zukunft bereits in die Hände dieses Mannes gelegt hatten. Ob dieses kleine, stämmige Mädchen mit Namen Irma wohl auch dazu gehörte?

„Aber ich –“ begann Laura.

„Was ist der Grund für Ihr Zögern?“ fragte der Mann.

„Ich weiß doch nichts über –“

Er unterbrach sie. „Wenn Sie sich Gedanken machen über den Mann, den Sie bei Ihrer Ankunft in Amerika heiraten werden, so kann ich Ihnen versichern, daß alle Bewerber genaustens überprüft und ausgewählt wurden. Alle sind gesetzestreue, pflichtbewußte Bürger, in ihrer Gemeinschaft anerkannt und sehr wohl in der Lage, eine Frau zu versorgen.“

Laura schüttelte wieder den Kopf.

„Und wenn Sie Angst haben, wegen Ihrer kleinen Behinderung zurückgewiesen zu werden, dann tun Sie den Männern Amerikas großes Unrecht“, fuhr er fort. „Sie sind sehr einfühlsam, Miss, das kann ich sehen. Der wahre Mensch zeigt sich an seinen inneren Qualitäten. In Amerika sind wir durchaus bereit, über den äußeren Menschen hinwegzusehen.“

Laura bemerkte, daß sein Blick auf ihrem Gesicht ruhte. Ihm schien zu gefallen, was er sah. Sie fragte sich einen Augenblick lang, ob er wohl die Wahrheit sagte. Sah er wirklich über die äußere Erscheinung hinweg?

„Ich – ich komme zu spät zur Arbeit“, sagte sie nervös.

„Wenn Sie sich noch in die Liste eintragen möchten – ich halte den Platz bis morgen früh für Sie frei. Wenn Sie morgen vorbeikommen, kann ich mich an den Papierkrieg begeben, und wir sollten noch in der Lage sein, Sie nach Amerika zu bringen.“

Laura war vollkommen verwirrt. Er bot ihr die Gelegenheit, das Land zu verlassen. Er sagte, ihre Behinderung wäre ohne Bedeutung. Er bot ihr einen Ausweg aus den dunklen, kalten Straßen Londons an. Er befreite sie von der Sklaverei bei ihrer eigenen Verwandtschaft. Sie schluckte, dann nickte sie schweigend.

„Morgen früh?“ fragte der Mann.

„Morgen“, stimmte Laura zu, drehte sich um und eilte die Straße entlang. Auch heute morgen würde sie wieder zu spät sein. Der Bäcker würde wütend sein – und Laura konnte sich gegen seine Wut nicht zur Wehr setzen. Sie konnte sich nur auf die Lippe beißen und ihre Widerworte hinunterschlucken. Sie mußte es tun, weil sie sonst ihre Arbeit und damit ihre wenigen Pennies verlieren würde.

Abgemacht

Auf dem Weg in die Stadt ließ Donnigan dem Rappen seinen Willen. Wallis' Bericht hatte ihn seltsam aufgewühlt. Der Mann schien wirklich überzeugt davon zu sein, daß er sich einfach so eine Frau bestellen konnte. Von wo denn überhaupt? Und was für ein Mensch würde sie sein? So etwas Törichtes hatte Donnigan noch nie gehört. Man heiratete, nachdem man eine Frau, die man kannte, umworben hatte. Man suchte sich eine aus, die einem gefiel, und dann warb man um sie. Donnigan wußte nicht viel über Frauen, das mußte er zugeben, doch so viel wußte er: Keine Frau, die etwas auf sich hielt, würde sich wie einen Artikel aus einem Katalog bestellen lassen. Und kein Mann, der etwas auf sich hielt, würde sich eine Frau bestellen wie – wie einen neuen Pflug.

Aber Wallis hatte es ernst gemeint. Er verkaufte bereits sein Vieh, um das Geld zu beschaffen. Dieser Spaß war schon etwas zu weit gegangen, das war Donnigans Meinung. War den Leuten, die damit begonnen hatten, denn nicht klar, daß ein Mann, der einsam war, manchmal nicht mehr in der Lage war, klar zu denken?

Donnigan hoffte, bei der Klärung der Angelegenheit seine Wut im Zaum halten zu können. Es war grausam, einen Mann in Wallis' Lage so auszunutzen. Donnigan wußte Bescheid. Empfand nicht auch er den Schmerz der Einsamkeit? Er wußte, wie es war, wenn man niemanden hatte, mit dem man seine Träume, sein Heim teilen konnte. Ein Mann war fast zu allem fähig – innerhalb vernünftiger Grenzen –, um die große, schmerzende Leere in seinem Leben zu füllen. Und hier draußen, Kilometer von der Zivilisation entfernt, gab es einfach nur ganz wenige Frauen, die man umwerben konnte. Falls tatsächlich mal eine auftauchte, so hatte sie alle Männer der Umgebung zur Auswahl und suchte sich normalerweise den mit dem meisten Geld aus.

Donnigan wußte, daß einige der jüngeren Männer in die Stadt fuhren, um sich eine Frau zu suchen. Das war möglich, wenn der Mann – oder sein Vater – genug Leute hatte, die seine Ranch während seiner Abwesenheit versorgten. Bei Donnigan war das anders. Er war allein – er hatte keine Leute, die ihm bei der Farmarbeit oder der Aussaat halfen. Er konnte nicht einfach in die nächste Stadt reisen, um sich eine Frau zu suchen. Wallis war in derselben Situation. Donnigan konnte dem Mann keine Vorwürfe machen, daß er verzweifelt war.

Aber bestimmt war keine Frau besser als die falsche Frau, dachte Donnigan, und wenn es tatsächlich stimmte, daß man sich eine kommen lassen konnte, war es dann nicht möglich, ja sogar wahrscheinlich, die falsche zu bekommen?

Donnigan schüttelte den Kopf und drückte dem Pferd leicht die Absätze in die Flanken. Der Schwarze reagierte nur zu gern und wirbelte Staubwolken auf, als seine Hufe über die Landstraße hinwegdonnerten.

In dieser düsteren Stimmung trat Donnigan Lucas Stein gegenüber. Er hatte nach ihm gefragt und erfahren, daß der Mann in seinem Büro im Hotel arbeitete. Donnigan schüttelte so gut es ging den Staub von seinen Kleidern und klopfte an.

Sein Klopfen wurde mit einem brummigen „Herein“ beantwortet. Doch als der Mann Donnigan vor sich stehen sah, verschwand sein mißmutiger Gesichtsausdruck. „Harrison“, begrüßte er ihn. „Komm herein.“

Der Stimmungswechsel war Donnigan nicht entgangen. Er betrachtete den Mann zwar nicht als besonderen Freund, doch sie kamen gut miteinander aus.

„Wie geht's, Lucas?“ fragte er und hoffte, daß seine Stimme seine Verärgerung nicht verriet.

„Setz dich, setz dich“, forderte Lucas ihn auf und deutete auf einen mit dunklem Leder bezogenen Stuhl. Donnigan brauchte nicht erst Zaumzeug oder andere Sachen fortzuräumen wie bei Wallis. Lucas' Büro war sehr ordentlich.

Donnigan setzte sich auf den Stuhl und fragte sich, ob er zuerst ein wenig mit Lucas plaudern oder sofort mit seinem Anliegen herausplatzen sollte. Lucas half ihm bei der Entscheidung.

„Was macht das Land?"

Donnigan ließ sich nur zu gern auf dieses Thema ein. Er erinnerte sich an den Morgenritt und seine Freude beim Anblick des reifenden Korns. Er dachte an seine Herden und konnte das Funkeln in seinen Augen und die Freude in seiner Stimme nicht unterdrücken.

Es dauerte eine Weile, bis Lucas all die üblichen Fragen gestellt und Donnigans begeisterte Antworten entgegengenommen hatte.

„Von Zeit zu Zeit wünsche ich mir, ich hätte mich auch der Landwirtschaft zugewendet", sagte Lucas, und Donnigan hatte den Eindruck, daß er es ernst meinte. „Es wäre sehr viel erfreulicher, Kälber und Fohlen zu züchten, als meine Zeit damit zu verbringen, diese elenden Zahlenreihen zusammenzuzählen." Angewidert deutete Lucas auf die Blätter, die vor ihm lagen.

„Nun, ein Farmer – vor allem, wenn er allein ist wie ich – muß auch Zahlen addieren, wenn er seine Angelegenheiten in Ordnung halten will", versicherte Donnigan ihm. Wieder dachte er an den Grund seines Hierseins.

„Ja – ich schätze schon", gab Lucas zu. „Es wäre alles sehr viel besser, wenn man nicht dauernd versuchen müßte, die Bücher in Ordnung zu bringen." Er seufzte.

Es entstand eine Pause, und Donnigan hielt es für angebracht, jetzt anzusprechen, was er auf dem Herzen hatte.

„Ich war eben bei Wallis", sagte er, während er Lucas sehr genau beobachtete. „Er ist ziemlich damit beschäftigt, Geld zu beschaffen. Hat mir angeboten, einige seiner Säue zu kaufen."

Lucas nickte, doch sein Gesichtsausdruck veränderte sich nicht.

„Er scheint zu glauben, daß – daß – nun, er scheint dem Mißverständnis erlegen zu sein, er könnte sich eine Frau bestellen", beendete Donnigan schnell den Satz.

Der Mann spielte mit dem Stift, den er in den Händen hielt. Er blickte Donnigan offen an. „Das ist kein Mißverständnis", sagte er gelassen.

Donnigan spürte, wie sein Pulsschlag sich beschleunigte. Nur mühsam konnte er seine Verärgerung unter Kontrolle halten.

„Er hat dich so verstanden, daß er nur das Geld für die Überfahrt zu besorgen braucht und dann eine Frau bekommt", fuhr er fort.

Lucas senkte den Blick und betrachtete seinen Stift. „Hat er dir die Zeitung nicht gezeigt?" fragte er ruhig.

„Welche Zeitung?"

„Die Zeitung mit der Annonce."

Donnigan erinnerte sich, daß Wallis eine Zeitung erwähnt hatte, doch in seiner Aufregung hatte er sie ihm nicht gezeigt und auch nichts von einer Annonce erzählt.

„Nein." Er schüttelte den Kopf.

„Hier ist es. Es steht in der Zeitung", fuhr Lucas fort.

„Dann hat sich aber jemand einen – einen wirklich üblen Scherz erlaubt", erklärte Donnigan hitzig.

„Kein Scherz. Ich habe alles genaustens überprüft. Es ist alles vollkommen korrekt und legal", erklärte Lucas ruhig und rollte den Stift hin und her.

„Einen Augenblick", meinte Donnigan und beugte sich leicht vor. „Willst du mir sagen, in der Zeitung stünde, man könnte sich einfach eine Frau bestellen, genau wie Wallis mir erzählt hat?"

Lucas nickte. „So ungefähr", erwiderte er.

Donnigan schlug sich mit der Hand aufs Knie, so daß eine Staubwolke aufstieg und sich auf die makellos sauberen Möbelstücke senkte. Er entschuldigte sich nicht, obwohl es ihm leid tat.

„Hast du dir auch eine bestellt? Wie eine – eine Ware?" Der Gedanke war unglaublich.

„Jetzt hör aber auf, Harrison", sagte Lucas, und zum ersten Mal waren seine Augen nicht ausdruckslos. „Es ist nicht so, wie du sagst."

„Wie ist es denn?" fragte Donnigan mit hochrotem Kopf.

Lucas legte seinen Stift beiseite und beugte sich vor. „Hier im Grenzgebiet kann es ziemlich einsam werden." Er sprach langsam, so als wolle er einem Kind etwas erklären. Donnigan saß unruhig auf seinem Stuhl. Sein Gesicht zeigte Abscheu und Verärgerung.

„Wir brauchen Frauen. Aber woher bekommen wir eine? Ich weiß nicht, wie es dir geht, aber mir steht nicht der Sinn danach, in die Stadt zu reisen, und mir eines dieser angemalten Tanzmädchen zu holen. Ich möchte eine richtige Frau. Eine, die meinen Kindern eine liebevolle Mutter sein wird. Eine, die mein Leben mit mir teilt – nicht eine, die ein wenig flirtet und dann mit dem nächstbesten Kerl, der des Weges kommt, davonläuft."

„Und woher willst du wissen –?" begann Donnigan.

„Woher kann man das jemals wissen?" unterbrach ihn Lucas.

Lucas gab die Antwort auf seine unausgesprochene Frage: Wie konnte man jemals im Vorfeld wissen, ob eine Ehe funktionieren würde? Ob sie beiden Partnern Glück und Zufriedenheit bescheren würde?

Donnigan atmete tief durch und lehnte sich auf seinem Stuhl zurück. Einen Augenblick lang saßen die beiden Männer schweigend einander gegenüber und musterten sich kühl. Dann stellte Donnigan seine letzte Frage. „Und die Frauen? Was ist mit ihnen?"

Lucas richtete sich auf seinem Stuhl auf und blickte Donnigan offen an.

„Sie kommen größtenteils, weil sie arm sind. Bei einigen ist es Abenteuerlust. Oder weil sie ihre Lebensumstände verbessern wollen. Und wir wollen uns nichts vormachen: Einige von ihnen hoffen, einen reichen Mann zu heiraten. Aber niemand zwingt sie zu der ganzen Sache. Sie kommen freiwillig – aus freien Stücken."

„Du sagst, ‚sie kommen' einfach so, als wäre das schon häufiger vorgekommen“, beobachtete Donnigan.

„Es ist nichts Neues, falls du das denkst. Viele junge Frauen, und auch einige ältere, sind bereits nach Amerika gekommen, als Ehefrauen für die vielen Männer, die sonst keine haben würden.“

„Und das funktioniert?“ Donnigans Erstaunen über diese unerhörte Methode, sich eine Frau zu nehmen, war aus seiner Stimme herauszuhören.

„Sehr gut sogar – in vielen Fällen. Ich habe das selbst nachgeprüft.“

Donnigan hätte das nicht überraschen dürfen. Lucas war kein Mann, der sich blindlings in ein neues Abenteuer stürzte.

Donnigan straffte seine breiten Schultern und trommelte nervös mit den Fingern seiner rechten Hand auf sein Bein. Er schüttelte langsam den Kopf, doch das wütende Funkeln war aus seinen Augen verschwunden.

„Ich weiß nicht“, sagte er schließlich. „Es scheint mir irgendwie nicht richtig zu sein.“

„Urteile nicht vorschnell – oder zu hart“, sagte der Mann hinter dem Schreibtisch und nahm seinen Stift wieder zur Hand. „Es ist die Angelegenheit zweier Menschen, die beide ihre Bedürfnisse haben und sich der Lebensumstände bedienen, um diese Bedürfnisse zu befriedigen.“

„Das ist wirklich deine Meinung?“ fragte Donnigan.

„Ja, das ist meine Meinung“, versicherte ihm der ältere Mann. „Ich kann hier sitzen und warten, bis ich ein alter Mann bin – und niemals eine Familie bekommen. Oder –“ Er ließ den Satz unbeendet.

Langsam erhob sich Donnigan und richtete sich zu seiner vollen Größe auf. Er hob seinen Hut vom Boden auf und drehte ihn verlegen in den Händen.

„Dann bist du also der Meinung, Wallis hätte recht damit, sich eine Frau zu besorgen –?“ begann Donnigan.

Lucas nickte. „Er hat das Recht auf ein bißchen Glück“, antwortete er gleichmütig.

„Aber sein Haus ist –“

„Ich weiß", sagte Lucas. „Vielleicht macht sie ein bißchen sauber."

„Aber es ist nicht angemessen –", begann Donnigan.

Wieder unterbrach ihn der Mann. Donnigan fragte sich langsam, ob er eigentlich auch nur einen Satz zu Ende gesprochen hatte, seit er diesen Raum betreten hatte.

„Sie geben sich große Mühe, daß Mann und Frau zueinander passen", erklärte Lucas schnell. „Natürlich gibt es keine Garantie dafür. Aber sie versuchen es. Und wenn ein Mann besondere Wünsche hat, kann er sie nennen, wenn er seinen Antrag stellt."

Donnigan stand immer noch reglos vor dem Schreibtisch. Einen kurzen Augenblick lang war er versucht zu fragen, was für eine Frau Lucas angefordert habe, doch er schluckte die Frage hinunter. Es ging ihn wirklich nichts an. Statt dessen nickte er nur und setzte den Hut wieder auf.

„Nun", sagte er ehrlich. „Mir gefällt das alles immer noch nicht, aber du hast mich trotzdem beruhigt. Wenn Wallis –"

„Donnigan", unterbrach ihn der andere Mann leise und vertraulich. „Du bist doch noch ein junger Mann und hast noch viele Jahre vor dir. Du kannst heiraten, wenn dir das richtige Mädchen begegnet. Aber in dieser Stadt gibt es nicht viele Mädchen. Ich weiß das, und du weißt das auch. Auf der anderen Seite könntest du auch glücklich werden, wenn ..."

Er brach ab und spielte wieder mit dem Stift. Dann blickte er Donnigan direkt in die Augen. „Wallis und ich ergreifen eben jetzt die Initiative. Es wird nicht mehr viele Gelegenheiten geben."

Er brach ab und warf den Stift wieder auf den Schreibtisch. Dann rutschte er unruhig auf seinem Lederstuhl hin und her. „Auch für dich könnte es nicht so viele Gelegenheiten geben, wie du vielleicht denkst." Er senkte seine Stimme, und Donnigan mußte sich anstrengen, ihn zu verstehen. „Ich weiß zufällig, daß noch nicht alle Frauen auf dem Schiff jemandem versprochen sind – noch nicht. Wenn du klug wärst, würdest du darüber nachdenken. Es kostet nur das Geld für die Überfahrt und eine kleine Gebühr für den Vermittler."

Vermittler? So wird das also genannt. Donnigan zuckte zusammen.

„Ich glaube nicht –", begann er.

„Das wird ein langer, kalter Winter", bemerkte Lucas und blickte Donnigan kühl an. „Wenn du deine Meinung noch ändern solltest, dann komm zu mir. Du könntest vielleicht die Antwort auf das Gebet einer einsamen Frau sein."

Donnigan drehte sich um und verließ den Raum. *Die Antwort auf das Gebet einer Frau, wirklich! Was für eine selbstgerechte Umschreibung für das Eingreifen in das Leben eines Menschen.*

Diesmal ging er nicht in den Speisesaal des Hotels, um sich eine deftige Mahlzeit zu bestellen wie sonst immer, wenn er in der Stadt war. Er war zu aufgebracht. Statt dessen ging er zur Bank, um das Geld für die beiden Schweine abzuheben. Er stopfte das Geld in die Tasche und ging zu seinem Pferd.

Als er den Schwarzen bestieg, brütete er immer noch vor sich hin. Er wendete das Pferd und machte sich auf den Heimweg. Das Pferd wollte galoppieren, das spürte er, und er ließ ihm seinen Willen. Der Wind im Gesicht würde ihm guttun und ihm vielleicht helfen, seine Gedanken zu ordnen.

Schließlich zügelte er den Hengst und ließ ihn in einen flotten Trab verfallen.

„Wir sind noch früh genug zu Hause", sagte er zu dem Pferd. „Brauchst dich nicht so zu beeilen."

Jetzt wünschte er, er hätte doch in der Stadt gegessen. Er war hungrig, und er haßte den Gedanken, die Bratpfanne herauszuholen, wenn er nach Hause kam. Er hatte das gepökelte Schweinefleisch und die gebackenen Bohnen entsetzlich über. Auch die harten Kekse und den abgestandenen Kaffee mochte er nicht mehr. Vielleicht war er ja auch krank – er wußte es nicht.

*

Er hielt bei Wallis an, um ihm das Geld zu geben. Der Mann grinste breit, als er die Kaffeekanne auf den Ofen zurückstellte und die Dollars in seine Tasche stopfte.

„Jetzt hab' ich alles zusammen", sagte er und entblößte die Lücke zwischen seinen Schneidezähnen. „Morgen werd' ich es als erstes in die Stadt bringen."

Donnigan fragte sich, was für eine Frau Wallis sich wohl „bestellt" hatte.

„Wann soll ich die Schweine abholen?" fragte er, um diesen nagenden Gedanken abzuschütteln.

„Ich bring' sie dir 'rüber. Wann willst du sie haben?" fragte Wallis immer noch lächelnd.

Donnigan konnte es kaum erwarten, nach Hause zu reiten, doch er antwortete so gleichmütig wie möglich: „Der Stall für die Schweine ist noch nicht fertig. Ich kann aber morgen daran arbeiten. In ein oder zwei Tagen ist es bestimmt soweit."

„Dann bringe ich sie am Freitag rüber. Ich sehe zu, daß ich morgen in die Stadt komme und mich um alles kümmere – dann brauch' ich am Freitag nicht zu gehen."

Noch nie hatte Donnigan Wallis so aufgeregt erlebt.

„Denk nur", sagte Wallis, während er sorgfältig sein Geld zählte. „Sie wird im Herbst mit dem Schiff kommen. Es läuft nächste Woche aus, wenn ich mich recht entsinne."

„Hast du – hast du eine Ahnung, wen du bekommst?" Donnigan wußte nicht, ob er seine Frage richtig formuliert hatte, doch er spürte, daß Wallis nur zu gern über seine Pläne sprechen wollte.

„Sicher", erwiderte Wallis mit einem breiten Grinsen. „Sicher. Hab' ihren Namen und alle Einzelheiten hier."

Er zog ein zerknittertes Blatt aus seiner Hemdentasche und breitete es auf dem Tisch aus.

„Sie heißt Risa. Hübscher Name, meinst du nicht? Risa – ihren Nachnamen kann ich nicht lesen."

Einen Augenblick lang wunderte sich Donnigan, woher der Mann, der nicht lesen konnte, wußte, daß sie Risa hieß. Aber vielleicht hat man ihm gesagt, wie sie hieß.

Wallis reichte das Blatt Donnigan hinüber. „Sieh selbst", sagte er.

Donnigan warf einen Blick darauf. Ihr Name war tatsächlich Risa. Dort stand auch ihr Nachname, aber Wallis hatte recht gehabt, er war tatsächlich schwer zu entziffern. Donnigan machte gar nicht erst den Versuch, ihn auszusprechen.

„Groß – einsachtzig, blondes Haar, blaue Augen. Angenehme Erscheinung, mag Kinder, gute Haushälterin, ausgezeichnete Köchin, kann nähen, arbeitet gern im Garten, mag Tiere.“ Hier endete die Beschreibung, und als Donnigan die letzten Worte gelesen hatte, blickte er den strahlenden Mann vor sich an.

„Hört sich gut an, nicht?“ fragte Wallis.

Donnigan konnte nur nicken. Das schien alles zu schön, um wahr zu sein. Vielleicht, dachte er, vielleicht war sie zu gut, um wirklich zu existieren. Vielleicht waren alle Beschreibungen der zukünftigen Ehefrauen so positiv.

Doch Donnigan sprach die Fragen, die sich ihm aufdrängten, nicht aus. Er wollte die Freude seines Freundes nicht dämpfen.

„Klingt wirklich gut“, wiederholte er, faltete das Blatt zusammen und reichte es Wallis.

Wallis lächelte noch immer.

Donnigan ließ seinen Blick noch einmal durch den Raum gleiten. Ganz bestimmt würde Risa sich nicht langweilen. Er schüttelte den Kopf und ging zur Tür.

„Bis Freitag“, rief er über die Schulter hinweg.

Er wollte gerade durch die Tür treten, als Wallis ihn zurückrief. Er drehte sich um. Der ältere Mann kam in wenigen Schritten auf ihn zu. „Falls –“ begann er, „falls du deinen Namen auf diese Liste setzen möchtest und im Augenblick gerade nicht flüssig bist, helfe ich dir gern aus.“

Donnigan war erstaunt. Wallis hatte ihm gerade zwei Schweine verkauft, um das Geld aufzubringen, und trotzdem bot er seinem Nachbarn an, ihm auszuhelfen.

„Danke. Danke, Wallis“, brachte er mühsam heraus. „Ich denke, ich könnte das Geld schon aufbringen, falls –“

„Dann solltest du wirklich darüber nachdenken“, meinte der andere. „So eine Gelegenheit kommt nicht alle Tage.“

Donnigan nickte und ging zur Tür hinaus.

*

Er nahm dem Pferd den Sattel ab, rieb es trocken und gab ihm genügend Wasser, Heu und Hafer, bevor er ins Haus ging, um sich selbst ein schnelles Abendessen zu bereiten.

Bisher hatte es ihm immer Freude gemacht, sich etwas zu kochen, doch an diesem Abend klapperte er lustlos mit den Pfannen und stampfte in der Küche umher. Das Feuer war ausgegangen, und er hatte keine Lust, es neu anzufachen. Schließlich aß er einige trockene Kekse und kalte Bohnen. Es schmeckte wie Sägemehl.

Er zündete die Lampe an und nahm eine alte Zeitung zur Hand, die auf dem Boden neben seinem Stuhl lag. Er wünschte, er hätte daran gedacht, in der Stadt eine neuere Ausgabe zu kaufen. Diese hier hatte er schon unzählige Male durchgelesen. Entnervt warf er sie in die Ecke.

Er machte noch einen kurzen Spaziergang über die Farm und hoffte, daß der klare Himmel und die funkelnden Sterne ihn beruhigen würden.

Doch es funktionierte nicht. Tatsache war, daß er mehr und mehr erkannte, wie einsam sein Leben geworden war. Vielleicht hatten die anderen recht. Vielleicht war es gar nicht so verkehrt, sich auf diese Weise eine Braut zu besorgen. War es wirklich sehr viel anders, als wenn man eine Frau kennenlernte und sie dann davon zu überzeugen versuchte, daß man der Richtige für sie war? Konnte man wirklich herausfinden, wie ein Mensch wirklich war, bevor man mit ihm lebte? Steckten nicht auch Frauen, die lange umworben worden waren, voller Überraschungen – schönen und manchmal auch nicht so schönen?

Donnigan ging zu Bett. Unruhig warf er sich hin und her. Kurz vor dem Morgengrauen schluckte er endlich seinen Stolz hinunter und traf eine Entscheidung. Bei Tagesanbruch würde er den Hengst satteln und in die Stadt reiten. Er würde das Geld für die Überfahrt abheben, die Papiere unterschreiben und auf das Schiff warten, das Ende September eintreffen sollte.

Nie mehr zurück

Laura stand an Deck der *Barreth Lily* und beobachtete, wie das Land, das sie mehr als ein Dutzend Jahre lang ihre Heimat genannt hatte, langsam ihrem Blick entschwand. Sie hatte gedacht, sie würde sich freuen, es hinter sich zu lassen, doch so war es nicht. Am liebsten hätte sie das Schiff verlassen und wäre zu dem zurückgekehrt, was sie kannte.

Während Laura beobachtete, wie die Küste im Morgennebel verschwand, überdachte sie zum unzähligsten Mal die Ereignisse der vergangenen Tage.

Der Bäcker, den sie nur ärgerlich und ungeduldig kannte, der nur über sie geschimpft, sie zur Eile angetrieben und gefordert hatte, daß sie mehr verkaufen solle, hatte ihr auf einmal geschmeichelt. „Wenn du mehr Geld haben willst, dann werde ich es dir geben", hatte er erklärt. Laura hatte kaum fassen können, was sie da hörte.

Sie hatte nur langsam den Kopf geschüttelt. „Es ist alles arrangiert", sagte sie fest. „Ich kann meine Meinung jetzt nicht mehr ändern."

Und Madame, von der Laura gedacht hatte, daß sie erleichtert sein würde, daß das Mädchen ihr nicht mehr länger zur Last fiel, hatte ihr Vorwürfe gemacht und gejammert. Offensichtlich hatte die Frau wirklich erwartet, ihre Stieftochter würde damit einverstanden sein, in dem neuen Haus auf dem Land als Dienstmädchen zu arbeiten.

„Was soll ich jetzt tun?" jammerte Madame unablässig. „Ich kann kein eigenes Dienstmädchen in die Ehe mit einbringen. Woher soll ich wissen, daß die anderen mich angemessen empfangen werden? Wie soll ich wissen, ob sie meine Anordnungen so befolgen, wie ich das wünsche?"

Dann hatte sie sich an Laura gewendet.

„Du bist wirklich undankbar", hatte sie ihr vorgeworfen. Tränen waren ihr dabei in die Augen gestiegen. „All die Jahre, in denen ich dir ein Heim und ein Dach über dem Kopf gegeben habe – und du dankst es mir so. Wie kannst du nur? Du – du bist das unvernünftigste und wertloseste Geschöpf, das mir je begegnet ist!" Diese letzten Worte hatte sie förmlich ausgespuckt. Zitternd hatte das zarte Mädchen vor ihr gestanden.

Nur Bridget war ehrlich traurig gewesen, daß Laura sie verlassen wollte. „Ich werde dich schrecklich vermissen", hatte sie unter Tränen gesagt.

„Und ich dich", hatte Laura erwidert und das Mädchen in die Arme genommen. Tränen waren ihre Wangen hinuntergelaufen und auf das Haar des jüngeren Kindes gefallen.

„Wirst du mir schreiben?" fragte Bridget.

„Sobald ich eine Adresse habe, die ich dir schicken kann", hatte Laura versprochen.

Bridget hatte sich von ihr gelöst und Laura schockiert angesehen. „Du meinst, du weißt nicht einmal, wohin du fährst?" hatte sie flüsternd gefragt.

Laura hatte den Kopf geschüttelt. „Ich habe mich zu spät gemeldet", gestand sie. „Es war keine Zeit mehr, einen Mann für mich zu finden. Aber Mr. Jenks sagte, ich solle mir keine Gedanken machen. Er wird das regeln, sobald wir angekommen sind."

Bridgets Gesicht hatte immer noch einen erstaunten Ausdruck gezeigt, als Laura sie ein letztes Mal in den Arm genommen hatte.

„Paß auf dich auf", hatte Laura gemurmelt.

Bridget hatte mit dem Kopf genickt, sich die Tränen fortgewischt und verschwörerisch gemurmelt: „Wenn ich groß bin, komme ich auch nach Amerika."

Laura hatte sich von ihr gelöst und sie angesehen.

„Das tue ich wirklich!" hatte Bridget heftig erklärt.

Laura hatte Bridget nochmals umarmt. „Ich warte auf dich, ganz bestimmt", hatte sie dem Mädchen zugeflüstert.

*

„Hier bist du also!“

Irma unterbrach Lauras Gedankengänge. Widerstrebend drehte sie sich zu ihrer neuen Freundin um und lächelte sie zögernd an.

„Beobachtest du immer noch das gute alte England?“ fragte Irma neckend.

Laura schüttelte den Kopf. „Außer Nebel ist nichts zu sehen“, erwiderte sie und bemühte sich verzweifelt, das Zittern in ihrer Stimme zu überspielen.

„Komm, wir feiern ein Fest“, lud Irma sie ein.

„Ein Fest? Was –“

„Ja, wirklich ein Fest. Wir haben uns alle unten in einem kleinen Raum zusammengefunden, und Mr. Jenks serviert Wein und Käse.“

Laura wäre lieber hier oben an Deck geblieben und hätte sich die salzige Meeresluft um die Nase wehen lassen, doch sie folgte dem anderen Mädchen.

Sie war mehr als erfreut gewesen, vor dem Auslaufen des Schiffes Peggy und die robuste Irma plaudernd und lachend an der Pier stehen zu sehen. Offensichtlich freuten sich die beiden auf das bevorstehende Abenteuer. Laura und Irma fühlten sich sogleich zueinander hingezogen, und sie war froh, daß sie ihre Kabine mit Peggy, Irma und zwei anderen Mädchen mit Namen Nona und Beatrice teilte. Die Kabine war überfüllt, das stimmte, doch Laura freute sich über die Gesellschaft.

Nun ließ sie sich von Irma an die Hand nehmen und über die rutschigen Planken des Schiffes führen. Sie gingen eine Treppe hinunter, bogen in einen schmalen Gang ein, der zu einem weiteren Gang führte, eine zweite Treppe hinunter, wieder ein Gang, fünf Stufen hoch und dann wieder nach rechts. Laura wurde schon ganz schwindelig.

„Wo um alles in der Welt führst du mich hin?“ fragte sie atemlos.

„Dies ist eine besondere Gelegenheit“, lachte Irma. „Mr.

Jenks hat einen gesonderten Raum für uns reserviert. Normalerweise nehmen wir unsere Mahlzeiten woanders ein."

„Das hoffe ich doch sehr", erwiderte Laura. „Ich würde den Raum bestimmt nicht wiederfinden."

Irma lachte. „Du wirst dich an das Schiff gewöhnen", versprach sie. „Sie sind alle irgendwie gleich."

Laura war erstaunt. „Bist du denn schon mal auf einem Schiff gefahren?" fragte sie das Mädchen, die sie immer noch mit sich fortzerrte.

„Mein Vater war Kapitän", erwiderte Irma. „Manchmal hat er uns auf eine Reise mitgenommen. Ich glaube, er konnte es nicht ertragen, so lange von Mama getrennt zu sein."

„Das muß aufregend gewesen sein", keuchte Laura.

„Das stimmt. Es war aufregend. Als ich klein war, habe ich das Meer geliebt." Sie senkte plötzlich die Stimme, und auch ihr Verhalten änderte sich. „Und dann haßte ich es", erklärte sie.

Laura starrte sie mit aufgerissenen Augen an.

„Es hat mir meinen Vater genommen", sagte das Mädchen mit ausdrucksloser Stimme.

„Das – das tut mir leid", erwiderte Laura leise.

Gelächter ertönte aus einem Raum am Ende des Ganges. Der Weg zur Festgesellschaft war nun leicht zu finden.

Der ganze Raum schien von wirbelnden Röcken und dröhnendem Gelächter erfüllt zu sein. Mr. Jenks und einige Kellner waren die einzigen anwesenden Herren. Laura blickte sich in verwirrtem Schweigen um. Das waren also die Frauen, die sich von dem Aushang angesprochen gefühlt hatten. Sehr viele Frauen. Große, kleine, üppige, dünne, dunkle, blonde, junge und überraschenderweise auch einige etwas ältere.

Sie waren nicht alle hübsch. Sie waren nicht alle gut angezogen. Sie waren nicht alle besonders gepflegt. Aber sie schienen alle bester Laune zu sein.

Peggy löste sich von einer Gruppe lachender Frauen, winkte den beiden Mädchen zu, die noch in der Tür standen und die Szene in sich aufnahmen, und rief laut: „Kommt her, feiert mit."

Laura wollte sich zurückhalten, doch Irma zog sie mit sich. „Komm schon. Wir wollen uns den anderen anschließen."

Jemand drückte Laura ein Glas mit irgendeiner Flüssigkeit in die Hand. Vorsichtig probierte sie, mochte es aber nicht, darum hielt sie das Glas einfach nur in der Hand und versuchte, nicht zu verloren zu wirken.

„Ich dachte, Mr. Jenks hätte etwas von zwanzig Mädchen erzählt", flüsterte sie Irma zu.

„Zwanzig aus England. Die anderen zwanzig kommen vom Kontinent."

„Vom Kontinent? Du meine Güte!" rief Laura.

„Viele der amerikanischen Männer stammen vom Kontinent", erklärte Irma. „Sie wollen Frauen aus ihrem Heimatland. Das ist nur vernünftig."

Laura nickte. Vermutlich war es so.

Sie hatte kaum Zeit, darüber nachzudenken, als ein Toast ausgebracht wurde. „Auf Amerika", rief eine der Frauen und hob ihr Glas. Weitere Toasts wurden ausgebracht. Die Stimmung wurde immer ausgelassener.

„Auf die Männer", rief eine andere.

„Auf ihren Wohlstand", kicherte ein drittes Mädchen. Sie hatte einen Schluckauf, und ihr Toast wurde von begeisterten Zurufen so laut begleitet, daß Laura kaum denken konnte.

Mr. Jenks trat vor. Laura fragte sich, ob er die Absicht habe, die Dinge in die Hand zu nehmen, bevor sie ihm vollends entglitten.

„Meine Damen!" rief er. „Meine Damen!"

Er mußte mehrmals rufen, bevor die Frauen ihm zuhörten.

„Meine Damen. Ich wünschte, ich könnte Sie bitten, Platz zu nehmen", lächelte er. „Aber wie Sie sehen können, gibt es hier keine Stühle."

„Kein Problem!" rief Peggy, schwenkte ihr Glas und ließ sich auf den mit Teppichen ausgelegten Boden fallen. Ihre Röcke bauschten sich um sie herum.

Kichernd folgten die anderen Frauen ihrem Beispiel und setzten sich zwanglos auf den Boden. Laura starrte sie schokkiert an. Sie hielt ihr Glas so fest umklammert, daß ihre Knöchel weiß hervortraten. Nie hatte sie ein so ungestümes Verhalten erlebt.

„Meine Damen“, sagte Mr. Jenks wieder. „Ich weiß, Sie sind alle sehr aufgeregt wegen dieses neuen Abenteuers. Und es ist auch tatsächlich sehr aufregend. Ich wünsche Ihnen allen nur das Allerbeste für Ihr neues Leben in einem neuen Heim mit einem neuen –“ Er brach ab, zog eine Augenbraue in die Höhe und lächelte sie an, „– Ehemann“, beendete er den Satz, der laute Beifallsbezeugungen zur Folge hatte.

Wieder mußte Mr. Jenks warten, bis der Aufruhr abgeebbt war.

„Wir werden eine ganze Zeitlang auf diesem Schiff bleiben müssen. Meine Kabine liegt im Unterdeck. Sie ist leicht zu finden, denn ich habe mit großen Buchstaben meinen Namen daran geschrieben. Während der Reise möchte ich mich mit jeder von Ihnen noch einmal ausführlich unterhalten, um die letzten Einzelheiten abzuklären. Viele von Ihnen wissen bereits Näheres über den Mann, den sie heiraten werden, aber einige –“

Mr. Jenks war gezwungen, erneut zu warten, weil der Lärm wieder losbrach. Einige Mädchen holten ihre Papiere aus Taschen, Armbändern und Miedern und schwenkten sie in der Luft. Laura sah, wie ein Mädchen seine Röcke hob und ein Blatt aus ihrem Strumpf zog.

Als wieder Ruhe eingetreten war, fuhr Mr. Jenks fort. „Sie alle werden einzeln zu mir kommen müssen. Ich werde eine Liste mit Ihren Namen und dem Datum und der Uhrzeit aushängen, wann ich Sie erwarte. Bitte versuchen Sie, den Termin einzuhalten. Die Raumverteilung ist ja bereits erfolgt. Ich weiß, daß die Kabinen überfüllt sind, aber –“, er brach ab und lächelte, „Sie haben prima Zimmergenossinnen. Wir werden tun, was wir können, um Ihnen die Reise so angenehm wie möglich zu machen. Jetzt muß ich meinen Pflichten nachkommen. Wenn Sie mich bitte entschuldigen wollen ... aber bitte bleiben Sie, solange Sie wollen. Die Herren hier werden Sie gern bedienen und zu Ihren Kabinen zurückbringen, falls Sie Hilfe brauchen.“ Noch einmal ließ er seinen Blick über die Gruppe schweifen. „Einen guten Tag“, fügte er noch hinzu.

Mr. Jenks verbeugte sich und verließ unter den Beifallsbekundungen der Damen den Raum.

Laura sah sich um. Viele der Frauen saßen immer noch auf dem Boden. Einige kugelten sich ausgelassen auf dem Boden herum, und ihre Röcke rutschten dabei hoch, doch das schien ihnen wenig auszumachen. Laura fühlte sich elend. War das die Art von Mädchen, die sich an einen Mann in Amerika „verkaufte“? *Was habe ich nur getan?*

Sie wurde blaß und griff nach Irmas Hand.

„Ich – ich würde gern in die Kabine gehen“, brachte sie flüsternd heraus. „Könntest – könntest du mir den Weg zeigen?“

Irma blickte sie an und riß ihre Augen auf. „Bist du krank?“ fragte sie besorgt.

„Ich – ich glaube schon“, erwiderte Laura. „Ich – ich –“

Irma nahm Laura das noch volle Glas aus der Hand und stellte es auf den Tisch. Noch bevor Laura sich umdrehen konnte, nahm es sich ein anderes Mädchen und trank es leer.

Sanft führte Irma Laura zu ihrer Kabine. Sie ging so langsam, daß Laura gut mitkommen konnte.

„Da sind wir schon“, sagte Irma, als sie die Kabinentür mit dem Schlüssel, den sie aus ihrem Mieder zog, öffnete. „Du legst dich jetzt hin, Kleine, und ruhst dich ein wenig aus. Für dich ist es ungewohnt, auf dem Meer zu sein. Ich bin damit aufgewachsen – mir hat das nie etwas ausgemacht.“

„Es ist nicht das Meer“, erwiderte Laura, bevor sie noch wußte, was sie da sagte.

Irma blickte sie besorgt an. „Etwas anderes? Hast du eine Krankheit, die du verschwiegen hast?“ Alle Mädchen waren eingehend über ihren Gesundheitszustand befragt worden.

„Ich bin gesund – wirklich. Es war nur – weißt du, ich bin so unflätiges Benehmen nicht gewöhnt. Ich – ich –“

„Ach, das“, meinte Irma achselzuckend.

„Es war – oh, Irma, wird ein solches Verhalten von uns erwartet?“

„Urteile nicht zu streng“, sagte Irma fest. „Es ist – nun, die

Frauen überspielen mit ihrem Benehmen nur ihre eigentlichen Gefühle."

Laura starrte sie sprachlos an.

Irma streckte Laura die Hand hin, um ihr in ihre Koje zu helfen. Sie lag dicht unter der Kabinendecke. Laura fühlte sich eingeengt und hatte das Gefühl, dort nicht genügend Luft zu bekommen, doch sie bemühte sich darum, ihre angeschlagenen Nerven zu beruhigen. Irma setzte sich auf die untere Koje und betrachtete ihre Hände in ihrem Schoß, bevor sie den Blick hob und Laura ansah.

„Wir kommen vielleicht nicht aus den besten Kreisen", begann Irma, „doch wenigstens wissen wir endlich, wo wir hingehören. Jetzt – naja, jetzt wird alles anders werden, neu und ziemlich angsteinflößend. Für alle von uns. Oh, wir wissen, wo wir hinfahren. Wir kennen den Namen einer uns unbekannten Stadt. Wir wissen, ob wir einen Farmer, einen Rancher oder einen Hotelbesitzer heiraten werden –" Sie brach ab und zuckte die Achseln. „Man hat uns ein Stück Papier mit einem Namen darauf gegeben. Vielleicht ein paar Informationen. Größe, Gewicht, Alter, Haarfarbe. Vielleicht nicht einmal das. Aber was wissen wir wirklich? Ist er launisch? Ist er gesund? Wird er unerhörte Forderungen an uns stellen? Seine Fäuste gebrauchen? Zu viel trinken?"

Laura zog scharf die Luft ein. So schreckliche Möglichkeiten hatte sie noch gar nicht in Erwägung gezogen.

„Aber Mr. Jenks hat gesagt –", begann sie.

„Mr. Jenks will Profit machen", erinnerte Irma sie.

Das Schweigen hing schwer im Raum, während Laura über diese Bemerkung nachdachte. Wenn ihr schon vorher elend zumute gewesen war, dann ging es ihr jetzt um so schlechter. Sie rollte sich auf die Seite und legte die Hände vors Gesicht.

„Ich will dir keine Angst einjagen, Liebes", fuhr Irma schnell fort, „aber wir alle müssen uns den Tatsachen stellen."

Laura begann leise zu schluchzen. Ihre schmalen Schultern zitterten unter der verschlissenen grauen Decke.

Irma stand auf und ging zu dem Mädchen hinüber.

„Warum hast du dich gemeldet?" fragte sie leise.

„Weil – weil Madame, meine Stiefmutter, wieder heiratet. Sie wollte mich nicht mehr – das dachte ich zumindest. Es stellte sich heraus, daß sie mich doch mitnehmen wollte. Hätte mich als Hausmädchen behalten. Ach, ich hätte es machen sollen. Ich hätte zu Hause bleiben sollen“, schluchzte Laura.

„Aber du hattest es dort nicht gut, nicht wahr?“

„Nein. Nein, es war nicht gut“, gestand Laura.

„Dann hast du das Richtige getan. Der Mann, den du heiratest, ist vielleicht genau der Mann, den du dir erträumt hast.“

„Ich habe mir aber doch gar keinen Mann erträumt“, schluchzte Laura.

„Dann bist du wirklich ein seltsames Mädchen“, erwiderte Irma kopfschüttelnd.

„Madame sagte immer, kein Mann würde mich zur Frau haben wollen wegen meiner Behinderung“, erklärte Laura und wischte sich die Tränen fort.

„So ein Blödsinn!“ explodierte Irma. „Deine Behinderung ist doch kaum zu bemerken. Und mit deinem hübschen Gesicht! Ich habe schon gesehen, wie die Matrosen sich nach dir umgedreht haben.“

Laura glaubte nicht, was Irma ihr erzählte. Sie tat es mit einem Achselzucken ab und versuchte sich aufzusetzen, wobei sie sich den Kopf an den Deckenplanken der Kabine stieß.

„Warum hast du unterschrieben?“ fragte Laura und rieb sich den Kopf.

„Habe ich dir ja schon erzählt. Mein Vater ist auf See geblieben. Es gab ein Durcheinander mit unserem Geld. Wir mußten feststellen, daß wir außer ihm auch alles andere verloren hatten. Mama konnte das alles nicht ertragen – nun, sie gab einfach auf. Ich habe auch sie verloren. Ich war allein, und Peggy ... ich habe sie bei der Arbeit kennengelernt. Sie hat mich gewissermaßen dazu überredet – und da bin ich.“ Sie zuckte die Achseln.

„Peggy hat eben –“, begann Laura, überlegte es sich dann

aber schnell anders. Sie wollte Irmas Freundin nicht kritisieren.

„Sie ist betrunken", erklärte Irma. „Ich glaube nicht, daß sie Alkohol gewöhnt ist, und sie hat es einfach ein bißchen übertrieben. Sie kommt schon wieder zu sich."

Laura nickte.

„Die Wahrheit ist, sie trinken sich alle ein bißchen Mut an", fuhr Irma fort.

„Mut?" fragte Laura.

„Oh, ich weiß, sie riskieren eine dicke Lippe, schwenken ihre Gläser und johlen – aber es gibt nicht eine einzige unter ihnen, die nicht schrecklich nervös ist in bezug auf das, was sie erwartet, glaub mir."

Laura nickte langsam. Sie verstand allmählich.

Vorbereitungen

In den Tagen, die auf seinen Entschluß folgten, die Unterschrift zu leisten und das Geld für die Überfahrt zu bezahlen, hatte Donnigan Momente größter Zweifel durchlebt. Es gab Zeiten, wo er sich die schlimmsten Vorwürfe machte und sich selbst einen Narren schimpfte, daß er auf einen so lächerlichen Trick hereingefallen war.

Aber wenn er am Ende eines langen, ermüdenden Tages in seine Hütte zurückkehrte, ertappte er sich bei dem Gedanken, wie schön es doch sein würde, wenn er mit einem herzlichen Lächeln, ein paar fröhlichen Worten und einem Teller voll schmackhaftem Essen begrüßt würde. Und dann war da ja auch noch etwas, was Mann und Frau zusammen tun konnten ...

In einem solchen Moment zählte er die Tage, bis das Schiff im Hafen von Boston anlegen würde.

Die Heuernte stand bevor. Er war froh über die schwere Arbeit, die ihn so in Anspruch nahm, daß er am Ende des Tages kaum noch an die bevorstehenden Ereignisse denken konnte, bevor er müde ins Bett sank.

Während der wenigen Regentage lief er ruhelos in seiner Hütte hin und her. Und schließlich war Erntezeit. Von ganzem Herzen hoffte er, daß nichts geschehen würde, das ihn aufhalten würde. Doch leider ging sein Wunsch nicht in Erfüllung. Weitere Regenschauer kamen. Donnigan konnte sich nur schwer damit abfinden und jubelte beinahe, als er draußen Hufschläge hörte und aus dem Küchenfenster Wallis herantraben sah.

Donnigan war an der Tür, noch bevor der ältere Mann auch nur einen Schritt auf die Hütte zu machen konnte.

„Komm rein“, rief er eifrig. „Komm rein.“

Wallis kam näher. Donnigan tat sein Geplapper gut.

„Schreckliches Wetter. Ist weder für Mensch noch für's Vieh gut. Da habe ich versucht, meine Ernte einzufahren, bevor das Schiff mir meine Lady bringt – und dann das hier.“

Wallis hatte sich angewöhnt, statt Risa „meine Lady“ zu sagen. Donnigan mußte lächeln. Er hatte nicht einmal gewagt, von seiner bestellten Braut so besitzergreifend zu denken, geschweige denn zu sprechen. Außerdem wußte er immer noch nichts von ihr, nicht einmal ihren Namen. Es wäre nett gewesen, wenigstens den Namen zu kennen.

„Ich bin eigentlich gut vorangekommen – habe das Feld im Westen geschnitten und hoffte auf Sonne“, fuhr Wallis fort. Donnigan hörte nicht zu. Er schloß die Tür und wendete sich dem Herd zu, sobald sie die Küche betreten hatten.

„Setz dich“, unterbrach er ihn. „Ich mache schnell frischen Kaffee.“

Während sie auf den Kaffee warteten, sprachen sie über Farmangelegenheiten.

„Hat die zweite Sau schon geworfen?“ fragte Wallis.

„Sicher. Ein schöner Wurf. Sechs Ferkel und ein Totgeborenes. Ein Zwerg dabei, aber er wird wohl durchkommen“, erwiderte Donnigan.

„Kein großer Wurf – aber ein guter Anfang“, meinte Wallis.

„Ja. Für den ersten Wurf ist das in Ordnung. Das nächste Mal werden es wohl mehr werden.“

Wallis wußte, daß die erste Sau sieben Ferkel geworfen hatte – alle gesund und von guter Größe.

„Das werden bestimmt gute Säue“, kommentierte Wallis. „Haben eine gute Abstammung.“

Donnigan nickte, während er Kaffee eingoß und die beiden Tassen zum Tisch brachte.

Einige Minuten lang nippten sie schweigend an ihrem Kaffee, dann ergriff Wallis wieder das Wort. „Hast du schon gehört, wen du bekommst?“

Donnigan schüttelte den Kopf.

Wieder Schweigen.

„Muß schwer sein“, bemerkte Wallis.

Donnigan nickte. „Ja“, gestand er schließlich ein. „Ein wenig.“

„Ich hab’ ein bißchen aufgeräumt“, fuhr Wallis zu Donnigans Erstaunen fort. „Du weißt schon, wenn man das Haus mit den Augen einer Frau betrachtet ... die Weibsbilder sehen das ja ein wenig anders.“

Donnigan nickte. Er hatte nicht daran gedacht, sein Haus mit den Augen einer Frau zu betrachten. Ihm schien es so, wie es war, ganz in Ordnung zu sein.

„Was hast du gemacht?“ fragte Donnigan seinen Freund.

„Ich habe statt des Ölpapiers Glas in die Fenster eingesetzt.“

Donnigan nickte. Er hatte sich immer gefragt, warum Wallis Fenster hatte, wenn man doch nicht hindurchsehen konnte.

„Und ich habe das Dach ausgebessert. Jetzt regnet’s nicht mehr rein.“ Wallis nahm einen großen Schluck Kaffee. „Ich dachte mir, ich könnte einige Haken in die Wände schlagen“, fuhr er dann fort. „Hatte ja nichts, um zum Beispiel Zaumzeug und so was aufzuhängen.“

Donnigan nickte. Sein Zaumzeug hing fein säuberlich an Haken im Stall.

„Hab’ auch noch einige Regale angebracht“, redete Wallis weiter. „Für die Teller und die Vorräte, damit sie nicht mehr auf dem Boden ’rumstehen müssen.“

„Klingt gut“, meinte Donnigan nickend.

„Schätze, jetzt ist alles bereit für sie“, schloß Wallis. Er schien sehr zufrieden mit sich zu sein.

Sie spielten Schach, um sich die langen Stunden des Regentages zu vertreiben, und Donnigan bereitete Pfannkuchen mit Bratensaft zum Abendessen. Es war schon dunkel, als Wallis seinen alten Willie aus dem Stall holte, wo er ihn untergestellt hatte.

Donnigan sah seinen Freund nur ungern davonreiten. Er hoffte sehr, daß am folgenden Tag wieder die Sonne scheinen würde.

*

Donnigan machte eine Bestandsaufnahme seiner eigenen Hütte. Obwohl sie solide und für die Behausung eines Junggesellen einigermaßen ordentlich war, wurde ihm sehr schnell klar, daß sie nicht gerade ein Heim war, das einer Frau Freude machen würde. Panik stieg in ihm hoch. Er wußte nicht, wo er anfangen oder was er tun konnte, um es ein wenig heimeliger zu machen.

Auch er brachte noch einige Regale und Haken an. Zweifellos würden mehr Dinge verstaut und aufgehängt werden müssen, wenn zwei Leute in diesem Haus lebten. Dann ging er noch einen Schritt weiter und teilte den einen großen Raum in zwei kleinere.

Der kleinere hintere Raum würde das Schlafzimmer sein und der größere der Wohn-Küchenbereich. Donnigan war stolz auf diese Idee. Er schnitt sogar noch ein Fenster in die Ostwand des zukünftigen Schlafzimmers, so daß es im Innern hell war.

Es war schwierig, das alles hinzubekommen. Da das Wetter sich ein wenig gebessert hatte, war er tagsüber mit dem Einfahren der Ernte beschäftigt. Abends, wenn er gern seine Füße hochgelegt und sich ein wenig ausgeruht hätte, machte er sich an die Veränderungen im Haus.

Doch auch nachdem er alles erledigt hatte, war er noch unzufrieden. Das Haus sah immer noch aus wie das eines Junggesellen. Schließlich gab Donnigan auf. Gardinen und anderer Schnickschnack waren eben einfach nicht seine Sache.

Anschließend machte er sich am Hof zu schaffen. Er hatte immer gedacht, sein Hof sei im großen und ganzen recht ordentlich. Doch nun wurde ihm klar, daß das, was er für ordentlich hielt, genauso als heilloses Durcheinander angesehen werden konnte. Er machte sich an die Arbeit und verlegte den Holzstoß in der Nähe der Tür zur hinteren Mauer, wo er das Holz fein säuberlich aufstapelte. Er flickte ein paar Löcher in der Mauer, die die Schweine eines Tages, während

Donnigan auf dem Feld arbeitete, gegraben hatten. Er dachte sogar daran, einen Zaun zu bauen, doch dafür war nicht mehr genügend Zeit.

„Es fehlt noch irgend etwas", gestand er sich ein, als er zurücktrat und Haus und Hof betrachtete.

Er wußte nicht so genau was fehlte, doch er hatte den Eindruck, daß der Anblick ziemlich trostlos war. Er versuchte sich andere Häuser in Erinnerung zu rufen, die er in jüngeren Jahren gesehen hatte. Vor sich sah er weiße Holzzäune und blühende Rosenbüsche.

„Das kann ich leider nicht bieten", sagte er immer noch unzufrieden zu sich.

Schließlich ging er zu seinem Schuppen und holte einen Spaten. Er grub die Erde am Weg zum Haus entlang und an der Mauer neben der Tür um und schüttelte die Erde von den Graswurzeln.

Als diese Arbeit getan war, ging er zur Wiese hinter dem Haus. Dort hatte er Wildblumen entdeckt, die er sehr hübsch fand.

Enttäuscht mußte er feststellen, daß viele der besonders schönen bereits verwelkt waren. Darum mußte er mit den weniger hübschen Vorlieb nehmen.

Das Umpflanzen war nicht ganz einfach. Immer wieder mußte er zur Wiese laufen, eine kleine Pflanze nach der anderen mit den Wurzeln ausgraben und zusehen, daß er die Erde auf dem Weg zum Haus nicht verlor.

Er war fast fertig mit seiner Arbeit, als eine Stimme ihn von hinten ansprach. Donnigan hatte niemand herankommen hören. Erschrocken und mit schweißüberströmtem Gesicht fuhr er herum.

Lucas stand neben ihm. Donnigan spürte, daß er errötete. Er öffnete den Mund, um zu erklären, was er da tat, doch dann schloß er ihn wieder. Lucas war schließlich nicht blind. Langsam erhob sich Donnigan und klopfte sich mit den Arbeitshandschuhen, die er vom Boden aufgehoben hatte, die Erde von den Knien.

„Hallo, Lucas", sagte er und hoffte, daß seine Stimme herzlicher klang, als ihm im Augenblick zumute war. „Hab' dich gar nicht kommen hören."

„Du warst beschäftigt", beobachtete Lucas, und Donnigan fragte sich, ob er ein amüsiertes Funkeln in den Augen des Mannes entdeckte.

„Dachte, das Haus sieht ein bißchen trist aus", entschuldigte sich Donnigan verlegen. „Ich will ja schließlich nicht, daß sie schockiert ist von all dem Grau und Braun."

Lucas antwortete nicht auf Donnigans Bemerkung. Er betrachtete aufmerksam eine der kleinen Pflanzen, die Donnigan gerade am Weg gesetzt hatte. „Wo hast du die denn her?" fragte er.

„Unten von der Wiese", erwiderte Donnigan, der sehr stolz darauf war, so hübsche kleine Blumen gefunden zu haben.

„Wie heißen sie?" fragte Lucas und bückte sich, um sie eingehender zu betrachten.

„Ich weiß nicht – aber sie blühen, und ich dachte ... daß eine Frau sie vielleicht hübsch finden würde."

„Vielleicht ist es ja auch ein Unkraut."

Donnigan straffte die Schultern und blickte den Mann gleichmütig an. „Vielleicht weiß ich nicht viel über Blumen, aber mit Unkraut habe ich mich sehr eingehend beschäftigt", erwiderte er.

Lucas erhob sich und nickte zustimmend.

„Komm herein", sagte Donnigan und ging auf die Tür zur. „Ich setze einen Kaffee auf."

„Hab' keine Zeit", erwiderte Lucas, und Donnigan zögerte.

„Heute kam ein Telegramm", sagte Lucas. „Das Schiff ist eingelaufen."

Donnigan wirbelte herum und blickte Lucas an. Auf einmal fühlte er sich wie ein kleiner Junge, der auf Weihnachten wartet. Er mußte sich zurückhalten, um nicht seinen Hut in die Luft zu werfen und laut zu jubeln. Statt dessen nahm er sich zusammen und nickte bloß.

„Weiß Wallis es schon?" fragte er so ruhig er konnte. Er blickte Lucas an und war erstaunt, einen geradezu glücklichen Ausdruck in seinen Augen zu entdecken.

„Ich reite gleich zu ihm hinüber“, erwiderte Lucas.

Donnigan schluckte. Nie hatten seine Gefühle so verrückt gespielt. Normalerweise war er immer ruhig und ausgeglichen. Unruhig scharrte er mit dem Fuß wie der Schwarze, weil er das Gefühl hatte, sonst sicher zu platzen.

„Sie werden noch einige Zeit brauchen, um hierherzukommen“, fuhr Lucas fort. „Sie fahren mit dem Zug von Boston – dann mit der Postkutsche. Jenks sagt, er hofft, sie werden Samstag in einer Woche hier sein.“

Samstag in einer Woche! Donnigans Gedanken überschlugen sich. Nachdem er wochenlang – monatelang! – gewartet hatte, schien es ihm plötzlich so schnell zu gehen und doch noch so lange zu dauern, bis er sie endlich sehen und kennenlernen würde. Er konnte nicht darüber nachdenken. Sein Herzschlag beschleunigte sich.

Wieder scharrte er mit dem Fuß.

„Ich reite jetzt besser ’rüber und erzähl’ es Wallis“, fuhr Lucas fort. „Er kann es kaum noch erwarten.“

Donnigan schluckte wieder und nickte mit dem Kopf.

Lucas griff in seine Tasche und holte ein gefaltetes Blatt heraus.

„Hier ist übrigens der Name der Dame, die du am Samstag kennenlernen wirst“, sagte Lucas beiläufig, und Donnigan hielt den Atem an, als er das Blatt in Empfang nahm. Kalter Schweiß brach ihm aus, und er atmete tief durch, um sein Herzklopfen zu besänftigen.

Er mußte etwas sagen. Irgend etwas. Nur damit Lucas ihn nicht für einen kompletten Narren hielt.

„Vermutlich weißt du den Namen deiner Zukünftigen schon seit Wochen“, brachte er schließlich heraus.

Lucas nickte und ging auf sein Pferd zu, das er an einem Baum auf dem Weg angebunden hatte. Dann blieb er noch einmal stehen und sagte einfach: „Sie heißt Irma.“ Dann ging er weiter, doch Donnigan hatte die Aufregung in seinen Augen bemerkt.

Donnigan sah Lucas mit gemischten Gefühlen nach, dann ging er ins Haus, um Kaffee aufzusetzen. Er wußte, daß

Wallis, nachdem er die Nachricht bekommen hatte, sofort herüberkommen würde.

Er war sich des Blattes in seiner Tasche sehr wohl bewußt. Am liebsten hätte er es sofort herausgezerrt und seinen Inhalt gelesen – und doch konnte er es nicht über sich bringen, es zu berühren. Dieses kleine Stück Papier, der Name, der darauf stand, würde sein ganzes Leben verändern.

Er fachte das Feuer an, füllte den Kaffeetopf mit frischem Wasser und warf eine Handvoll gemahlenen Kaffee hinein, bevor er sich gestattete, sich an den Küchentisch zu setzen und mit zitternden Händen in die Brusttasche seines Hemdes zu fassen.

„Name – Laura O'Malley", las er laut. Laut sprach er den Namen noch einige Male aus. Er gefiel ihm.

„Einundzwanzig. Dunkles Haar und braune Augen. Sehr erfahren in Hausarbeit." Das war alles.

Donnigan las den Inhalt wieder und wieder durch. Er wünschte, er hätte nähere Einzelheiten – irgend etwas, das darauf schließen ließ, was für ein Mensch Laura O'Malley war. War sie groß? Klein? Still? Fröhlich? Mochte sie Pferde? Schweine? Würde sie einen Garten wollen? Hühner? War sie –? Donnigan faltete den Zettel wieder zusammen und steckte ihn in seine Brusttasche. Er seufzte laut. Vermutlich konnte er froh sein, ihren Namen zu wissen. Wenigstens konnte er an jenem wichtigen Samstag vortreten und sagen: „Guten Tag, Miss O'Malley. Ich hoffe, Ihre Reise war nicht zu anstrengend."

Der Duft des Kaffees erfüllte den Raum, und Donnigan stand auf, um ihn von der Herdplatte zu nehmen.

„Eines ist sicher", murmelte er. „Ich hoffe, sie ist nicht langweilig und schweigsam. Das könnte ich nicht ertragen. Ich möchte nicht weiter alles mit dem Schwarzen besprechen müssen, wenn sie hier ist."

Ruhelos ging Donnigan zum Fenster, um zu sehen, ob Wallis auf der Straße auftauchte. Er wünschte, der Mann würde sich beeilen.

Sein Blick fiel auf die gerade gepflanzten Blumen.

„Die sind für Sie, Miss O'Malley", sagte er leise, und auf seltsame Weise fühlte er sich dadurch mit ihr verbunden. Er spürte, wie seine Wangen rot wurden. Doch er machte trotzdem weiter. „Für dich, Laura."

Der Name war neu und fremd, doch irgendwie hatte Donnigan, während er ihn aussprach, das seltsame Gefühl, etwas Kostbares zu besitzen.

Die Überfahrt

Die Probleme begannen an ihrem zweiten Tag auf hoher See. Nach dem ausgelassenen Feiern der Frauen an Bord folgte eine Zeit der Krankheit. Laura hatte zuerst das Gefühl, daß sie es verdient hatten, doch als sie sah, wie sehr die Frauen litten, konnte sie nur Mitleid für sie empfinden. Wie sie sich die Köpfe hielten und bei jedem Schlingern des Schiffes stöhnten! Irma und Laura waren unablässig damit beschäftigt, Nachttöpfe zu leeren und kühlende Tücher auf die Stirnen der Mädchen zu legen.

Als endlich alle wieder auf den Beinen und in der Lage waren, an Deck Spaziergänge in der frischen Luft zu machen, wurde der Wind stärker, und das Schiff wurde wild hin- und hergeworfen. Sogar Laura blieb in ihrer Koje. Irma war die einzige der kleinen Gruppe, die nicht unter der Seekrankheit litt.

Schließlich jedoch ließ der Sturm nach, und die Frauen kamen aus ihren Kajüten hervor an die frische Luft. Die Kabinen waren so klein und so überfüllt, daß selbst an ruhigen Tagen die Luft darin sehr stickig war. Doch während der Tage der Krankheit hatte sich Laura häufig gefragt, ob sie das wohl noch länger würde aushalten können. Sie sehnte sich manchmal nach den kalten, feuchten Straßen Londons, wo sie wenigstens frische Luft gehabt hatte.

Obwohl sie viele ihrer Mitreisenden kennenlernte, hatte sie näheren Kontakt doch nur zu den Frauen, die ihre Kabine teilten und mit ihr bei den Mahlzeiten an einem Tisch saßen. Bald erkannte sie, daß sie zwar dasselbe Schicksal teilten, in ihrer Persönlichkeit, ihrem Hintergrund und ihren Erwartungen jedoch ganz verschieden waren. Einige der Ansichten anderer Frauen schockierten und erschreckten Laura. Mehr und mehr sonderte sie sich von den anderen ab und ging allein über die Decks oder verbrachte ihre Zeit mit Irma.

Viele der Frauen vom Kontinent lernte sie überhaupt nicht kennen. Die Tatsache, daß einige von ihnen nur sehr wenig Englisch sprachen, war natürlich ein Grund dafür, doch es gab auch andere Unterschiede, obwohl Laura sie nicht hätte nennen können.

„Einige von ihnen sind Bauersfrauen", hatte Irma ihr erklärt, „und sehr schüchtern."

Laura hatte nie auf dem Land gelebt – wenigstens nicht mehr seit sie Irland im Alter von zwei Jahren verlassen hatte. Ihr Vater hatte oft von der Farm erzählt. Bis zu seinem Tod hatte er nicht aufgehört zu bedauern, daß er den Familienbesitz verloren hatte und aus Irland hatte fliehen müssen. Immer wieder war sein Traum zurückgekehrt: seinen Besitz zurückzubekommen; und obwohl Laura wenig über die näheren Umstände wußte, machte sie seinen Traum zu ihrem eigenen, nachdem er von ihr gegangen war.

„Du bist eine O'Malley", hatte er ihr immer wieder gesagt. „Es gibt nichts, wessen du dich schämen müßtest, und vieles, auf das du stolz sein kannst, darum kannst du den Kopf hoch tragen. Und vielleicht – wenn Gott das Unrecht in dieser Welt richtet – bekommst du eines Tages zurück, was einer O'Malley rechtmäßig zusteht."

Später wünschte sich Laura, sie hätte mehr Fragen gestellt, mehr mit ihrem Vater über sein geliebtes Heimatland gesprochen. Jetzt, wo das Schiff sie nach Amerika brachte, würde sie vermutlich nie mehr die Gelegenheit haben, das Land ihrer Herkunft wiederzusehen.

Vielleicht trauerten auch andere Mädchen über ihre verlorene Heimat, denn im Laufe der Tage wurde die Stimmung immer gereizter, und gelegentlich fanden heftige Auseinandersetzungen statt. Eine endete mit einem brutalen Haareziehen, und zwei andere Mädchen rollten kämpfend über die Planken und beschimpften sich gegenseitig mit Obszönitäten. So etwas hatte Laura noch nie erlebt – nicht einmal auf den

Straßen Londons, wo das, wie man sich erzählte, häufiger passierte.

Und dann war da ein Mädchen vom Kontinent, das seine Reisepläne komplett änderte, nachdem es sich mit einem der Matrosen an Bord eingelassen hatte. Der ganze Zwischenfall war ziemlich skandalös, und Mr. Jenks hatte einiges dazu zu sagen.

Laura wartete ungeduldig auf ihre Unterredung mit Mr. Jenks. Ihr fiel auf, daß ihr Name als letzter auf der Liste stand. Das überraschte sie nicht. Immerhin hatte sie sich ja auch erst sehr spät gemeldet.

Trotzdem wurde sie nicht ignoriert. Mr. Jenks suchte sie mehrmals während der Reise auf. Einmal lud er sie in seine Kabine zum Abendessen ein. Laura behagte die Einladung überhaupt nicht, und sie ließ ihm ausrichten, sie fühle sich nicht wohl – was wegen des schweren Seeganges auch nicht gelogen war.

Trotzdem suchte er ihre Gesellschaft. Auch den anderen Frauen fiel das auf, und Laura wurde zum Gegenstand zweideutiger Bemerkungen. Von da an versuchte sie, dem Mann möglichst aus dem Weg zu gehen.

*

Gegen Ende der Reise erreichte die Aufregung ihren Höhepunkt. Laura liebte es, an Deck zu sein; sie freute sich an dem frischen Wind, der ihre Wangen rötete und ihr Haar zerzauste. Doch obwohl sie sich einerseits Ruhe und Frieden wünschte, fühlte sie sich andererseits zu den anderen hingezogen. Sie hörte aufgeregte Stimmen und näherte sich einer lärmenden Gruppe, gerade rechtzeitig, um einen Kommentar aufzuschnappen.

„Die Trauung kommt zuerst“, erklärte ein großes, knochiges Mädchen. „Ich setze nicht einen Fuß über seine Schwelle, bis ich sein Ja-Wort nicht gehört habe. In diese Falle tappe ich nicht hinein. Ich werde nicht einfach so mit ihm gehen, damit er mich dann fortjagen kann, wenn es ihm gefällt.“

„Und ich sage dir, ich werde sehr genau aufpassen, was ich tue“, meinte ein sehr dickes Mädchen mit Namen Mary. „Ich habe doch nicht diese lange Reise gemacht, um dann das Dienstmädchen zu spielen.“

Einige Mädchen nickten zustimmend.

„Und ich habe nicht vor, Schweine zu füttern, selbst wenn ich einen Farmer heirate“, rief eine andere.

„Nein. Ich will auch kein Melkmädchen sein“, mischte sich jetzt Peggy ein.

„Ich werde kochen und den Haushalt versorgen, natürlich, wenn er mir gibt, was ich brauche“, sagte eine etwas behäbige ältere Frau mit einem stark geschminkten Gesicht und dunkel gefärbten Haaren.

„Ich hoffe auf einen Mann, der reich genug ist, um mir ein junges Mädchen oder zwei zur Verfügung zu stellen, die mir bei der Hausarbeit helfen“, sagte eine Frau mit einer Aufsteckfrisur verwegen.

Wieder ertönte laute Zustimmung der anderen.

„Ich sag' euch was“, verkündete eine üppige Rothaarige, während sie ihre Röcke hob, um ihre Strümpfe hochzuziehen. „Wenn mir nicht gefällt, was ich sehe, dann bleibe ich nicht lange.“

Wieder ertönte allgemeine Zustimmung.

„Und was willst du dann tun, Süße?“ fragte eine andere.

„Ach – mach dir um mich keine Gedanken. Ich kann ganz gut für mich allein sorgen“, erwiderte die Rothaarige augenzwinkernd.

Laura entfernte sich von der Gruppe. „Eine Ehe ist eine Angelegenheit von Dauer“, murmelte sie vor sich hin. „Man kann doch keinen Rückzieher machen, nur weil ein wenig mehr Hausarbeit anfällt, als man erwartet hat.“ Diese ganze Unterhaltung beunruhigte sie.

Sie beschloß, ein Gelübde abzulegen: Sie würde an dieser arrangierten Ehe festhalten, wie immer sie sich auch entwickeln würde. Sie würde eben dafür sorgen müssen, daß es funktionierte. Sie hatte sich dazu bereit erklärt und würde sich an ihre Abmachung halten.

Sie ließ die plappernde und lachende Gruppe hinter sich und hielt ihr Gesicht in den Wind. Als jemand sie am Arm faßte, zuckte sie erschrocken zusammen. Doch dann sah sie, daß Irma sich zu ihr gesellt hatte.

„Hör gar nicht auf sie", sagte Irma dicht an ihrem Ohr, damit nur Laura sie verstehen konnte. „Das sind die Nerven. Ist alles nur Geprahle. Ich denke, wir sind alle etwas angespannt."

Laura nickte. Auf sie traf das ganz bestimmt zu.

„Die meisten von ihnen sind gute, ordentliche, fleißige Mädchen, die noch nie von zu Hause fort waren. Sie haben eine Heidenangst, und die versuchen sie zu überspielen."

Irma legte Laura eine Hand auf den Arm, was diese als sehr tröstlich empfand.

„Komm, laß uns auf die Leeseite gehen; da pfeift der Wind nicht so stürmisch", schlug Irma vor, und Laura folgte ihr, ohne zu zögern.

Sie fanden eine kleine, windgeschützte Bank und ließen sich darauf nieder. Fest schlangen sie sich ihre Schals um die Schultern.

„So", sagte Irma und lächelte Laura etwas gezwungen an, „das ist doch schon besser."

Laura nickte und beobachtete die Wellen.

„Wir werden morgen in Boston einlaufen", sagte Irma. „Bist du schon bei Jenks gewesen?"

„Morgen früh habe ich einen Termin", erwiderte Laura.

„Bestimmt hat er dich absichtlich so lange hingehalten", meinte ihre Gefährtin. „Auf der anderen Seite hat er dich fast auf der gesamten Überfahrt umworben."

„Umworben?" wiederholte Laura. Sie hatte sich nicht umworben gefühlt – eher verfolgt.

Irma nickte. „Warum, meinst du, haben dich die anderen dauernd geneckt? Ihnen ist aufgefallen, wie sehr er dir seine Aufmerksamkeit gewidmet hat. Immer wieder hieß es ‚Wie geht es Ihnen? Kann ich Ihnen etwas bringen? Würden Sie mit mir zu Abend essen?'" Irma lachte leise über Lauras schockierten Gesichtsausdruck.

„Ich glaube nicht –“, begann Laura. In Mr. Jenks' Gegenwart fühlte sie sich seltsam unbehaglich. Doch sie konnte es nicht in Worte fassen, nicht einmal Irma gegenüber.

„Nun, das macht nichts“, fuhr Irma fort. „Wir sind ja bald da. Jetzt hat er nicht mehr viel Gelegenheit, dich zu belästigen, nicht wahr?“

Und sehr zu Lauras Erleichterung wechselte Irma das Thema. „Siehst du die Möwen? Ein Zeichen dafür, daß wir uns in Landnähe befinden.“

Laura betrachtete die Vögel, die über ihnen kreisten. Sie konnte ihre Schreie hören, und das Geräusch weckte in ihr eine tief verborgene Erinnerung. Hatte ihre irische Farm in der Nähe des Meeres gelegen? Doch ihre Gedankengänge wurden unterbrochen, als Irma erneut das Wort ergriff.

„Du weißt also immer noch nicht –?“ begann sie, brach dann aber ab. Laura wußte, was sie meinte.

Laura schüttelte den Kopf. „Nein, und es bereitet mir schon einige Magenschmerzen“, antwortete sie.

Schweigend saßen sie eine Weile nebeneinander und beobachteten die Möwen und die Wellen.

„Wenn du dir etwas wünschen könntest, das dann auch in Erfüllung ginge – was würdest du dir wünschen?“ fragte Irma leise.

„Daß er ein Ire ist“, erwiderte Laura, ohne zu zögern.

„Und sein Beruf?“ fragte Irma.

„Das ist egal. Er kann alles sein, solange er –“ Sie sprach den Satz nicht zu Ende.

„Und wie soll er aussehen?“ fragte Irma, der ihr kleines Spielchen Freude zu machen schien.

Wieder zögerte Laura keinen Augenblick. „Dunkles, welliges Haar und ein Grübchen im Kinn.“ Sie hatte ihren Vater beschrieben, so wie sie ihn in Erinnerung hatte.

„Ich wünsche mir einen großen Blonden mit breiten Schultern, einer geraden Nase, gleichmäßigen Gesichtszügen und einem schmalen Schnurrbart“, lachte Irma.

„Oh Irma!“ rief Laura lachend. Sofort fügte sie besorgt hinzu: „Und was meinst du, was sie von uns erwarten?“

Irma zuckte die Achseln, dann antwortete sie nachdenklich: „Daß wir ihnen eine Gefährtin sind, eine Köchin, Haushälterin, jemand, mit dem sie Freude und – ja, auch Leid teilen können. Jemand, der nicht ständig nörgelt, zu viel plappert oder sich über feuchtes Feuerholz oder Fußspuren in der Küche beschwert."

Laura erzitterte.

„Wenigstens – ich hoffe, daß das alles ist, was er will. Das könnte ich ihm sein, Laura. Aber wenn er mehr will, dann ..." Irma ließ die Worte im Geschrei der Möwen und dem Seufzen des Windes untergehen.

Laura griff nach der Hand der Freundin.

„Doch am meisten wünsche ich mir" – ihre Stimme war kaum mehr als ein Flüstern – „daß du in meiner Nähe bist, und das ist die Wahrheit", sagte sie bewegt.

Das Treffen

Am nächsten Morgen erschien Laura pünktlich zu ihrer Verabredung. Mr. Jenks erhob sich und ging ihr entgegen, um sie zu begrüßen. Er nahm sich die Freiheit heraus, sie beim Vornamen zu nennen.

„Laura", strahlte er, nahm sie beim Arm und führte sie zu einem Stuhl, der ein wenig zu dicht neben seinem eigenen stand. Auch er nahm seinen Platz wieder ein, und er war ihr so nahe, daß Laura Angst hatte, ihre Knie würden aneinanderstoßen. Sie setzte sich so weit es ging zurück.

„Und Sie fühlen sich auch ganz bestimmt wohl, meine Liebe?" fragte er teilnahmsvoll.

Laura versicherte ihm, daß es ihr gut gehe.

„Sie sind so ein zartes, junges Mädchen", sagte er glatt, „daß ich regelrecht Angst um Sie hatte auf dieser rauhen Überfahrt."

„Ich bin zäher, als ich aussehe, Sir", erwiderte Laura kurz angebunden.

Er nickte und wechselte das Thema. „Heute nachmittag legen wir an."

Laura nickte.

„Ich hoffte, wir beide würden auf dieser Reise ein wenig Zeit haben, um – um uns gegenseitig ein wenig Gesellschaft zu leisten, doch der schwere Seegang –"

Laura rutschte unbehaglich auf ihrem Stuhl hin und her und unterbrach ihn. „Ich kann es kaum erwarten zu erfahren, wo ich hinfahren werde, Sir", wagte sie zu sagen.

„Oh ja." Er legte die Hände auf die Knie. „Nun – das, meine Liebe, macht auch mir immer noch Kopfzerbrechen."

Laura wünschte, er würde sie nicht andauernd ‚meine Liebe' nennen.

„Tatsache ist", fuhr er fort, „daß es immer noch nicht entschieden ist."

Laura runzelte die Stirn.

„Keine Angst", sagte er und ergriff ihre Hand. „Sie werden einen Platz finden, das kann ich Ihnen versichern. Und wenn ich mich selbst Ihrer annehmen müßte." Er zwinkerte ihr zu und grinste. Laura war jetzt wirklich verärgert.

„Warum bin ich dann hier?" fragte sie mutig. „Warum haben wir diese Unterredung, wenn Sie mir nur sagen wollen, daß noch keine Vereinbarungen getroffen wurden?"

„Es sind Vereinbarungen getroffen worden", sagte er und drehte an seinem Schnurrbart. „Ich möchte gern, daß Sie heute abend mit mir in meinem Hotel zu Abend essen. Ich wohne in einem recht eleganten Haus in der Stadt. Das wird Ihnen bestimmt gefallen. Vielleicht werden wir dort eher Gelegenheit haben –"

„Das ist undenkbar", unterbrach ihn Laura und richtete sich zu ihrer nicht sehr imponierenden vollen Größe auf. „Ich werde bei den anderen bleiben – wo immer sie übernachten."

Jenks' Gesicht wurde rot vor unterdrückter Wut. „Sie sind ziemlich stolz, nicht wahr?" warf er ihr vor. „Nach allem, was ich für Sie getan habe!"

„Nun, ich hatte den Eindruck, meine Überfahrt würde von einem amerikanischen Herrn bezahlt", erinnerte Laura ihn scharf.

„Ja, genau, Miss", erwiderte der Mann, der nun ebenfalls sehr erregt war. „Und er soll Sie auch haben – der Ärmste, wer immer er ist. Ich würde eine so launische Frau nicht für den Rest meines Lebens um mich haben wollen."

Laura drehte sich um und verließ den Raum.

„Bleiben Sie bei den anderen", rief er ihr hinterher. „Ich möchte Sie in der Nähe haben, damit Sie Ihre Anweisungen entgegennehmen können."

Laura antwortete nicht. Sie mußte nach draußen gehen, um ihre erhitzten Wangen abzukühlen.

Doch sie würde da sein, wenn es Zeit war zu erfahren, wo sie hinkommen würde. Und sie hoffte von ganzem Herzen, daß ihr Zielort weit von Boston und Mr. Jenks entfernt sein würde.

*

Es herrschte große Aufregung, als das Schiff endlich in den Bostoner Hafen einlief und anlegte. Die Frauen liefen nervös durcheinander und preßten ihre wenigen Habseligkeiten an sich. Laura hielt sich in der Nähe ihrer Kabinengefährtinnen auf. Ihre dunklen Augen waren riesig vor Anspannung, und sie war sehr blaß. So eng die Kabine auch gewesen war, sie wünschte, sie könnte sich noch ein paar Tage länger in ihren Schutz flüchten.

Ihre Namen wurden aufgerufen, und in Vierergruppen verließen sie das Schiff. Als sie wieder auf festem Land standen, verlor Laura beinahe das Gleichgewicht. Irma, die neben ihr stand, lachte.

Sie wurden in Kutschen aufgeteilt und fuhren durch die Straßen Bostons zu einem großen Hotel. Es war seltsam, wieder in einer Stadt zu sein. Laura bemerkte, daß Bostons Straßen sehr viel neuer und sauberer waren als die des Teils von London, den sie kannte. Sie fragte sich, ob sie wohl hierbleiben würde. Diese neue amerikanische Stadt gefiel ihr.

Doch bereits am folgenden Tag wurden sie alle zusammengerufen.

„Meine Damen“, begann Mr. Jenks, „wir sind beinahe am Ende unserer gemeinsamen Reise angekommen. Sie alle werden nun nach Westen weiterreisen. Von hier aus geht es mit dem Zug nach Chicago. Dort wird Sie ein Herr mit Namen Henry Piedmont in Empfang nehmen. Er wird Ihnen Ihre Tickets überreichen und Sie auf die letzte Etappe Ihrer Reise schicken. Von Chicago aus werden Sie dann an Ihre verschiedenen Zielorte weiterreisen – jedoch immer in Richtung Westen. Ich wünsche Ihnen allen sehr viel Glück in Ihrer neuen Heimat – und in Ihrem neuen Leben.“

Er verbeugte sich tief und lächelte sie alle noch einmal an, strich seinen Schnurrbart glatt und sagte dann fest: „Miss Laura O'Malley – Sie müssen noch einmal zu mir kommen, um Ihre letzten Informationen entgegenzunehmen."

Er drehte sich um und verließ den Raum.

Alle Augen schienen auf Laura gerichtet zu sein. Sie straffte die Schultern, schob ihr Kinn vor und folgte dem Mann aus dem Raum.

Er schien sie erwartet zu haben, denn er stand nur wenige Schritte von der Tür entfernt und wartete auf sie.

„Hier entlang", sagte er kopfnickend, und Laura folgte ihm gehorsam.

Sie durchquerten die Halle und betraten einen kleinen Raum. Er deutete auf einen Stuhl und zog ein Blatt Papier aus der Tasche.

„Bevor ich Ihnen das überreiche", sagte er und blickte sie an, „möchte ich Ihnen sagen, daß ich ein sehr toleranter Mann bin. Ich bleibe noch länger hier in Boston. Ich bin bereit, Ihren Ausbruch am letzten Tag unserer Schiffsreise zu vergessen – falls Sie Ihre Meinung ändern sollten."

Einen Augenblick lang runzelte Laura die Stirn. Sie verstand nicht, was er meinte. Als es ihr endlich klar wurde, erhob sie sich schnell. Sie errötete, und ihre Augen sprühten vor Zorn. Ohne ein Wort zu sagen, riß sie ihm den Zettel aus der Hand.

„Das könnte Ihnen noch leid tun", rief er hinter ihr her, als sie, so schnell es ihre Gehbehinderung erlaubte, das Zimmer verließ.

Laura kehrte nicht sofort auf ihr Zimmer zurück. Sie mußte allein sein, wenn sie einen Blick auf das Blatt warf, das sie in Händen hielt. Schließlich fand sie einen Stuhl in einer dunklen Ecke, ließ sich darauf sinken und versuchte, sich zu beruhigen.

Vorsichtig faltete sie das Blatt auf.

„Donnigan Harrison", stand darauf. „Auch er hat sich erst spät entschieden. Von ihm ist nicht viel bekannt. Ich hoffe, es tut Ihnen nicht leid."

Laura zerknüllte das Papier in der Hand, doch sofort bereute sie es. Sorgfältig legte sie es auf ihren Schoß und strich es wieder glatt. Sie würde das noch brauchen. Es war alles, was sie in der Hand hatte.

„Donnigan Harrison“, wiederholte sie. Dann leuchteten ihre Augen auf. Der Nachname war ihr zwar nicht vertraut, doch ‚Donnigan‘ klang irisch. Zum ersten Mal empfand sie ein wenig Hoffnung.

*

Die Zugfahrt war sehr lang und entsetzlich heiß. Laura hatte gedacht, die Schiffsreise wäre schon beschwerlich gewesen – doch wenigstens hatten sie auf dem Schiff frischen Wind gehabt. Da für sie keine Schlafwagen gebucht worden waren, mußten sie sich mit den harten Sitzen zufriedengeben. Sie hatten nichts, wo sie ihre müden Köpfe anlehnen konnten. Die langen Nächte mußten sie sitzend verbringen, wobei sie unentwegt versuchten, eine einigermaßen bequeme Lage zu finden.

Endlich erreichten sie Chicago. Wenn Laura nicht so schrecklich erschöpft gewesen wäre, hätte sie sich vielleicht gern die Stadt angesehen.

Der Mann mit Namen Piedmont erwartete sie auf dem Bahnsteig. Als sie den Zug verließen, nahm er sie in Empfang. Nervös grinste er die Frauen an, rief die Namen auf und verteilte die Fahrkarten. Laura hatte vielen der Frauen nicht besonders nahegestanden, doch während sie nun beobachtete, wie eine Gruppe nach der anderen zur Eile angetrieben wurde, weil sie diese Kutsche oder jenen Zug erreichen mußte, spürte sie, wie die Angst ihr die Kehle zuschnürte.

Endlich wurde ihr eigener Name zusammen mit einer Reihe von anderen aufgerufen, und sie stand auf, ging wie betäubt zu dem Mann und nahm ihre Fahrkarte in Empfang, zusammen mit den Anweisungen, wo sie hingehen müsse und wie sie ihren Zielort erreichen würde.

Sie war mehr als erleichtert, als sie sich umsah und Irma in ihrer Gruppe entdeckte.

Aber Peggy war fort. Ebenso Nona und Beatrice. Es blieben nur noch Irma und sie, zusammen mit vier anderen Frauen, die sie nicht besonders gut kannte. Alle vier kamen vom Kontinent. Sie fragte sich, ob sie wohl Englisch sprachen. Sie schienen so schüchtern und verängstigt zu sein. Laura rückte näher an Irma heran. Die Gegenwart der Freundin tröstete sie irgendwie.

Schnell verglichen sie ihre Papiere und stellten erleichtert und aufgeregt fest, daß sie denselben Zielort hatten. Hocherfreut fielen sie sich in die Arme und weinten ohne Scham. Es war so wundervoll, jemanden zu kennen, eine Freundin in einem neuen, fremden Land zu haben.

Bald bestiegen sie einen anderen Zug. Zwar hatten sie wieder keinen Schlafwagen, doch wenigstens war das Abteil nicht so überfüllt. Mittlerweile waren sie so müde, daß Laura das Gefühl hatte, überall schlafen zu können.

Sie hatte recht. Die Mädchen vom Kontinent schliefen ein, sobald der Zug sich in Bewegung gesetzt hatte. Die älteste der Gruppe schnarchte sogar laut.

Laura hatte nicht die Absicht, wach zu bleiben, um zu sehen, ob das Schnarchen die anderen Passagiere verärgerte. Sie wickelte sich ihren Schal fest um die Schultern, legte ihren Kopf gegen das Fenster und schlief ein.

Als sie morgens erwachte, war sie ganz steif, doch wenigstens fühlte sie sich ein wenig ausgeruht.

„Wie lange fahren wir eigentlich mit diesem Zug?“ fragte sie Irma.

„Ich weiß nicht. Jemand sagte etwas von drei Tagen.“

Laura zuckte zusammen. Sie hatte das Reisen so satt. Das Reisen, die Hitze, die Leute und der Staub – das schien in Amerika alles zusammenzugehören.

*

Nach dem Zug kam die Postkutsche, die sie in einer kleinen, staubigen Grenzstadt mit grauen Holzgebäuden und grauen hölzernen Gehsteigen bestiegen. Auf dem Schild über dem Postamt stand „Raeford“. Laura hatte den Eindruck, daß sie ans Ende der Welt reisten. Sie hatte es aufgegeben, sich den Hals zu verrenken, um aus dem Fenster zu schauen. Viele Kilometer lang sah man nur dasselbe. Allerdings fand sie die Rotwildrudel und Büffelherden sehr interessant. Solche Tiere waren ihr in London nicht begegnet.

Die meiste Zeit schwiegen sie. Es gab wirklich wenig, über das man sich unterhalten konnte.

Als sie eine kleine Station mit Namen „Sheep's Meadow“ erreichten, mußte eines der Mädchen vom Kontinent aussteigen. Es fuhr mit einer anderen Postkutsche in eine andere Richtung weiter. Laura konnte die Angst des Mädchens fast körperlich spüren. Sie streckte die Hand aus und umklammerte Irmas. Sie war so dankbar, daß sie nicht allein sein würde!

Später wurden zwei weitere Mädchen in eine andere Richtung weitergeschickt. Laura fragte sich, wie weit diese beiden wohl zusammen reisen würden, bis sie getrennt werden würden.

Als die Kutsche ins Aspen-Tal kam, waren sie immer noch zu dritt. Ein letztes Mal betrachteten sie ihre Papiere. Sie waren zu Hause.

*

Donnigan wünschte, er hätte mit Wallis vereinbart, daß sie zusammen in die Stadt ritten. Er hätte ein bißchen Unterstützung brauchen können. Noch nie in seinem ganzen Leben war er so nervös gewesen – nicht einmal damals, als er von dem riesigen Grizzly angegriffen wurde oder als ihn sein Pferd vor einer durchgehenden Viehherde abgeworfen hatte. Irgendwie war es ihm gelungen, diesen Gefahren zu entkommen. Doch jetzt schien es kein Entrinnen zu geben.

Er sah sich noch ein letztes Mal in seinem Häuschen um.

Alles Geschirr war gespült, sogar die Töpfe. Er hatte alles sorgfältig auf dem Regal neben dem Herd verstaut. Er hatte sogar sein Bett gemacht und nicht wie gewöhnlich einfach nur die Decke über das Kissen gezogen. Und er hatte den Fußboden mit Seifenlauge geschrubbt. Alles sah sehr ordentlich aus.

Er verließ sein Haus und schloß die Tür hinter sich. Während er auf die Scheune zuging, betrachtete er seinen provisorischen Blumengarten. Nur eine der Pflanzen, die er von der Wiese geholt hatte, war eingegangen. Aber leider blühten nur noch drei. Immerhin besser als gar nichts, sagte er sich.

Nur zu gern wäre er mit dem Schwarzen in der Stadt aufgetaucht. Jeder beneidete ihn um das prächtige Pferd, und Donnigan war überzeugt, daß das Tier auch auf seine zukünftige Frau Eindruck machen würde.

Doch der Schwarze haßte es, eine Kutsche zu ziehen, und Donnigan konnte seine neue Frau wohl kaum bitten, sich hinter ihm aufs Pferd zu schwingen. Außerdem hatte sie bestimmt Kisten und Koffer, die er verstauen mußte. Nein, er konnte den Schwarzen nicht nehmen. Donnigan spannte die beiden Wallache vor den Wagen und machte sich auf den Weg in die Stadt.

*

Die Postkutsche hatte Verspätung. Den meisten Leuten in der Stadt fiel das nicht einmal auf, doch die drei Männer, die unruhig auf und ab gingen und ungeduldig auf ihre Ankunft warteten, nahmen das sehr wohl zur Kenntnis.

Lucas, der sich verantwortlich fühlte, weil er das Geld der anderen beiden eingesammelt hatte, holte immer wieder seine goldene Taschenuhr an der langen Kette hervor und betrachtete sie eindringlich, als ob er dadurch die Postkutsche herbeizaubern könnte.

Donnigan sah nur zum Himmel hinauf. Die Sonne hatte den Punkt, an dem sie bei der angegebenen Ankunftszeit hätte stehen sollen, bereits weit überschritten. Wallis marschierte nervös hin und her und spuckte Kautabak auf den Boden.

„Blöder Kutscher!“ rief er wütend und spuckte wieder ein Stück der braunen Masse aus. „Es dürfte nicht erlaubt sein, so zu trödeln und schwer arbeitende Männer warten zu lassen.“

Trotz seiner eigenen Ungeduld mußte Donnigan lächeln.

„Wollt ihr auf einen Kaffee mit ins Hotel kommen?“ fragte Lucas, doch in diesem Augenblick tauchte in der Ferne eine Staubwolke auf.

Beim Anblick der Postkutsche begann Donnigans Magen zu rebellieren. „Das ist sie! Das ist sie ganz bestimmt“, murmelte er vor sich hin. „Jetzt gibt es kein Zurück mehr.“

Auf einmal kam ihm ein neuer Gedanke. „Wenn sie nun gar nicht in der Postkutsche ist? Vielleicht hat sie ihre Meinung geändert oder ist krank geworden, oder –“

Er spürte eine plötzliche Erleichterung wie damals, als er dem Bären entkommen war. Doch nur für einen Augenblick. Er gestand sich ein, daß er, obwohl er schrecklich nervös war, doch sehr enttäuscht wäre, sollte sie nicht dabei sein.

Die Kutsche kam zum Stehen. Während die drei Männer die Luft anhielten, sprang der Kutscher vom Bock und öffnete den Wagenschlag.

Heraus trat eine junge Dame. Sie war nicht besonders groß, angenehm gerundet, und sie lächelte ein wenig nervös. Sie betrachtete die drei Männer vor sich. Ihr Blick blieb an dem großen blonden Mann mit den breiten Schultern hängen. Ihm schenkte sie ein besonders freundliches Lächeln. Während Donnigans Herz einen Sprung machte, trat Lucas vor.

„Willkommen, Miss –?“ sagte er und lüftete seinen Hut.

„Kingsley“, sagte die junge Frau; ihre Stimme war leise und ein wenig belegt. „Irma Kingsley.“

Lucas wirkte auf einmal so nervös wie ein Schuljunge. „Dann sind Sie meine“, platzte er heraus. Verlegen errötete er. „Ich meine – Lucas Stein, das bin ich, Ma'am.“ Er reichte ihr seine Hand, und sie nahm sie.

Donnigan war einen Augenblick enttäuscht, doch dann wendete er wieder seine Aufmerksamkeit der Kutsche zu, aus der gerade eine zweite Frau ausstieg. Sie war groß und wirkte ein wenig steif, ihre Augen waren dunkel und stechend. Sie richtete sich zu ihrer vollen Größe auf und betrachtete die Männer. Bevor einer von ihnen sich rühren konnte, sagte sie in gebrochenem Englisch: „Wer von Ihnen ist Mr. Tremont?"

Wallis schluckte vor Schreck seinen Kautabak hinunter, und sein Gesicht färbte sich tiefrot. Donnigan wußte nicht so genau, ob das an dem Kautabak oder an seiner Nervosität lag.

Schließlich schien er sich zu fassen, doch nicht bevor die Frau ihm einen finsteren, strengen Blick zugeworfen hatte.

„Ma'am", sagte Wallis und verhielt sich so, wie er es bei Lucas gesehen hatte. Nur daß sein Hut, den er eigentlich nur hatte lüften wollen, seinen zitternden Fingern entglitt und in den Staub zu seinen Füßen flog. Er errötete noch heftiger, bückte sich, hob ihn wieder auf und schlug ihn gegen seinen Oberschenkel, um ihn vom Staub zu reinigen. Dabei stieg der Dame die Staubwolke ins Gesicht.

„Es tut mir leid, Ma'am." Wenigstens fiel ihm ein, sich zu entschuldigen. Sie wirkte absolut nicht erfreut.

Donnigan wendete seine Aufmerksamkeit der Kutsche wieder zu. Bisher waren zwei ganz unterschiedliche Frauen ausgestiegen. Falls er sich überhaupt schon ein Urteil erlauben konnte, so hoffte er, die dritte würde der ersten gleichen.

Doch dann stieg ein kleines, dünnes Mädchen aus. Seine zukünftige Frau war also anscheinend doch nicht in der Kutsche gewesen.

Das junge Mädchen ging langsam zu der kleinen Gruppe, und Donnigan bemerkte, daß es ein wenig hinkte. Ein hübsches kleines Ding. Donnigan fragte sich flüchtig, ob sie wohl die Tochter eines der hier ansässigen Farmer oder Rancher war, doch er hatte sie in der Gegend noch nie gesehen. Vielleicht war sie nur zu Besuch hier.

Die junge Frau namens Irma Kingsley drehte sich um, als das junge Mädchen sich ihr näherte. Ihre Stimme klang nun nicht mehr ganz so angespannt. „Das ist Miss Laura O'Malley", erklärte sie, und Donnigan war froh, daß er keinen

Kautabak im Mund hatte, weil er ihn sicherlich ebenfalls heruntergeschluckt hätte, genau wie Wallis.

Laura O'Malley? dachte er. *Aber sie ist doch noch ein Kind. Ich wollte – ich wollte doch eine Frau!*

„Sie müssen Mr. Harrison sein", sagte Miss Kingsley zu Donnigan, „da Sie als einziger noch übrig sind." Sie lächelte ihn herzlich an, und wieder wünschte sich Donnigan, das Schicksal hätte ihm diese Frau zugeteilt. Einen kurzen Augenblick lang beneidete er Lucas. Dann wendete er sich der näherkommenden Laura O'Malley zu und nahm seinen Hut ab.

„Miss", sagte er mit einem gezwungenen Lächeln. Er konnte sie ja wohl kaum mit „Madam" anreden, oder?

Sie gab sein Lächeln zögernd zurück – und als Donnigan in ihre klaren, dunklen Augen blickte, machte sein Herz einen Sprung.

Eingewöhnungszeit

Laura hatte erst einmal tief durchgeatmet, bevor sie aus der Postkutsche ausgestiegen war. Ihr Herz klopfte zum Zerspringen, und ihre Hände waren schweißnaß. Sie richtete ihre Haube über ihren dunklen Locken und glättete die fast neuen Handschuhe. Ihre ganze Ausstattung war in Boston für sie gekauft worden. Sie war einfach und billig, aber immerhin neu. Laura war dankbar dafür, da ihre eigene geflickte Garderobe höchst unangemessen gewesen wäre.

Als sie nun vor der Treppe stehenblieb, ihre Röcke glättete und sich den Staub abklopfte, atmete sie noch einmal tief durch. *Bitte,* bat sie, *wer auch immer sich angesprochen fühlte, bitte laß ihn ein Ire sein.*

Vor ihr stand eine kleine Menschengruppe. Sie blinzelte in die helle Nachmittagssonne und gab ihren Augen Zeit, sich an die Helligkeit zu gewöhnen.

Da war Irma, die bereits zutraulich einen kräftigen, gutgekleideten Herrn mit Brille anlächelte. Er hielt noch immer seine Uhr in der Hand, so als wolle er irgendeine Zeit abstoppen. „Das ist er sicher nicht", murmelte Laura verhalten. „Das muß Mr. Stein sein." Der Mann war etwa Mitte vierzig, schätzte sie.

Lauras Blick wanderte zu dem anderen, kleineren Mann, der gerade seinen Hut abklopfte und übertrieben grinste. Die strenge Risa starrte ihn stirnrunzelnd an – und Laura schätzte, daß sie ihren „Zukünftigen" betrachtete. Der Mann wirkte nicht gerade sehr ordentlich, aber sein Haar war immerhin gekämmt, und sein Gesicht hatte er anscheinend am Morgen gewaschen. Laura schätzte, daß er sogar noch ein wenig älter war als Mr. Stein.

„Aber ich sehe Donnigan nicht“, flüsterte sie vor sich hin, und Angst durchzuckte sie. War das vielleicht alles ein Irrtum? Hatte Mr. Jenks sie den weiten Weg nach Westen geschickt mit dem Namen eines Mannes, der gar nicht existierte? Nur so aus Spaß?

Doch dann entdeckte sie hinter den beiden Paaren einen anderen Mann. Er war blond, sehr groß, hatte breite Schultern – und er wirkte sehr besorgt. Einen Augenblick dachte sie, daß sie genau den Mann vor sich sah, den Irma ihr an Bord des Schiffes als ihren Traummann beschrieben hatte. Bestimmt – bestimmt war dieser Mann für Irma ausersehen. Aber nein – Irma hatte ihren Partner bereits gefunden.

„Er ist – er ist ja ein Riese“, flüsterte Laura. Ihre Füße weigerten sich, sie weiterzutragen. Gerade als sie überlegte, sich umzudrehen und in die Sicherheit der Postkutsche zu flüchten, blickte der Mann auf. Er schien zu begreifen, wer sie war und lächelte sie an. In seinem herzlichen, nervösen Lächeln sah Laura ihre eigenen Gefühle wie in einem Spiegel. Auch sie brachte ein vorsichtiges Lächeln zustande. Zuversichtlich und mit mehr Eleganz, als sie von einem so großen Mann erwartet hatte, kam er auf sie zu. Laura trat ihm entgegen. Ein Gedanke beherrschte alle anderen. Sie konnte an nichts anderes denken. *Er ist kein Ire – und das ist die Wahrheit.*

*

Lucas hatte in seinem Hotel für alle Tee vorbereiten lassen. „Wir müssen uns ja ein bißchen miteinander bekannt machen“, sagte er ruhig zu Wallis und Donnigan, und die beiden Männer hatten zustimmend genickt. Nur zu gern hatte Donnigan Lucas die Führung überlassen.

Nun räusperte sich Lucas, nickte Will, seinem Laufburschen, zu und bot Irma seinen Arm, die ihn nur zu bereitwillig und leicht errötend nahm.

„Sie müssen alle müde sein“, sagte Lucas und ließ seinen Blick über die drei Frauen gleiten. „Es war eine anstrengende Reise. Wir werden zusammen im Hotel Tee trinken.“

Donnigan bemerkte, daß er nicht „mein Hotel" gesagt hatte, obwohl das ja den Tatsachen entsprach. Lucas gehörte bereits die halbe Stadt.

Wallis, der seinen Hut immer noch nicht wieder aufgesetzt hatte, bot Risa verlegen seinen Arm. Sie schien es nicht zu bemerken.

Donnigan wendete sich Laura zu. Sie wirkte so zierlich, so zerbrechlich. So schrecklich jung. Er hatte sofort das Bedürfnis, sie zu beschützen. Er nahm ihren Arm, um sie über die staubige Hauptstraße der Stadt zu führen. *Sie sollte nicht hier draußen im Westen sein,* dachte er. *Es ist zu rauh hier, das Leben zu hart. Sie sollte ... sie sollte –*

Doch sie unterbrach seine Gedankengänge. „Ich bin ja so froh, endlich wieder auf meinen eigenen Füßen zu stehen!" Laura biß sich auf die Lippe. Ihr fiel ein, daß die meisten Männer plappernde Frauen nicht mochten.

Donnigan mußte grinsen. Ihr Akzent war so stark, daß er Mühe hatte, sie zu verstehen. Aber irgendwie war das süß. Er war geistesgegenwärtig genug zu fragen: „Wie lange sind Sie schon unterwegs?"

Nun war es an Laura, die seltsam klingenden Worte zu enträtseln. Du meine Güte, hatte der aber einen seltsamen Akzent! Noch nie hatte sie jemanden so sprechen hören. Ganz bestimmt war er kein Ire.

Sie schüttelte den Kopf. Immer noch war sie nervös – doch sie nahm sich so gut es ging zusammen und erwiderte leise: „Ich weiß nicht genau. Mir scheint es eine Ewigkeit zu sein. Das Schiff – dann der Zug – danach dieser nette Wagen dort." Sie deutete mit dem Kopf auf die Postkutsche, und Donnigan hätte vermutlich losgelacht, wenn er nicht die Ernsthaftigkeit auf ihrem kleinen Gesicht bemerkt hätte.

Sie erreichten das Hotel und folgten Lucas, der die kleine Gruppe mit Irma anführte. Donnigan fiel auf, daß die Frauen sich aufmerksam umsahen. Für eine so kleine Stadt war es wirklich ein hübsches Hotel. Aber Lucas legte eben Wert auf Äußerlichkeiten.

Der kleine Nebenraum war besonders prächtig. Donnigan

fragte sich, ob Lucas ihn wohl extra für diese Gelegenheit hatte neu ausstatten lassen. Er hörte Irma ausrufen: „Du meine Güte!“, als sie den Raum betrat. Das Lächeln vertiefte ihre Grübchen.

Risa nahm den Raum mit einem prüfenden Blick in sich auf, und Donnigan fragte sich, ob ihre Augen nicht einmal kurz aufgeleuchtet hatten.

Doch es war Laura, die seine Aufmerksamkeit fesselte. Er spürte, wie sie die Luft anhielt und sah, wie ihre dunklen Augen sich weiteten, als sie sich schnell in dem Raum umsah. Ihr ganzes Verhalten schien Freude und Staunen auszudrükken. Sie sagte etwas, das er jedoch wegen ihres starken Akzents nicht verstehen konnte.

Sie mag hübsche Dinge, dachte er, und das gefiel ihm. Doch dann dachte er an seine einfache Hütte. Bei ihm gab es keine Plüschvorhänge, Brokatsofas, Tapeten mit prächtigem Muster und dicke Teppiche wie hier. Wieder machten sich die Sorgen in ihm breit.

Lucas führte sie zu einem gedeckten Tisch und nickte einem Kellner zu, der bereit stand, um dem Küchenpersonal das Zeichen zu geben.

Donnigan war sprachlos. Er hatte gedacht, er würde Lucas kennen. Doch nun erkannte er, daß das nicht der Fall war. Es wurde immer deutlicher, daß der Mann sehr viel eher in eine der Städte an der Ostküste gepaßt hätte als in ihre Kleinstadt. Er war ausnehmend höflich und zuvorkommend. *Bestimmt hat er das in Büchern gelesen oder irgendwo geübt,* dachte Donnigan. *Das hat er sicher nicht hier gelernt.*

Die Wahrheit war, daß Lucas ohne das Wissen der anderen eine beträchtliche Menge Zeit damit verbracht hatte, sich auf dieses Ereignis vorzubereiten. Und er hatte Abend für Abend in seinen Räumen geübt, bis er das Gefühl hatte, sich in seiner neuen Rolle wohlzufühlen.

Wallis, Donnigans nächster Nachbar und Freund, stach plötzlich als grober, ungehobelter und ungebildeter Klotz hervor. Seine schlechten Manieren waren Donnigan vorher nie so sehr aufgefallen, doch als er ihn nun beobachtete, wie unbeholfen er sich bei dieser einfachen Zeremonie des Teetrinkens verhielt, mußte er sich fragen, was Risa wohl dachte.

Doch sehr zu Donnigans Erstaunen schienen die drei Damen am Tisch genauso nervös und unsicher zu sein wie die Männer selbst.

Vielleicht sind sie nur erschöpft, dachte er.

„Ich bin sicher, unsere amerikanischen Sitten werden Ihnen im Vergleich zu Ihren europäischen Gewohnheiten ein wenig primitiv vorkommen“, meinte Lucas lächelnd, „doch würden Sie uns heute das Vorrecht gewähren, Sie bedienen zu dürfen? In Zukunft dürfen Sie dann den Tee servieren.“

Diese Bemerkung nahm die Spannung am Tisch ein wenig. Lucas übernahm die Pflichten des Gastgebers, und die Frauen schienen sich ein wenig zu entspannen.

Lucas versuchte, ein Gespräch in Gang zu bekommen, indem er jede der Frauen abwechselnd ansprach. Donnigan bemerkte, daß Irma recht locker antwortete. Auch Laura äußerte sich, wenn sie angesprochen wurde, doch ihre Antworten waren kurz und knapp, und ihr Akzent war wirklich sehr stark. Donnigan fiel auf, daß Wallis die Stirn runzelte, und er fragte sich, ob der Mann überhaupt auch nur ein Wort von dem verstanden hatte, was Laura gesagt hatte.

Risa hatte nur sehr wenig zu sagen. Ihre Antworten waren kurz, knapp und emotionslos. Auch sie sprach mit starkem Akzent. Vielleicht einem deutschen oder holländischen – oder sogar russischen? Donnigan hatte wirklich keine Ahnung. Doch jedesmal, wenn die Frau etwas von sich gab, strahlte Wallis, als hätte sie gerade eine weltbewegende Rede gehalten und von ihrem Publikum donnernden Applaus bekommen.

Das Zusammensein wurde langsam entspannter, und Donnigan war dankbar, daß Lucas das hier arrangiert hatte. Es half ihnen, das Eis zu brechen. Vielleicht fühlten sie sich jetzt alle ein wenig wohler in der Gesellschaft der anderen. Doch Donnigan wußte auch, daß Wallis und er bald auf sich allein gestellt sein würden.

Lucas hatte die Stirn gerunzelt, als Donnigan ihn gebeten

hatte, ihm zwei Zimmer in seinem Hotel zu reservieren. Zwei Zimmer. Eines sollte das beste sein, das er hatte.

Donnigan war rot geworden und hatte dann schnell erklärt: „Ich denke, sie – sie hat das Recht, das alles noch einmal zu überdenken ... sich zu überlegen, ob sie wirklich –"

Lucas hatte genickt. Doch er schien immer noch das Gefühl zu haben, daß Donnigan unnötige Vorsichtsmaßnahmen traf.

„Ich habe mit dem Pfarrer vereinbart, daß die Trauung um sieben Uhr stattfindet", erwiderte Lucas. „Danach werden wir das Abendessen in meinen Räumen einnehmen."

Ja, dachte Donnigan, *ich bin sicher, daß du alles sorgfältig arrangiert hast.*

Als Donnigan sich am Tisch umsah, kam ihm eine seltsame Idee. *Wenn Lucas nun mit Risa zusammengetan worden wäre?* Bei diesem Gedanken mußte er lächeln. Nur mit Mühe riß er sich zusammen. Er wollte nicht, daß irgend jemand es bemerkte. Aber das wäre sicher lustig gewesen – Lucas, der versuchte, der strengen Risa beizubringen, durch seinen Reifen zu springen.

Donnigans Blick wanderte zu Irma zurück. Ihre runden Wangen waren gerötet, und ihre Augen funkelten, während sie aufmerksam auf das hörte, was Lucas ihr erzählte. Es hatte den Anschein, als würde Lucas mit Irma keine Schwierigkeiten bekommen.

Aber was sollte er von den anderen beiden halten? Was sollte er mit Laura tun? Wieder rutschte Donnigan unruhig hin und her.

*

Laura war von dem prächtigen Hotel sehr beeindruckt. Sie hatte noch nie ein Hotel von innen gesehen, abgesehen von dem in Boston, und das war sehr alt, düster und muffig gewesen. Die Mädchen waren alle in ein paar stickigen Räumen mit einem schmutzigen Fenster zusammengepfercht gewesen, von dem aus man auf einen schmutzigen Hinterhof blickte.

Laura war überhaupt nicht beeindruckt gewesen. Sie hatte sich vorgestellt, daß alle Hotels so aussahen.

Aber dieses Hotel war ... wie das Schloß eines reichen Mannes, obwohl sie natürlich so etwas niemals von innen gesehen hatte.

Sie war besorgt wegen des weißen Leinentischtuchs. Wenn sie nun etwas verschüttete? Dieses rechteckige kleine Leinentuch neben ihrem Teller verwirrte sie. Was sollte sie damit anfangen? Das weiße Porzellan sah so aus, als würde es bei der kleinsten Berührung zerbrechen. Unsicher machten sie auch die vielen Gabeln, Messer und Löffel. Wozu brauchte man so viel Besteck, wenn man einfach nur Tee trinken wollte?

Und als das Teetablett gebracht wurde, riß Laura vor Staunen den Mund auf. Noch nie hatte sie so viele leckere Sandwiches, Kuchen und Kekse gesehen. Sie wußte gar nicht, wo sie anfangen sollte – darum beobachtete sie Lucas, der Irma das erste Stück reichte und unauffällig auf das Besteck zeigte, das sie dazu brauchte. Wenn Laura einfach alles tat, was Irma machte, konnte sie nichts falsch machen. Sie begann sich ein wenig zu entspannen und den Nachmittag zu genießen. Wie die anderen war sie sehr hungrig. Ihre Reiseverpflegung war einfach und recht dürftig gewesen.

Während sie das leckere Essen genoß, vergaß Laura beinahe den großen Mann, der neben ihr saß. Unter anderen Umständen wäre sie sich seiner Gegenwart vermutlich sehr wohl bewußt gewesen. Tatsächlich wunderte sie sich darüber, daß das Essen ihre Aufmerksamkeit so sehr in Anspruch nahm. *Wenn das Amerika ist, dann gefällt es mir,* dachte sie.

Doch sobald ihr Hunger ein wenig gestillt war, wendeten sich ihre Gedanken wieder anderen Dingen zu. Wie zum Beispiel der Hochzeit. Dem Fremden, den sie heiraten sollte. Trennung von Irma. Die Familie zu Hause. Auf einmal war ihr das Essen ganz egal. Ihr Magen krampfte sich zusammen. Sie schob den Teller zurück, als könnte sie keinen einzigen Bissen mehr herunterbringen.

Sie ließ ihren Blick über den Tisch gleiten. Lucas sprach immer noch angeregt mit Irma, die ihm aufmerksam zuhörte.

„Meine Räume befinden sich hier im Hotel“, hörte Laura ihn sagen. Dann fügte er schnell hinzu: „Ich hoffe, daß Ihnen das nicht unangenehm ist.“

„Oh nein“, erwiderte Irma. „Das ist höchst – höchst angenehm.“ Wieder ließ sie ihren Blick durch das Zimmer gleiten und errötete.

Laura folgte Irmas Blick. *Wäre es nicht herrlich, an einem solchen Ort zu wohnen?* fragte sie sich.

Lauras Blick wanderte zu Wallis, der die Sandwiches in sich hineinstopfte, als hätte er wochenlang nichts zu essen bekommen. Einen Ellbogen hatte er auf den Tisch aufgestützt, damit die Entfernung zu seinem Mund nicht so groß war. Laura bemerkte, daß er zwei der Sandwiches zusammengeklappt hatte, um auch wirklich etwas zwischen den Zähnen zu haben.

Risa saß sehr steif neben ihm. Sogar ihr straffer Haarknoten schien sich von dem Mann neben ihr beleidigt zu fühlen.

Donnigan saß zu dicht neben ihr, als daß sie sein Gesicht hätte sehen können. Doch sie war erstaunt, daß es ihr bereits vertraut war. Sie sah seine blauen Augen vor sich, seine ebenmäßigen Gesichtszüge, die gerade Nase, die gebräunten Wangen – auf der einen hatte er eine kleine Narbe, und sie fragte sich, wie er sie wohl bekommen hatte –, das entschlossene Kinn mit dem kleinen Grübchen, das blonde Haar, das sich im Nacken wellte.

Doch er war so groß! Laura war an kleinere Männer gewöhnt. Männer, die von ihrer Statur her eher Lucas glichen. Einen Augenblick lang wünschte sie sich, sie könnte mit Irma tauschen. Irma hatte einen großen, blonden Rancher haben wollen. Laura fühlte sich neben ihm wie eine Zwergin. Wie ein kleines Kind, das zu seinem Vater aufblickt. Das gefiel ihr überhaupt nicht.

Lucas faltete nun die Serviette zusammen, die er sich auf den Schoß gelegt hatte. Laura sah, wie Irma nach ihrer griff und sie ebenfalls zusammenlegte. Laura folgte ihrem Beispiel.

„Ich denke, wir alle haben unsere Pläne für den Rest des Nachmittags", meinte Lucas nun.

„Ich habe Ihr Gepäck auf meine – auf unsere Zimmer bringen lassen", erklärte Lucas Irma. „Ich bin sicher, Sie möchten gern ein Bad nehmen und sich ein wenig ausruhen."

Irma blickte ihn dankbar an. Ihr Blick wanderte zu Laura. Einen kurzen Augenblick lang sah Laura Panik in Irmas grauen Augen aufflackern.

„Die – die Hochzeit –?" begann Irma.

„Wird um sieben Uhr stattfinden", erklärte Lucas gleichmütig.

„Ich ... ich habe mich gefragt – naja, weil ich niemanden kenne und – und Laura meine Freundin ist, könnte ... könnte sie nicht meine Brautjungfer sein, Sir?"

Lauras Herz blieb beinahe stehen. Daran hatte sie gar nicht gedacht.

Lucas runzelte die Stirn. Er hatte bereits alles arrangiert. Doch dann blickte er Irma an und nickte, wenn auch, wie es schien, etwas widerstrebend. „Natürlich", sagte er. „Das geht in Ordnung."

Lucas wendete sich an Laura; doch dann blickte er Donnigan an. „Dann also in der Kirche; um zehn vor sieben", sagte er, und beide, Laura und Donnigan wußten, daß Lucas meinte, Donnigan solle sie pünktlich dorthin bringen.

„Ich habe dem Pfarrer gesagt, daß wir an der Reihe sind, sobald wir hier fertig sind", erzählte Wallis Risa.

Die Frau erhob keine Einwände, nickte nur und folgte Wallis zur Tür.

*

„Sind Sie müde – oder würden Sie gern ein wenig spazierengehen?" fragte Donnigan Laura, während er nervös mit seinem Hut spielte.

Er hatte das Gefühl, daß er ein wenig mehr über dieses

junge Mädchen erfahren müsse. Beim Tee war es nicht möglich gewesen, sich richtig zu unterhalten.

Laura war zwar müde, doch auch sie empfand die Notwendigkeit, mit ihm über ihre Zukunft zu sprechen.

„Ein wenig spazierengehen wäre nett", erwiderte sie darum und fragte sich, ob Donnigan ihr Hinken wohl übersehen hatte. Würde er sich schämen, sich mit einer hinkenden Partnerin in der Stadt sehen zu lassen?

So traten sie hinaus in die heiße Nachmittagssonne. Laura nahm Donnigans Arm, den er ihr angeboten hatte. Es war ein seltsames Gefühl, am Arm eines Mannes zu gehen. Sie war es gewohnt, allein durch die Straßen von London zu eilen. Nur „Damen" traten in Begleitung auf.

Schweigend gingen sie eine Weile nebeneinander her. Schließlich ergriff Donnigan das Wort. „Wir werden die Nacht im Hotel verbringen", informierte er sie.

Laura sah ihn an. Sie wartete darauf, daß er ihr sagte, wann sie in der Kirche vor dem Pastor stehen würden.

„Ich dachte, Sie sind vielleicht zu müde, um heute abend noch zur Farm hinauszufahren, da Sie bereits so lange unterwegs waren", fuhr er fort.

Laura nickte schweigend.

Ihre Gedanken überschlugen sich. *Er sagte „die Farm". Ich werde also wieder auf einer Farm sein. Ich frage mich, ob man von dort aus wohl das Meer sehen kann?* Laura war sicher, daß sie in der Nähe des Meeres sein mußten. Sie waren so weit gereist. Kein Land konnte so riesig sein; also mußten sie hier doch nahe an der Boston gegenüberliegenden Küste sein. Sie wischte sich mit dem weißen Taschentuch, das sie in Boston gekauft hatte, den Schweiß von der Stirn.

Donnigan blieb stehen.

„Es ist zu heiß für Sie, nicht wahr? Es tut mir leid. Sie sollten sich ausruhen."

Laura hatte noch nie gehört, daß jemand so besorgt mit ihr sprach. Bestimmt war das keine echte Besorgnis um ihr Wohlergehen.

„Es – es geht mir gut", erwiderte sie.

Doch er hatte bereits kehrtgemacht. „Ihr Gepäck ist bereits auf Ihr Zimmer gebracht worden", sagte er ihr, als sie die kühle Hotelhalle betraten. Mit keinem Wort erwähnte er, daß er erstaunt gewesen war, wie wenig Gepäck sie bei sich hatte. Der Postkutscher hatte ihm immer wieder versichert, daß dieser kleine Koffer alles war, was die Dame bei sich gehabt hatte.

„Ich habe den Schlüssel – hier. Ich bringe Sie noch hinauf."

Eine Hand unter ihren Ellbogen gelegt, führte er sie durch die Halle und die mit Teppich ausgelegten Stufen hinauf. Laura fühlte sich ein wenig schwindelig. War das die Hitze, die Ereignisse des Tages, der Mann an ihrer Seite oder alles zusammen? So vieles stürmte auf sie ein. So schnell.

Oben angekommen wendeten sie sich nach rechts und gingen einen schmalen Flur entlang. Donnigan holte den Schlüssel hervor, schloß die Tür auf und öffnete sie so weit, daß Laura eintreten konnte. Es war ein hübsches Zimmer, mit schweren, blaugoldenen Vorhängen, einem blaugoldenen Teppich und einem einladenden weichen Bett.

„Ich schicke jemanden mit heißem Wasser hoch. Sie können ein Bad nehmen und sich ausruhen", bot Donnigan ihr an. „Es tut mir leid, daß Sie nicht so viel Zeit haben werden. Wir müssen um zehn vor sieben in der Kirche sein. Wenn wir nicht pünktlich sind, wird Lucas böse werden."

Er drehte sich um und wollte das Zimmer verlassen.

„Warten Sie!"

Er blieb stehen.

„Was ist mit unserer Hochzeit?" fragte Laura mit mehr Mut, als sie sich zugetraut hatte.

„Morgen", antwortete er kurz. „Sie wird erst morgen sein."

Er schloß die Tür. Laura starrte ihm mit aufgerissenen Augen nach. Dann zog sie ihren Handschuh aus und warf ihn auf das Bett.

„Sicher – entweder Sie schlafen heute nacht im Flur, Mr. Donnigan Harrison, Sir, oder ich werde es tun", murmelte sie aufgebracht vor sich hin.

Mißverständnisse

Wie versprochen wurde kurz vor sieben an Lauras Tür geklopft. Sie war bereit und fühlte sich etwas erfrischt, obwohl sie wünschte, sie hätte sich noch länger ausruhen können.

Doch es war aufregend, an Irmas Hochzeit teilnehmen zu können – trotz der Enttäuschung, daß Mr. Donnigan Harrison beschlossen hatte, ihre eigene zu verschieben. Wenn er sie nun immer weiter aufschob? *Wenn er gar nicht vorhat, mich zu heiraten?* Laura spürte, wie sich ihr Magen zusammenkrampfte.

Er bot ihr wieder seinen Arm, doch wegen ihrer Angst und der Verwirrung, die ihre Gedanken immer noch beherrschten, weigerte sie sich, ihn zu nehmen. Mit hoch erhobenem Kopf hinkte sie neben ihm her und ignorierte ihn, soweit das möglich war.

„Haben Sie sich ein wenig ausruhen können?" fragte er freundlich. Sie antwortete mit einem leichten Nicken und preßte die Lippen aufeinander. Wenn ihm das seltsam vorkam, so äußerte er es jedenfalls nicht.

Er führte sie die Stufen hinunter und durch die Vorhalle hinaus in den warmen Abend. Laura bemühte sich nicht, eine Unterhaltung in Gang zu bringen, und er schien ihre gereizte Stimmung zu spüren.

Sie entdeckte die kleine Kirche, die ein wenig abseits der Straße stand, noch bevor er die Hand heben konnte, um sie von dem hölzernen Gehsteig zu führen.

„Da sind wir – genau pünktlich. Lucas braucht nicht ungeduldig zu werden", sagte Donnigan.

Sie betraten die Kirche. Lucas stand vorn im Eingang und

wartete. Er trug einen schwarzen Anzug und hatte sich eine kleine Rosenknospe ins Knopfloch gesteckt.

Der Mann, den Laura als den Pastor identifizierte, stand mit geöffneter Bibel bereits vor dem Altar. *Es sieht so aus, als wollte auch der Prediger Lucas Stein nicht warten lassen,* dachte Laura. Unwillkürlich mußte sie lächeln.

Irma traf um Punkt sieben Uhr ein. Sie kam in einer Kutsche, obwohl das Hotel nur ein paar hundert Meter von der Kirche entfernt war. Laura starrte sie an. Irma trug ein weißes Kleid mit einem Spitzenschleier über ihrem sorgfältig frisierten Haar. Das Kleid war ein wenig eng, und Irma schien die Luft anzuhalten, aber Laura wunderte sich, wie der Mann es zustande gebracht hatte, die Größe seiner zukünftigen Frau abzuschätzen. Die weiß gekleidete Braut hielt einen Strauß rote Rosen mit weißen Nelken in der Hand. Nie hatte Laura etwas so Prächtiges gesehen.

„Ihre Blumen", sagte Lucas, und Laura wendete den Blick von Irma ab. Lucas hielt ihr eine kleinere Version von Irmas Strauß entgegen. Wie betäubt nahm sie ihn.

Ein ihr vollkommen fremder Mann trat vor und bot ihr seinen Arm, um sie zu dem Mann vor dem Altar zu bringen. Einen kurzen Moment befürchtete sie, sie müßte diesen kahlköpfigen, streng wirkenden Herrn heiraten, doch dann wurde ihr klar, daß sie einfach nur nach vorne geführt wurde, um Trauzeugin bei Irmas Hochzeit zu sein. Sie nahm den ihr dargebotenen Arm und ließ sich von dem Mann nach vorn führen, wobei sie rasch überlegte, was wohl aus Donnigan geworden war.

Doch der Pastor hatte seine Rede bereits begonnen, und Laura mußte sich zwingen, ihre Aufmerksamkeit wieder ihm zuzuwenden.

„Liebe Gemeinde –" Seine Stimme war leise und beherrscht. Laura fragte sich, ob Lucas ihn wohl eigens für dieses Ereignis hergeholt hatte. Er klang so gemessen, so würdevoll. Doch schnell erinnerte sie sich daran, daß der Mann in diese Stadt gehörte. Sie wußte, daß Wallis und Risa seine Dienste bereits früher in Anspruch genommen hatten.

Bei diesem Gedanken spürte Laura, wie die Unsicherheit wieder in ihr hochstieg. Warum hatte Donnigan keine Vereinbarung getroffen? Oder hatte er einen Termin vereinbart – und ihn wieder abgesagt, als er ihre Behinderung entdeckt hatte? Vielleicht würde sie zurückgewiesen werden, genau wie ihre Stiefmutter ihr prophezeit hatte.

Laura konnte sich nicht mehr konzentrieren. Bevor sie noch wußte, wie ihr geschah, sagte der Mann mit dem Buch: „Möge der Gott des Himmels eure Verbindung mit seiner Liebe, Freude und seinem Frieden segnen. Amen." Die Zeremonie war vorüber.

*

Donnigan kämpfte immer noch mit sich. Er machte sich keine Gedanken um das Abendessen; das war bereits bestellt, und es war immer leicht, sich über das Essen zu unterhalten, wenn man sonst nichts wußte. Und er wußte auch, daß Laura schrecklich müde war – sie würde sich also früh zurückziehen. Aber was dann? Sie mußten irgendwann ernsthaft miteinander reden. Um zehn Uhr am nächsten Morgen sollte ihre Trauung stattfinden, und dieser Zeitpunkt rückte mit unglaublicher Geschwindigkeit näher. Er mußte über so vieles nachdenken, und er hatte doch nur so wenig Zeit. Er hatte gedacht, er sei darauf vorbereitet – und er wäre es auch gewesen, wenn eine Frau wie Irma der Postkutsche entstiegen wäre. Aber dieses Mädchen? Was hatte Jenks sich dabei gedacht? Sie war doch noch ein Kind, das zu Hause bei seiner Familie sein sollte. Was tat sie hier – bereit, das Eheversprechen abzulegen, bereit, die Verantwortung und die Aufgaben einer erwachsenen Frau zu übernehmen? Das machte alles keinen Sinn.

Während der Trauung hatte er die ganze Zeit über dieses Problem nachdenken müssen, und als das letzte Amen gesprochen wurde, war er der Lösung noch keinen Schritt näher gekommen.

Als sich das Paar vom Altar abwandte, erhob sich Donnigan. Abgesehen vom Pastor und der Hochzeitsgesellschaft war er der einzige Anwesende in der kleinen Kirche. Er war nicht sicher, ob er den Neuvermählten entgegengehen und seine Glückwünsche übermitteln sollte, oder ob er lieber warten sollte, bis sie den Gang entlang kamen. Er entschied sich fürs Warten.

Der Pastor ging voran, Lucas und Irma folgten ihm. Zögernd trat Donnigan vor und streckte seine Hand aus.

„Meinen herzlichen Glückwunsch“, sagte er voller aufrichtiger Freude zu Lucas. Der Mann, der normalerweise so beherrscht war, konnte das Strahlen in seinen Augen nicht unterdrücken. Er hatte es geschafft; er war nun verheiratet.

Donnigan ließ seinen Blick zu seiner zukünftigen Braut schweifen. Langsam schritt sie am Arm von Grant Crayford, dem Bankier der Stadt, den Gang entlang. Donnigan hatte diesen Mann nie besonders gemocht, sondern ihn als notwendigen Teil der Stadt akzeptiert. Und nun, da der Mann seine Pranke auf Lauras kleine Hand legte, sich zu dem jungen Mädchen beugte und ihm etwas zuflüsterte, mochte Donnigan ihn noch weniger. Er konnte sie den Gang entlangführen, das war in Ordnung, aber es war etwas ganz anderes, so vertraulich, ja so besitzergreifend mit ihr zu reden. Donnigans gestärkter Kragen wurde ihm auf einmal zu eng. Ein wenig zu schnell trat er vor, nahm Lauras freien Arm und zog sie von dem Mann im dunklen Anzug fort.

„Unser Abendessen wartet“, erklärte er, und sie ließ sich bereitwillig fortführen.

Als sie die Kirche verließen, sah Laura, wie Lucas Irma in die Kutsche half. Laura war fast ein bißchen neidisch – doch dann begegnete sie Irmas Blick.

Sie lächelte noch immer pflichtschuldig, doch ihr Blick verschleierte sich kurz. *Sie hat Angst,* dachte Laura. *Sie ist nervös und hat Angst.*

Laura wünschte, sie könnte zu ihr gehen, doch statt dessen lächelte sie ihr nur ermutigend zu und hoffte, daß Irma sich dadurch ein wenig getröstet fühlen würde. Schon wurde der Kutschenschlag geschlossen, und Irma war fort.

*

Laura war so müde, daß sie das schmackhafte Essen kaum genießen konnte. Donnigan unterhielt sich mit ihr, und sie hoffte, daß sie ihm einigermaßen vernünftige Antworten gab.

Sie war immer noch verwirrt und besorgt wegen dieser Hotelgeschichte. Sie wußte nicht so genau, wie sie damit umgehen würde, wenn es soweit war, doch sie hatte nicht die Absicht, den Raum mit einem Mann zu teilen, der nicht ihr angetrauter Ehemann war.

Ich könnte gleich hier auf diesem Stuhl schlafen, beruhigte sie sich. Müde genug dazu war sie. *Oder ich könnte mich auf eines der Sofas in der Halle legen.*

Jetzt sprach Donnigan wieder. „Ich weiß, Sie sind sehr müde", sagte er gerade, „darum sprechen wir wohl besser morgen früh über unsere Hochzeitspläne und nicht noch heute abend."

Laura warf ihm einen abwesenden Blick zu. „Ich habe nichts Besonderes anzuziehen", gestand sie dann, den Blick fest auf ihren Teller gerichtet.

Donnigan rutschte unbehaglich hin und her. „Ich auch nicht", gestand er. „Nur Lucas denkt an so etwas."

„Macht es Ihnen etwas aus?" fragte Laura einfach.

„Nein." Seine Antwort war kurz, beinahe scharf. Dann wurde sein Tonfall weicher. „Ihnen denn?"

Laura zuckte die Achseln. Irma hatte wundervoll ausgesehen. Doch wenn sie ehrlich war, so hatte sie nie an ein Hochzeitskleid gedacht. „Nein", sagte sie nach einem kurzen Zögern.

„Was Sie jetzt anhaben ist wirklich hübsch", fuhr Donnigan fort. Noch nie hatte ein Mann ihr ein Kompliment gemacht. Laura spürte, wie sie errötete.

Die Mahlzeit endete schweigend. Als beide fertig gegessen hatten, erhob sich Donnigan und bot Laura seinen Arm.

„Ich denke, wir gehen wohl besser nach oben, bevor Sie noch am Tisch einschlafen", neckte er sie sanft.

Laura sehnte sich nach dem weichen Bett in ihrem Zimmer. Doch die Angst machte sich in ihr breit. Jetzt würde sie hart sein müssen. Jetzt mußte sie ... aber wie, und was sollte sie sagen?

Donnigan führte sie die Treppe hinauf und den Flur entlang, und wieder öffnete er die Tür mit dem Schlüssel. Er hielt sie für sie offen, damit sie eintreten konnte, doch Laura blieb wie erstarrt stehen.

„Dieses Arrangement gefällt mir überhaupt nicht, Sir“, sagte sie mit hoch erhobenem Kopf und vorgeschobenem Kinn.

Donnigan blickte sie verwirrt an. „Stimmt irgend etwas mit dem Zimmer nicht?“ fragte er unschuldig.

Mit ihrem starken Akzent antwortete sie: „Nein, das Zimmer ist sehr hübsch. Nur die Gesellschaft stört mich.“

„Die Gesellschaft?“ Donnigan wußte ganz offensichtlich nicht, was sie meinte.

„Auf der Reise habe ich eine winzige Kajüte mit mehr Frauen geteilt, als ich zählen konnte“, fuhr Laura fort, „und es hat mich nicht einen Augenblick gestört – aber ein Zimmer mit einem Mann zu teilen – dagegen habe ich etwas.“

„Einem Mann?“ Donnigan spähte ins Zimmer, als erwarte er dort einen Mann zu entdecken, den er bisher übersehen hatte. Sein Gesicht verriet noch immer seine Verwirrung.

„Falls Sie sich für einen Mann halten, Sir“, sagte Laura. Die Verärgerung war ihrer Stimme anzuhören.

„Ich?“ fragte er ungläubig. Dann begann er leise zu lachen. „Meine Güte, Sie dachten – also, ich meine, Sie dachten, daß – daß ...?“ Er konnte die Frage nicht zu Ende bringen. „Aber wir werden doch erst morgen heiraten“, erinnerte er sie.

Laura stand einfach nur da und starrte ihn an. Ihre Verärgerung verwandelte sich in Verwirrung.

„Mein Zimmer ist am anderen Ende des Flures“, erklärte Donnigan schnell und deutete den Flur entlang. Dann drückte er Laura den Schlüssel in die Hand. „Ihr Schlüssel“, sagte er und zog einen anderen Schlüssel aus der Tasche. Dann fuhr er sich mit der Hand durch sein blondes Haar. Laura bemerkte, wie seine Wangen sich allmählich röteten. Nur die weiße

Narbe blieb davon unberührt. Nervös befeuchtete er sich die Lippen und spielte mit dem Hut in der Hand.

„Es tut mir leid“, murmelte er. „Es war nicht meine Absicht, Sie in dieser Unsicherheit zu halten. Ich – ich schätze, ich habe es Ihnen nicht erklärt. Ich habe einfach nicht nachgedacht. Es ... es tut mir wirklich sehr leid.“

Laura spürte, wie ihre Verärgerung schwand. Sie stand eine Weile reglos da und versuchte, sich wieder unter Kontrolle zu bekommen. Dann breitete sich ein Lächeln auf ihrem Gesicht aus. „Sicher – und ich habe Ihnen eine ganz schöne Szene gemacht, nicht?“ gab sie leise lächelnd zu.

Er blickte ihr fest in die dunklen Augen. Unerwartet legte er ihr die Hand auf die Schulter. „Ich – ich bin froh“, flüsterte er. „Ich bin froh, daß Sie ... nun ja, daß Sie so ein Mädchen sind.“

Laura verstand genau, was er meinte und war tief bewegt. Sie schluckte und brachte ein Nicken zustande. Dann ging sie ins Zimmer.

„Ich werde morgen früh an Ihre Tür klopfen“, rief er ihr leise nach, und Laura hörte, wie die Tür hinter ihr zugezogen wurde.

Ein Neuanfang

Laura hatte Angst gehabt, daß sie womöglich erst am Nachmittag des folgenden Tages wieder aufwachen würde. Sie war so schrecklich müde von der langen Reise und so erschöpft von der nervlichen Anspannung. Doch sehr zu ihrem Erstaunen verbrachte sie eine ruhelose Nacht.

Zuerst hatte sie Schwierigkeiten einzuschlafen. Sie dachte an Irma und Risa und fragte sich, wie sie sich wohl an die Tatsache gewöhnten, daß sie nun mit einem völlig fremden Mann verheiratet waren. Sie dachte an Donnigan, ihren Bräutigam, den sie kaum kannte, und fragte sich, ob er wohl irgendwelche finsteren Geheimnisse hatte. Tatsächlich fragte sie sich sogar, ob sein Extrazimmer nur ein Vorwand war, damit er sich unbemerkt in der Nacht davonschleichen und sie mittellos hier zurücklassen konnte.

Ihre Gedanken wanderten auch in ihre Heimat. Ihre Stiefmutter und deren Heiratspläne übersprang sie schnell. Sie fragte sich nicht einmal, ob Madame wohl Glück in ihrer Ehe gefunden hatte; mittlerweile würde sie wohl verheiratet sein. Statt dessen dachte sie an Bridget, und die Einsamkeit erdrückte sie fast. Sie vermißte Bridget. Es stimmte, das Mädchen war ziemlich verwöhnt und unerzogen, aber sie und Laura hatten echte Zuneigung füreinander empfunden.

Würde Bridget zur Schule gehen? Es war bereits Herbst. Das Mädchen müßte jetzt im Internat sein. Laura fragte sich, wie es ihr wohl ging. Würde das Wenige, das Laura ihr beigebracht hatte, ausreichen, so daß sie mitkam?

Laura dachte sogar an Charles und den kleinen Edmund. Ob es ihnen auf dem Land wohl gefiel? Hatten sie tatsächlich ein eigenes Pony bekommen?

Seltsamerweise mußte Laura sogar an den mißmutigen alten Bäcker denken. Bestimmt hatte er ihren Korb an ein anderes armes Mädchen weitergegeben, das jetzt seine Waren auf der Straße feilbot. Laura wollte sich das Mädchen nicht einmal vorstellen. Die schmutzigen Straßen Londons waren wirklich kein Ort, an dem ein junges Mädchen sich aufhalten sollte.

Und immer wieder kehrten Lauras Gedanken zu Donnigan zurück. Wieder einmal sagte sie sich enttäuscht: „Er ist kein Ire, ganz bestimmt nicht."

Aber was war er? Und wer war er? Er sah gut aus – obwohl seine Größe sie beunruhigte. Er sagte, er hätte eine Farm. Das gefiel Laura. Eine Farm würde eine nette Abwechslung von den schmutzigen Straßen und den dunklen, großen Gebäuden sein.

Er schien ein Gentleman zu sein – obwohl natürlich nicht so weltgewandt und selbstsicher wie Irmas Gatte Lucas. Doch noch während Laura darüber nachdachte, bewegte sie sich unruhig. Sie war nicht sicher, ob ihr ein Mann wie Lucas besser gefallen hätte als Donnigan. Er schien so bestimmend – er schien alles fest in der Hand zu haben und fast mechanisch zu reagieren. Wieder fragte sich Laura, ob Irma wohl mit ihm glücklich werden würde.

„Ich muß damit aufhören", ermahnte sie sich. „Morgen früh werde ich vollkommen zerschlagen sein und nicht bereit für meine Hochzeit." Doch gleichzeitig fragte sich Laura, ob es überhaupt eine Hochzeit geben würde.

*

Donnigan zog sich sehr früh auf sein Zimmer zurück. Er wußte einfach nicht, was er sonst mit dem langen Abend anfangen sollte. Doch er hätte ebensogut aufbleiben und spazierengehen können. Unruhig warf er sich im Bett herum, schüttelte sein Kissen auf, dann drehte er sich wieder auf die Seite und stopfte es sich unter den Kopf.

Noch nie war er innerlich so aufgewühlt gewesen. Nie hatte er vor einer so schwierigen Entscheidung gestanden.

„Einundzwanzig! Das ist lächerlich. Sie ist höchstens ... höchstens – ich weiß, was ich tun sollte", sagte er sich fest. „Ich sollte ihre Sachen zusammenpacken, sie in die Postkutsche setzen und sofort wieder nach Hause schicken."

Doch Donnigan hatte schlichtweg nicht das Geld dafür, eine zweite Überfahrt zu bezahlen.

„Vielleicht könnte jemand sie als Hilfskraft nehmen – das würde ihr ein wenig Zeit geben, erwachsen zu werden", dachte er dann. Aber schnell verwarf er den Gedanken wieder. Wie konnte er dann wissen, daß sie angemessen behandelt und nicht ausgenutzt wurde?

„Ich sollte sie nicht heiraten, das ist klar", sagte er sich. Aber wenn er sie nicht heiratete, was sollte er dann mit ihr anfangen?

An ihrem wenigen Gepäck war deutlich zu sehen, daß sie nicht in der Lage sein würde, für sich selbst zu sorgen.

„Aber ich kann sie doch auch nicht einfach zur Farm mitnehmen, ohne sie zu heiraten", überlegte Donnigan. „Selbst wenn ich im Stall schlafen würde."

Es schien einfach keinen Ausweg zu geben. Nicht daß sie ihm nicht gefallen hätte. Sie war ein hübsches kleines Ding – und sie hatte Mumm. Das hatte er gleich bemerkt. Und wenn er genau darüber nachdachte, so hätte er von den drei Frauen, die aus der Postkutsche ausgestiegen waren, vermutlich sie ausgewählt. Die große, spröde Risa hätte ihn wahrscheinlich in seinen Stiefeln erzittern lassen. Er fragte sich, wie es Wallis wohl ging.

Und Irma – obwohl sie angenehm und fröhlich wirkte, fragte er sich, ob eine so willfährige Person ihm nicht bald auf die Nerven gehen würde. Aber die kleine Laura – wenn sie lächelte, erhellte sich ihr ganzes Gesicht, und wenn sie wütend wurde, sprühten ihre dunklen Augen Funken. Er hatte das Gefühl, daß ein Leben mit ihr ein recht interessantes Abenteuer werden würde.

Aber sie war so klein – so jung ... Er warf sich wieder

herum, und in der Stille seines Hotelzimmers verfluchte er Wallis und Lucas, daß sie ihn zu dieser verrückten Sache überredet hatten, aber auch diesen Jenks, der keinen Verstand zu haben schien und ihm ein Kind anstatt einer Frau schickte.

Er versuchte, die beunruhigenden Gedanken zu verdrängen, damit er ein wenig schlafen konnte. „Einundzwanzig!" schnaubte er verächtlich. „Warum mußte sie bezüglich ihres Alters lügen?" Er würde morgen früh mit ihr darüber sprechen müssen und dann überlegen, was zu tun war. Und er mußte sie bitten, ihn nicht immer mit „Sir" anzusprechen. „Donnigan" gefiel ihm sehr viel besser.

*

Lange bevor es an der Tür klopfte, war Laura aufgestanden und fertig angekleidet. Auch ihre wenigen Habseligkeiten hatte sie bereits zusammengepackt. Ihr Spiegelbild hatte ihr gesagt, daß sie keinesfalls ausgeruht aussah, und nun stand ihr ein weiterer aufregender Tag bevor.

Donnigan drehte verlegen seinen Hut in den Händen. Laura fühlte sich erleichtert, ihn zu sehen. Wenigstens hatte er die Stadt nicht verlassen. Sie fand, daß auch er so aussah, als hätte er nicht besonders gut geschlafen.

Er brachte ein Lächeln zustande. „Guten Morgen", begrüßte er sie. Laura hoffte, er würde sie nicht fragen, ob sie gut geschlafen hätte.

„Ich weiß nicht, wie es Ihnen geht, aber ich hätte gegen ein gutes Frühstück jetzt nichts einzuwenden", sagte er, und Laura brachte ein Lächeln und ein Kopfnicken zustande. Sie war schon seit einigen Stunden hungrig.

Er führte sie in den Speisesaal und bestellte für sie beide. Laura freute sich über den starken, heißen Kaffee. Er schmeckte nicht nur gut, sondern er gab ihr auch die Gelegenheit, ihre Hände beschäftigt zu halten.

„Wir müssen miteinander reden", begann Donnigan. Er schien sich unbehaglich zu fühlen, andererseits aber entschlossen zu sagen, was er auf dem Herzen hatte.

„Um ehrlich zu sein“, begann er und rutschte unruhig auf seinem Stuhl hin und her, „ich hatte mir eine – eine etwas ältere Frau vorgestellt. Ein wenig – reifer.“

Alle Farbe wich aus Lauras Gesicht. Es war ihre Behinderung, sie hatte es ja gleich gewußt.

Er brach ab, und Laura sah, daß er mit sich kämpfte.

„Ihr ... ich ... auf dem Papier, das ich bekommen habe, stand, daß Sie einundzwanzig sind.“ Herausfordernd blickte er sie an. Er haßte Lügen. Es hatte ihm die ganze Nacht zu schaffen gemacht, daß er eine Frau heiraten sollte, die ihm nicht die Wahrheit sagte. Wie konnte er mit einem Menschen sein Leben und seine Träume teilen, wenn er ihm nicht bedingungslos vertrauen konnte?

Laura hielt seinem Blick stand. Er sah, wie ihre Augen sich vor Erstaunen weiteten – dann vor Besorgnis trüb wurden.

„Das stand darauf?“ fragte sie beinahe atemlos.

Er nickte.

Laura senkte den Blick auf ihren Teller. Langsam schüttelte sie den Kopf. Er glaubte, unterdrückten Zorn in ihren Augen zu lesen, als sie ihn wieder ansah.

„Das war dieser Mr. Jenks“, sagte sie. „Ich habe ihm mein richtiges Alter genannt, aber der Mann hat vermutlich etwas Falsches aufgeschrieben. Es – es tut mir leid.“

Die letzten Worte kamen so leise heraus, daß Donnigan Mühe hatte, sie zu verstehen. Doch ihre Augen sprachen Bände. Donnigan glaubte ihr nur zu gern, daß sie nichts dafür konnte, genau wie sie gesagt hatte.

„Ich – ich glaube nicht, daß Mr. Jenks vertrauenswürdig ist“, fügte sie hinzu, und in ihren Augen war wieder die Wut zu lesen.

Donnigan rutschte unruhig hin und her. Auf einmal empfand er selbst Wut auf diesen Jenks, den er nie persönlich kennengelernt hatte. Er mußte die Unterhaltung fortsetzen, sonst würde er Fragen stellen, die er vielleicht lieber nicht gestellt hätte.

„Warum sind Sie nach Amerika gekommen?“ fragte er sie

einfach. „Ich meine, in Ihrem Alter – warum sind Sie nicht bei Ihren Eltern in Irland geblieben?“

Laura atmete tief durch. Er hatte das Recht auf einige Antworten. Auch sie hatte einige Fragen.

„Ich komme aus London“, antwortete sie und bemerkte das Erstaunen in seinem Gesicht.

„Sicher, ich bin Irin. Doch ich mußte in London leben seit – seit mein Vater seinen Besitz aufgeben mußte. Meine Mutter starb, als ich noch sehr klein war. Ich kann mich kaum noch an ihr Gesicht erinnern. Mein Vater heiratete wieder – eine Frau aus Frankreich. Dann starb mein Vater vor einigen Jahren. Wir blieben in ... in ziemlich – schwierigen Lebensumständen zurück. Ich arbeitete, falls man das Verkaufen von Brötchen und Kuchenstücken auf den Londoner Straßen arbeiten nennen kann. Und dann ... dann beschloß Madame“ – der Name rutschte ihr einfach so heraus – „ich meine, meine Stiefmutter beschloß wieder zu heiraten.“ Sie brach ab und blickte ihn an. „Darum habe ich mich gemeldet.“ Sie zuckte die Achseln und betrachtete die Tasse in ihrer Hand.

Donnigan saß reglos. Er mußte erst einmal verarbeiten, was er gehört hatte.

„Warum sind Sie nicht bei Ihrer Familie geblieben?“ fragte er leise.

„Sie wollten aufs Land ziehen“, antwortete sie gleichmütig.

„Und Sie mögen das Land nicht?“ Er dachte an seine Farm und das kleine Häuschen, und ein ungutes Gefühl stieg in ihm hoch.

„Ich weiß nicht, da ich keine eigenen Erinnerungen daran habe. Aber mein Vater sagte immer, daß es ein schöner Ort zum Leben sei.“

„Und warum sind Sie dann nicht mitgegangen?“

Wieder senkte Laura den Blick. Sie legte die Hände in den Schoß und schwieg lange.

Als sie Donnigan endlich wieder ansah, las er in ihrem Blick Schmerz und Einsamkeit. „Ich war nicht willkommen – außer als Dienstmagd“, sagte sie ehrlich.

„Als Dienstmagd?"

Sie nickte jetzt ein wenig mutiger und schob ihr Kinn vor, und er entdeckte wieder das Feuer in ihren Augen.

„Madame bot mir zwei Möglichkeiten. Ich könnte als Dienstmädchen mit aufs Land kommen – oder sehen, wie ich allein klarkäme."

Donnigan wußte darauf nichts zu sagen. Er senkte den Blick und spielte mit dem Besteck neben seinem Teller. Sie hatte wirklich keine Wahl. Und er auch nicht. Kind oder nicht, er konnte nichts anderes tun, als sie zu heiraten.

*

Um zehn Uhr erreichten sie die kleine Kirche. Es gab kein weißes Brautkleid und keinen schwarzen Anzug. Lucas, im dunklen Anzug, nahm seinen Platz an Donnigans Seite ein. Irma stand neben Laura. Sie nahmen die leicht verwelkten Sträuße vom Tag zuvor, nur hatte Irma Laura diesmal großzügigerweise ihren eigenen Brautstrauß überlassen. Die Trauung war kurz und schlicht, und nach wenigen Augenblicken blickte Laura scheu zu Donnigan hoch. Sie waren jetzt Mann und Frau.

*

Donnigan sah sie nicht mehr richtig an, bis sie auf dem Wagen saßen und auf der staubigen Straße zur Farm unterwegs waren. Er fragte sich, ob sie wohl sehr enttäuscht sein würde, nachdem sie Irmas elegante Hotelsuite gesehen hatte, bevor sie die Stadt verließen.

Doch sie wirkte durchaus nicht unzufrieden. Sie schob ihr Häubchen zurück und steckte sich eine Haarsträhne fest, die sich gelöst hatte. Dann hielt sie ihr Gesicht in den Wind, der durch das Gras am Straßenrand fuhr, und atmete tief und zufrieden durch.

„Schon als Kind wollte ich immer das Land sehen, wissen Sie?" gestand sie offen, und Donnigan atmete erleichtert auf.

„Wo wir jetzt verheiratet sind, sollten wir uns vielleicht besser duzen", schlug er vor. Sie schaute ihn kurz von der Seite an und nickte dann zustimmend.

Schweigend fuhren sie weiter. Plötzlich legte Laura den Kopf zur Seite, so als lausche sie angestrengt.

„Was für ein Vogel ist das?" fragte sie.

„Nur eine Drossel", antwortete er.

„Du mußt mir alles über die Vögel erzählen", erwiderte sie. Das „Du" klang ungewohnt, und Laura errötete sanft. Um die Verlegenheit zu überbrücken, setzte sie zu einer weiteren Frage an, doch schnell riß sie sich wieder zusammen. Sie würde keine Plaudertasche sein. Und ganz bestimmt wollte sie keine Befehle geben. Sie errötete noch tiefer vor Verlegenheit.

Doch Donnigan schien das nicht zu bemerken. „Magst du Vögel?" fragte er herzlich.

„Oh ja", hauchte sie.

„Würdest du gern ein paar Hühner haben?" fragte Donnigan nach einer Weile.

„Oh ja", erwiderte Laura wieder. Sie würde gern Hühner haben ... und Gänse und Enten und – und vielleicht sogar ... Wieder ermahnte sie sich, den Mund zu halten.

„Wir werden uns welche anschaffen – im kommenden Frühling", sagte Donnigan, und die Angelegenheit war erledigt.

Laura hatte so viele Fragen, die sie gern gestellt hätte. Wo war seine Farm? Was gab es dort? Wenn er keine Hühner besaß, hatte er dann Schafe? Rinder? Sie wünschte, sie könnte darüber sprechen. Sie hätte ihn all das zu gern gefragt. Doch sie wollte ihn nicht wütend machen, indem sie einfach so drauflosplapperte, während er vielleicht in Ruhe gelassen werden wollte. Sie biß sich auf die Zunge und unterdrückte ihre Fragen.

Während Laura sich zwang, keine Fragen zu stellen, war Donnigan betrübt über die Tatsache, daß sie so schweigsam war.

Auf diese Weise werden wir uns nie kennenlernen, dachte er niedergeschlagen. Es gab so vieles, das er sie fragen, ihr erzählen wollte. Doch sie schien an einer Unterhaltung nicht interessiert zu sein. Er wollte sie nicht quälen, indem er ihr Fragen stellte oder sich mit seiner Farm brüstete, die er ganz allein aufgebaut hatte. Doch es war schwierig, so lange Zeit schweigend nebeneinanderzusitzen. Wenn er den Schwarzen geritten hätte, wäre bestimmt alles besser gewesen.

Sie kamen zu einer kleinen Farm, und Laura spürte, wie ihr Herzschlag sich beschleunigte. War das ihre Farm? Aber nein, Donnigan machte keine Anstalten, die Pferde zum Stehen zu bringen.

„Das ist Wallis' Farm", erklärte er, und Laura betrachtete die schäbigen Gebäude mit neuem Interesse. Sie waren schon fast daran vorbei, als Laura Risa entdeckte. Sie stand im Schatten des kleinen Gebäudes über einen Waschtrog gebeugt. Eine Leine voller sauber gewaschener Wäsche flatterte bereits im Nachmittagswind.

„Ich sehe, Risa hat sich gleich an die Arbeit gemacht", meinte Donnigan lächelnd. Laura winkte, doch die Frau war zu beschäftigt und blickte nicht von ihrem Waschbrett auf.

Es dauerte nicht lange, bis Donnigan das Pferd in seinen Hof lenkte. Laura verliebte sich sofort in die Farm. Sie war so viel besser als das dunkle, kleine Häuschen in London. Und es war offensichtlich, daß diese Farm auch sehr viel schöner und freundlicher war als die von Wallis.

Doch Laura biß sich auf die Zunge und bemühte sich, sich ihre Aufregung nicht anmerken zu lassen. Er hielt sie bereits für ein Kind. Dieses Gefühl würde sich noch verstärken, wenn sie beim Anblick ihres neuen Heimes aufgeregt auf ihrem Sitz herumhüpfen und in die Hände klatschen würde.

Donnigan warf ihr einen Seitenblick zu. Er hoffte, ein Funkeln in ihren Augen zu entdecken – doch statt dessen blickte er in ein ausdrucksloses Gesicht, und ihre Hände waren fest in ihrem Schoß gefaltet.

*

Donnigan half Laura von dem hohen Kutschbock hinunter und stellte sie auf den Boden. Er sah, wie ihr Blick zu den Blumenbeeten wanderte, die er ihretwegen angelegt hatte, und einen Augenblick lang leuchteten ihre Augen auf; doch sie sagte nichts.

„Ich bringe deine Sachen ins Haus, wenn ich die Pferde versorgt habe“, sagte er ihr. „Du kannst ja schon mal vorgehen.“

Laura zögerte.

„Soll ich lieber mitgehen – das erste Mal?“ fragte Donnigan beinahe schüchtern.

„Oh nein. Das ist schon in Ordnung“, erwiderte Laura. Doch es war seltsam, das Haus dieses Mannes zu betreten, in dem Wissen, daß es bald auch ihr Heim werden würde.

Sie drehte den Türknauf der unverschlossenen Tür und trat ein. Der Wohn-Küchenbereich war ordentlich und geräumig. Laura hielt die Luft an. Dies hier war weit mehr, als sie sich von ihrem zukünftigen Heim erträumt hatte. Um nichts in der Welt hätte sie mehr mit Irma tauschen wollen.

Langsam ging sie weiter, betrachtete die kleinen Regale, auf denen das Geschirr gestapelt war, den schwarzen Ofen mit dem Kupferkessel, den Tisch mit den Stühlen, das Regal mit den Büchern und den „typischen Männersachen“ wie Gürtelschnallen und einem Schachbrett.

Sie wagte sich sogar noch weiter vor und fand das Schlafzimmer. So viel Platz für nur zwei Leute! Sie und Bridget waren gezwungen gewesen, sich ein Kämmerchen zu teilen, in dem sie kaum neben dem Bett stehen konnten.

Laura klatschte vor Freude in die Hände. Sie verspürte den Drang, in dem kleinen Raum herumzutanzen, doch sie glaubte, Donnigan hereinkommen zu hören. Sie zwang sich zu einem ausdruckslosen Gesichtsausdruck und kehrte in die Küche zurück. Gerade stellte er ihren kleinen Koffer neben der Tür ab.

„Ist alles in Ordnung?“ fragte er und hoffte von ganzem Herzen, daß sie mit ein wenig Begeisterung antworten würde.

„Alles prima“, sagte sie emotionslos.

Er blieb eine Minute stehen, dann nickte er. „Ich hole frisches Wasser“, informierte er sie und nahm den Eimer vom Regal.

Nachdem er das Haus verlassen hatte, tanzte Laura doch einmal um den Tisch. Es war einfach perfekt! Sie konnte hier glücklich sein. Sie wußte, daß es so sein würde.

Wieder blickte sie nach draußen. „Es wird so gemütlich sein, wenn noch Vorhänge vor den Fenstern hängen, ein gehäkelter Teppich auf dem Boden und ein Überwurf über dem Sessel in der Ecke ist ... und vielleicht ein heller –“

Aber Laura rief sich wieder zur Ordnung. Er hatte sie nicht hierher gebracht, damit sie sein Heim vollkommen umkrempelte. Wenn sie all diese Veränderungen vornehmen würde, würde er glauben, sie wäre nicht zufrieden mit dem, was sie hatte. Er würde sie für fordernd halten. Nein. Alles war in Ordnung so, wie es im Augenblick war. Sie würde sein Mißfallen nicht auf sich ziehen. Sie würde um nichts bitten.

*

Donnigan ließ den Eimer in den tiefen Brunnen hinab. Er dachte über Laura und ihre Reaktion auf die Farm und das Haus nach. Beziehungsweise ihre fehlende Reaktion. Ihm war gar nicht klar gewesen, wie wichtig es ihm gewesen war, daß ihr gefiel, was sie antraf. Jetzt sah er sein Haus mit anderen Augen an. Was stimmte nicht? Wollte sie eine Wohnung wie Irmas? Nun, wenn es das war, dann war er der falsche Mann. Lucas Stein war der einzige Mann im ganzen Umkreis, der sich so etwas leisten konnte.

Er wußte, daß sein Haus ... einfach war. Aber mit ein wenig Anstrengung und den Dollars, die er ihr geben konnte, würde sie das ändern können. Frauen wußten doch, wie sie mit so etwas umgehen mußten. Er konnte es nicht. Wenn er es gekonnt hätte, hätte er es für sie getan – schließlich hatte er ja auch die Blumen gepflanzt.

Und dann dachte er an die vielen Veränderungen und die lange Reise. „Sie ist einfach nur erschöpft“, redete er sich ein.

„Gib ihr ein paar Tage Zeit, dann wird sie alles schon so richten, wie sie es haben möchte.“

Donnigan zwang sich dazu, pfeifend zum Haus zurückzukehren.

Eingewöhnen

Der folgende Morgen war warm und hell, und Donnigan fragte Laura ein wenig schüchtern, ob sie gern die Farm sehen möchte. Sie konnte ihre Begeisterung kaum unterdrücken, als sie ihm antwortete, sie würde sie gern sehen.

„Kannst du reiten?" fragte er.

Sie schüttelte langsam den Kopf.

„Ich habe eine Stute für dich zugeritten", fuhr er fort, „doch ich glaube nicht, daß sie schon so weit ist, wenn du nicht sicher im Sattel bist."

Laura wollte protestieren, doch sie biß sich auf die Zunge.

„Wie überprüfst du normalerweise die Farm?" fragte sie.

„Ich reite den Schwarzen", antwortete er.

„Den Schwarzen?"

„Meinen Hengst." Er wartete und beobachtete sie, doch ihr Gesicht ließ keine Rückschlüsse zu. „Er könnte uns beide tragen", sagte er schließlich.

Lauras Kopf fuhr hoch, und einen unbewachten Augenblick lang leuchteten ihre Augen auf.

„Hättest du etwas dagegen?" fragte Donnigan.

„Nein. Nein, ich hätte nichts dagegen", erwiderte sie und hängte das Geschirrtuch über die Pfanne an der Wand.

Laura war vielleicht ein Meister darin geworden, ihre Gefühle zu verbergen, doch als sie den Schwarzen erblickte, konnte sie kaum an sich halten. Der Hengst war prächtig. Allerdings schien er ein wenig unruhig zu sein. *Konnten sie wirklich beide auf ihm reiten?* fragte sie sich, während das schwarze Pferd auf der Koppel herumgaloppierte, seinen Kopf hochwarf und schnaubte.

Donnigan mußte nur einmal pfeifen, und der Schwarze

senkte den Kopf und kam gehorsam zu seinem Besitzer getrabt. Laura hätte den wunderschönen Hengst zu gern gestreichelt, doch sie wagte nicht, dies ohne Donnigans Erlaubnis zu tun, und sie wollte auch nicht fragen.

Bald war der Schwarze gezäumt und gesattelt, und Donnigan schwang sich leicht auf seinen Rücken. Er reichte Laura die Hand. Der Hengst stampfte ungeduldig, doch ein Wort von Donnigan brachte ihn zur Ruhe.

„Gib mir deine Hand", sagte Donnigan. „Und jetzt tritt auf meinen Fuß. Ich hebe dich hoch."

Laura reichte ihm ihre Hand, trat auf seinen Fuß und wurde leicht auf den Rücken des Pferdes gehoben. Noch nie hatte sie so hoch gesessen. Es raubte ihr beinahe den Atem.

„Leg deine Arme um meine Taille und halt dich fest", forderte Donnigan sie auf.

Laura war froh, daß Donnigan nicht sah, wie sie errötete.

„Zu dieser Jahreszeit ist auf den Feldern nicht mehr viel zu sehen", erklärte ihr Donnigan. „Das Heu und das Korn sind bereits geerntet."

Donnigan zwang den Schwarzen zu einem langsamen Schritt. Das Pferd schnaubte vor Ungeduld und warf den Kopf hin und her. Sie ritten einen langen Weg entlang, über einen Hügel und an bereits abgeernteten Feldern vorbei. Auf dem ganzen Weg tänzelte der Schwarze und riß an seinem Gebißstück.

„Läuft er immer so?" fragte Laura unschuldig.

„Er will galoppieren", antwortete Donnigan.

Laura schwieg eine Weile.

„Galoppierst du denn sonst mit ihm?" fragte sie ihn.

„Sonst schon", erwiderte Donnigan.

„Dann laß ihn doch galoppieren", meinte Laura schlicht.

Donnigan drehte sich im Sattel halb herum. „Bist du sicher?" fragte er. Laura nickte. Donnigan wirkte immer noch unsicher. „Du wirst dich gut festhalten müssen", wies er sie an.

Als Antwort klammerte sie sich noch fester an ihn. Er legte seine Hand über ihre und ließ dem Schwarzen seinen Willen.

Das Pferd reagierte sofort mit einem Sprung, und schon galoppierten sie über die Prärie. Der Wind peitschte Lauras Haar zurück und spielte mit ihren Röcken. Nie hatte sie so etwas Aufregendes erlebt. Weiter ging es in langen Sätzen über die Wiesen. Der Hengst schien zu fliegen, und Laura dachte an das sanfte Wiegen der See.

Sie kamen zu einem Zaun, und Donnigan brachte den Schwarzen mit einem leisen „Ho" zum Stehen. Auf der Weide grasten Pferde. Der Schwarze begrüßte sie mit einem aufgeregten Wiehern, und viele der Stuten antworteten ihm. Die Herde wurde unruhig.

Der Hengst tänzelte wieder; er wollte zur Herde.

„Sie sind einfach wundervoll!" brach es aus Laura hervor, bevor sie sich noch im Zaum halten konnte. „Wem gehören sie?"

„Mir", erwiderte Donnigan stolz. Dann errötete er und korrigierte sich. „Uns." Er mußte sich erst daran gewöhnen, daß er seinen Besitz nun mit ihr teilte.

„Komm, ich helfe dir herunter", sagte er dann und legte seinen Arm um ihre Taille. Laura wurde leicht wie eine Feder zur Erde gehoben und stand nun neben dem Schwarzen. Donnigan schwang sein Bein über den Rücken des Pferdes und stieg ebenfalls ab.

„Normalerweise müssen wir auf die Weide reiten, um sie zu finden", erklärte Donnigan. „Heute haben wir Glück."

Eine Weile beobachteten sie, wie die Pferde herumliefen. Ein paar waren zum Zaun gekommen und hatten ihre Nasen hindurchgesteckt. Der Schwarze ging freudig auf sie zu, um sie zu begrüßen. Andere galoppierten aufgeregt umher, bissen und jagten sich.

„Verhalten sie sich immer so?" fragte Laura.

„Nur wenn der Schwarze da ist", erwiderte Donnigan grinsend. „Sie wollen sich zeigen."

Laura hätte gern noch mehr Fragen gestellt, doch sie hielt sich zurück.

Sie beobachteten die Pferde, bis die Herde sich allmählich beruhigte. Einige begannen sogar zu grasen.

„Fertig?“ fragte Donnigan, und Laura nickte. Er nahm die Zügel und drehte den widerstrebenden Hengst herum. In einer schnellen Bewegung stieg er auf und reichte Laura die Hand. Diesmal brauchte er sie nicht aufzufordern, ihre Arme um seine Taille zu legen. Fest legte sie die Hände ineinander und wünschte sich sehnlichst, er würde den Schwarzen wieder galoppieren lassen. Sie konnte ihr Lächeln nicht unterdrücken, als er es tat. Doch Donnigan konnte es nicht sehen.

*

Sie sahen sich die ganze Farm an mit den Rindern, Weiden und Waldstücken, bevor Donnigan den Schwarzen wieder nach Hause lenkte. Einige Stunden waren sie unterwegs gewesen. Es war heiß geworden und die Mittagszeit weit überschritten; trotzdem war Laura nur widerstrebend bereit, das Gefühl der Freiheit aufzugeben, das sie bei dem Ritt über die Prärie empfunden hatte. Sie hätte immer weiter reiten können.

„Ich komme herein, sobald ich den Schwarzen versorgt habe“, sagte Donnigan, als er sie auf den Boden setzte. Laura versuchte mit zitternden Händen ihr Haar zu richten. Der Wind hatte ihre Haarnadeln gelockert.

Sie nickte. Sie wußte, Donnigan würde sein Mittagessen haben wollen.

Laura hatte nie etwas gegen Küchenarbeit einzuwenden gehabt, darum wusch sie sich die Hände in der Schüssel in der Ecke und durchsuchte die Regale. Sie fand genügend Zutaten, um ein deftiges Mittagessen zu bereiten, doch sie stellte auch fest, daß die Amerikaner andere Lebensmittel hatten, als sie gewöhnt war.

Donnigan mußte das auch erkannt haben, denn während er sich die Hände wusch, sagte er, ohne sich umzudrehen: „Wir werden bald in die Stadt fahren müssen, damit du einkaufen kannst. Ich habe nie viel im Haus gehabt.“

Laura nickte, wobei sie vergaß, daß er ihr den Rücken zugewendet hatte.

Er richtete sich auf und trocknete sich Hände und Gesicht

ab. „Dann kannst du auch die anderen Dinge besorgen, die du kaufen möchtest“, fuhr er fort.

Sie wirkte überrascht. „Welche Dinge?“ wagte sie zu fragen.

„Für das Haus. Was du brauchst.“

Laura ließ ihren Blick durch den Raum gleiten. Oh, es war wirklich verlockend. Aber sie wollte nicht fordernd wirken. Außerdem hatte Laura nie die Gelegenheit gehabt, ein Heim zu gestalten. Sie wußte nicht so genau, wie man das machte – und sie hatte Angst, sie würde etwas falsch machen, wenn sie es versuchte. Sie wollte das Mißfallen dieses großen Mannes, der ihr auf der anderen Seite des Raumes gegenüberstand, nicht auf sich ziehen.

„Das Haus ist prima so“, sagte sie und wendete sich dem Herd zu. Donnigans enttäuschten Blick bemerkte sie nicht.

*

Sie saßen auf der Veranda und genossen die Kühle des Herbstabends. Laura hatte sich einen Schal um die Schultern gelegt, da es abends schon recht frisch war. Volle vier Wochen lebten sie nun schon fast schweigend nebeneinander her. Laura schien es eine lange Zeit zu sein – und sie wußte immer noch nicht sehr viel mehr über Donnigan als an dem Tag, an dem sie sein Heim betreten hatte. Sie sehnte sich so danach, mehr zu erfahren – doch sie erinnerte sich immer wieder daran, daß er Geschwätzigkeit und Neugier vielleicht nicht mochte. Wenn es etwas gab, das Madame ihr immer und immer wieder eingetrichtert hatte, dann, daß Männer es überhaupt nicht mochten, immerzu gefragt oder angesprochen zu werden.

Eine gewisse Routine war eingekehrt. Laura bereitete die Mahlzeiten, wusch die Wäsche und hielt das Haus in Ordnung. Donnigan versorgte die Tiere, brachte Wasser herein und sorgte für das Holz. Es schien ein recht gutes Arrangement zu sein. Laura hatte sogar das Gefühl, daß sie wirklich zufrieden und glücklich sein könnte. Doch sie war es nicht.

Tief in ihrem Innern war eine Einsamkeit, die nicht berührt worden war. Manchmal fragte sie sich sogar, ob es wirklich so sehr anders gewesen wäre, wenn sie Hausmädchen in Madames neuem Landhaus geworden wäre. Sie warf Donnigan einen verstohlenen Blick zu und fragte sich, ob er ihre Gedanken wohl lesen konnte.

Was sie am meisten ärgerte, war Donnigans Einstellung ihr gegenüber. Er schien in ihr immer noch ein kleines Mädchen zu sehen. „Du kannst diesen schweren Eimer nicht heben." „Komm, laß mich das Wasser ausschütten." „Ich mache das Feuer." „Ich glaube nicht, daß die Stute schon von einem unerfahrenen Reiter geritten werden kann."

Das ärgerte Laura. Sie, die nicht nur unabhängig, sondern sogar in der Lage gewesen war, auf den rauhen Straßen Londons auf sich aufzupassen, ja sogar seit ihrem zehnten Lebensjahr für andere gesorgt hatte, wurde nun behandelt, als sei sie erst sechs.

Manchmal fiel es ihr sehr schwer, ihre Wut zu unterdrükken. Sie war kein Kind mehr. Sie war auch nicht dumm oder ungeschickt. Sie war sehr viel stärker, als man ihr zutraute. Das Leben hier draußen machte ihr Spaß – so seltsam es auch war –, aber sie sehnte sich danach, eine von Donnigan akzeptierte Partnerin zu sein, wenn nicht sogar eine gleichwertige.

Und sie sehnte sich danach, die braune Stute zu reiten. Das Gefühl, das sie auf dem Hengst erfahren hatte, als Donnigan die Zügel in Händen gehalten hatte, war nur ein Vorgeschmack darauf, wie es sein würde, wenn sie allein auf einem Pferd sitzen würde, dessen war sie sicher. Sie konnte es nicht erwarten, ihre Fersen in die Flanke der Stute zu drücken und über die braunen Hügel und durch die grünen Täler zu fliegen.

*

Donnigan saß auf der Stufe und schnitzte an einem Stück Holz. Er konnte nicht sagen, warum er mit dem Schnitzen angefangen hatte – außer daß es ihm vielleicht geholfen hatte, die einsamen Stunden zu füllen, als er noch ganz allein im Haus gewohnt hatte. Er hatte gehofft, mit Lauras Ankunft das Schnitzmesser beiseite legen zu können. Er hätte sehr viel lieber geredet als geschnitzt. Doch Laura schien nicht viel vom Reden zu halten. Er hatte sich auf den Winter in Gesellschaft gefreut – und nun stand ihm ein neuer Winter des Schweigens bevor.

Er hatte nichts gegen Laura – aber sie war nicht so, wie er sich eine Frau vorgestellt hatte. Er hatte eine Frau gewollt, die in seine kahle, kleine Hütte einziehen und ein Heim daraus machen würde – warm, gemütlich und einladend. Er hatte eine richtige Gefährtin gewollt, keine Dienstmagd für die Küche. Er hatte auf vertrauliche Gespräche über ihre Gedanken, Gefühle und Träume gehofft. Gut, sie teilte sein Bett, und sie taten das zusammen, was Donnigan sich unter anderem von einer Heirat versprochen hatte. Aber irgend etwas fehlte dabei. Es war mehr ... mehr eine Pflichtübung, und Donnigan wußte, daß das mit ihrer gegenseitigen Fremdheit zu tun hatte. Etwas so Intimes konnte nicht wirklich gelingen, wenn man sich so wenig nahestand wie er und Laura. Er hatte sich jemanden gewünscht, mit dem er jeden Bereich seines Lebens teilen konnte – und der ihn an seinem teilhaben lassen würde. Aber Laura verschloß ihre Gedanken und Gefühle vor ihm.

„Es ist eben ihr Alter", tröstete Donnigan sich immer wieder. „Wenn sie reifer wird – ein wenig älter – dann wird sie sich mehr öffnen. Ich darf sie nicht drängen. Ich muß ihr Zeit geben, und das Gefühl, daß sie hierher gehört."

Donnigan freute sich darüber, daß das Mädchen ein wenig gesünder wirkte. Sie war so blaß gewesen, so müde, so zerbrechlich, als er sie zum ersten Mal gesehen hatte. Doch jetzt schien sie sich schon sehr viel besser zu fühlen, und Donnigan war froh darüber. Aber er würde erst glücklich sein, wenn sie wirkliche Partner waren. Wenn Laura ihn zum Gefährten haben wollte. Von ihm Unterstützung erwartete. Von ganzem Herzen sehnte er sich danach, ihr mehr als nur ein Dach über dem Kopf zu geben und in der Nacht das Bett mit ihr zu teilen.

Sein Messer schnitt tiefer ins Holz, als er es beabsichtigt hatte. Seine Enttäuschung machte sich bereits in dem bemerkbar, was er tat.

Donnigan hoffte, daß Laura sein Seufzen nicht gehört hatte. Aber selbst wenn, hätte sie seine Bedeutung ohnehin nicht verstanden.

*

Laura saß auf Irmas mit grün-goldenem Brokat bezogenen Sofa und trank Tee. Sie hatten es sich zur Gewohnheit gemacht, Tee zusammen zu trinken, wenn Laura in der Stadt war und ein wenig Zeit hatte.

„Du siehst sehr viel kräftiger aus, Laura – gesünder", bemerkte Irma.

Laura blickte an sich herunter. Ja, vielleicht stimmte das. War das nicht einer der Gründe, der sie in diese Stadt geführt hatte? Ihre alten Kleider wurden ihr zu eng.

„Ich muß zugeben, ich fühle mich tatsächlich besser. Vermutlich ist das die frische Prärieluft." Sie lächelte Irma an.

„Oder Donnigan", sagte Irma kichernd.

Laura errötete. Sie war nun schon seit drei Monaten Donnigans Frau, doch immer noch errötete sie. Aus irgendeinem unerfindlichen Grund fühlte sie sich immer noch wie eine Betrügerin.

„Hast du jemals Heimweh gehabt?" fragte Irma. In ihrer Stimme lag ein Hauch von Traurigkeit.

Laura dachte lange über ihre Antwort nach. Wieviel sollte sie Irma erzählen? Schließlich nickte sie kurz mit dem Kopf. „Vielleicht ein bißchen – manchmal", gestand sie und hoffte, daß das nichts verriet. Dann fügte sie schnell hinzu: „Aber das ist vermutlich nur natürlich."

„Vermutlich", erwiderte Irma.

Sie nahmen beide einen Schluck Tee und stellten die Tassen wieder auf die Untertassen.

„Und du?" fragte Laura, obwohl sie den Eindruck hatte, die Antwort bereits zu kennen.

„Ein bißchen – manchmal", erwiderte Irma.

Wieder nahmen sie einen Schluck Tee.

„Ich nehme an, vermutlich ist das so, weil Lucas so schrecklich beschäftigt ist", erklärte Irma. Doch schnell sprach sie weiter, so als müsse sie ihr Geständnis abmildern. „Ich meine, er ist wundervoll ... einfach wundervoll zu mir. Ich habe alles, was ich mir nur wünschen kann. Aber er ist ein so wichtiger Mann. Du meine Güte, er besitzt die halbe Stadt und ist so bedacht darauf, daß auch alles richtig läuft. Ich kann mir nicht vorstellen, wie man immer so viel um die Ohren haben kann."

Laura nickte verständnisvoll. Alle wußten, daß es mit Lucas so war.

„Er hat so wenig Zeit für mich", fuhr Irma niedergeschlagen fort. „Er verläßt das Haus lange bevor ich aufwache, und manchmal kommt er erst so spät nach Hause, daß ich bereits eingeschlafen bin."

„Was fängst du mit deiner ganzen Zeit an?" fragte Laura. Schnell fügte sie hinzu: „Nicht, daß du Zeit übrig hast, wo du doch alles so makellos sauber hältst, und –"

„Oh, das mache ich nicht selbst", rief Irma schnell. „Das Mädchen hält die Wohnung in Ordnung – und die Küche schickt unsere Mahlzeiten herauf. Wenn Lucas zu spät kommt, dann ißt er manchmal unten im Speisesaal, damit er mich nicht stört. Er ist sehr rücksichtsvoll." Irma lächelte Laura gezwungen an.

„Ich würde gern ... in der Kirche helfen – oder kleine Kinder unterrichten oder irgend so etwas, aber Lucas sagt, das sei nicht passend", fuhr Irma nachdenklich fort.

Sie stellte ihre Tasse auf den Tisch und strich ihren Rock glatt. Dann blickte sie strahlend auf. „Lucas sagt, meine Zeit würde mehr als ausgefüllt sein, wenn wir erst einmal eine Familie haben", sagte sie und errötete.

„Dann bist du – bist du –?"

„Ich bin nicht sicher – noch nicht. Aber wir hoffen es. Lucas möchte so gern einen Sohn haben, und ich ... nun, ich kann es kaum erwarten, ein Baby zu haben, damit –" Sie brach ab und spielte mit den teuer aussehenden Ringen an ihren Fingern.

„Ich kann es kaum erwarten", wiederholte sie lachend. Dann klingelte sie nach dem Mädchen, damit es den Tisch abräumte.

*

Donnigan erkannte Wallis kaum wieder, als er ihm auf der Straße begegnete. Er war herausgeputzt, trug gewaschene und gebügelte Sachen und strahlte.

„Nanu, du siehst ja richtig gut aus", neckte ihn Donnigan.

Wallis grinste ihn breit an. „Und sieh dir das nur an", sagte er und deutete auf seine Gürtelschnalle. „Ich habe sechs Pfund zugenommen, seit sie hier ist."

„Muß eine gute Köchin sein", bemerkte Donnigan. Es war überall bekannt, daß Wallis schon seit Jahren nicht mehr richtig aß.

„Sehr gute Köchin", sagte Wallis und nickte bestätigend mit dem Kopf. „Mächtig gute Köchin. Sie kann einfach alles gut, diese Frau! Und wie sie arbeiten kann! Mann, ich sage dir, nie in meinem Leben habe ich jemanden schneller arbeiten sehen."

Donnigan legte seinem Nachbarn die Hand auf die Schulter. Es war wundervoll, den Mann so glücklich zu sehen.

„Wir haben uns lange nicht gesehen", meinte Donnigan. „Wie wär's, wenn du und Risa mal auf 'ne Tasse Kaffee 'rüberkommt?"

Wallis runzelte leicht die Stirn. „Sie ist nicht sehr für Besuch", erwiderte er. „Oh nein, nicht daß sie nicht gastfreundlich wäre oder so – es ist nur so, daß wir noch so viel zu tun haben ... um das Haus in Ordnung zu bringen. Wir haben ja später noch Zeit, uns zu besuchen."

Donnigan nickte.

„Du solltest wirklich mal vorbeikommen und dir ansehen, was sie aus dem Haus gemacht hat", sagte Wallis. „Du würdest dich wundern. Sieht toll aus. Ehrlich."

Wieder nickte Donnigan. Insgeheim wünschte er sich, Laura hätte ein wenig mehr Interesse daran, ihr Haus zu verschönern; doch wenn sie damit zufrieden war, warum sollte er nicht auch zufrieden sein?

Ein schriller Pfiff ertönte. Wallis wirbelte herum. „Das ist Risa“, sagte er an Donnigan gewandt. „Sie hat ihre Einkäufe erledigt und will nach Hause.“ Über die Schulter fügte er noch hinzu: „So ruft sie mich immer.“ Er grinste, als sei es ganz zauberhaft, auf diese Weise gerufen zu werden.

Das Unwetter

Laura hob erstaunt den Kopf.

„Ich denke, ich könnte deine Sohle etwas verstärken, damit der Schuh höher ist", wiederholte Donnigan.

Es war jetzt zu kalt, um abends draußen zu sitzen. Donnigan hatte sein Schnitzzeug in die warme Küche gebracht.

„Höher?" fragte Laura.

„Durch die höhere Sohle wird das kürzere Bein ausgeglichen. Du brauchst dann nicht mehr zu hinken."

Da, jetzt endlich war die Wahrheit ausgesprochen: Ihr Hinken störte ihn also. Es brachte ihn in Verlegenheit.

„Ich mache mir Sorgen um deine Wirbelsäule", fuhr er fort. „Ich fürchte, die ungleiche Belastung tut ihr nicht gut."

Laura nickte schweigend. Häufig tat ihr nachts der Rücken so weh, daß sie nicht schlafen konnte. Hatte Donnigan vielleicht recht?

„Hast du etwas dagegen, wenn ich es versuche?" fragte Donnigan.

Laura schüttelte den Kopf. Sie wußte immer noch nicht genau, ob sie dankbar oder beleidigt sein sollte.

Donnigan legte seine Schnitzerei beiseite und kam zu Laura, die neben dem Herd saß.

„Laß mal sehen", sagte Donnigan. „Zuerst deinen Stiefel."

Laura streckte ihre Beine aus und hob ihre langen Röcke leicht an, während Donnigan vor ihr kniete und sorgfältig jeden Fuß untersuchte.

„Jetzt stell dich hin", sagte Donnigan. „Mal sehen, wieviel es ausmacht."

Gehorsam stand Laura auf.

„Genau wie ich dachte", murmelte Donnigan vor sich hin.

„Ist gar nicht viel – aber es könnte deine Wirbelsäule spürbar entlasten."

Donnigan arbeitete viele Abende, bevor er mit dem Ergebnis zufrieden war. Schließlich überreichte er ihr die Stiefel, damit sie sie anprobierte.

Zuerst fühlte ihr Fuß sich wegen der dicken hölzernen Sohle ungelenk und schwer an, doch Laura war erstaunt, wie schnell sie sich daran gewöhnte. Schon bald war das Hinken fast ganz verschwunden.

*

Laura stand am Küchenfenster und starrte auf das Schneetreiben draußen. Nie hatte sie einen so schrecklich heulenden Wind gehört, nie war ihr so kalt gewesen wie bei diesem ersten Schneesturm. Donnigan häufte das Feuerholz beinahe bis zur Decke, um es ihr einigermaßen warm zu machen.

„Du brauchst wärmere Sachen", sagte er. Schon wieder bemutterte er sie. „Du kannst natürlich gern meine Flanellhemden anziehen, doch ich fürchte, du wirst darin versinken", fügte er hinzu, während er ihre zierliche Gestalt betrachtete.

„Sobald das Schneetreiben nachläßt, fahre ich in die Stadt und kaufe ein paar warme Sachen für dich", sagte er ihr. Laura begann wieder zu zittern, doch diesmal nicht vor Kälte. Jetzt hatte er auch noch das Gefühl, sie anziehen zu müssen.

„Zieh doch wenigstens ein Paar meiner dicken Wollsocken an", forderte Donnigan sie auf, während er noch mehr Holz auf das Feuer legte. „Es hilft schon sehr, wenn die Füße warm sind."

Laura schnitt hinter seinem Rücken eine Grimasse, unterdrückte jedoch ihre Wut und ging in das Schlafzimmer, um sich seinem Wunsch zu fügen. Sie wollte an dieser Ehe festhalten. Sie würde keine Szene machen.

Sie gab es nur ungern zu, doch die Socken halfen wirklich beträchtlich. Es gelang ihr sogar, mit dem Zittern aufzuhören.

Das Schlimmste an dem Schneetreiben war, daß sie nun im Haus festsaß, wo sie doch endlich Donnigans Erlaubnis bekommen hatte auszureiten. Nachdem er die braune Stute viele Stunden lang ausgebildet hatte, war er der Meinung, sie sei nun bereit für Laura – innerhalb vernünftiger Grenzen. Laura sollte nicht allein ausreiten, nicht über die Canyonpfade südlich der Weide reiten und der Stute nicht ihren Willen lassen. Laura hatte innerlich über all diese Beschränkungen gewütet, doch sie widersprach nicht. Sie wollte nicht, daß ihr dieses Vorrecht wieder entzogen wurde.

„Ich dachte, du würdest ihr vielleicht gern selbst einen Namen geben", hatte Donnigan gesagt, als er Laura zum ersten Mal die Zügel in die Hand gedrückt hatte.

„Du hast ihr noch keinen Namen gegeben?" fragte Laura erstaunt.

Donnigan nickte. „Doch", erwiderte er, „aber meine Namen sind nicht besonders einfallsreich."

Laura hatte an den schwarzen Hengst gedacht. Ganz sicher hätte sie ihm einen anderen Namen als „Schwarzer" gegeben, darum nickte sie nur schweigend.

Laura streichelte die weiche Nase der Stute und ließ ihre Hand über den glänzenden Nacken gleiten.

„Freunde dich mit ihr an", riet ihr Donnigan, „aber laß sie wissen, wer der Herr ist."

Es würde Laura nicht schwerfallen, sich mit der Stute anzufreunden. Sie liebte sie bereits jetzt.

Laura hatte ihr neues Pferd schließlich Banshee genannt. „Das bedeutet Elfe. Mein Vater hat mir früher Geschichten von Elfen erzählt", erklärte sie Donnigan. Falls er diesen Namen seltsam fand, so behielt er es für sich.

Sie waren einmal gemeinsam ausgeritten. Es war ein sonniger, wenn auch sehr kalter Tag gewesen. Beiden war klar, daß der Winter bereits vor der Tür stand. Laura sehnte sich danach, ihn noch zurückzuhalten. Sie haßte den Gedanken, gerade jetzt, wo ihr Zugang zur Freiheit gewährt worden war, ans Haus gefesselt zu sein.

Ein gemeinsamer Ausritt – ein herrlicher Ausritt, und dann war der Schneesturm gekommen und hatte sie eingeschlossen.

Laura wendete dem Fenster und dem Winter den Rücken zu. Sie wollte das Schneetreiben nicht sehen, weil sie deswegen ans Haus gefesselt und gezwungenermaßen wieder Donnigans kleines Mädchen war. Sie hatte gehofft, die Freiheit, die sie auf dem Rücken des Pferdes empfand, würde ihr helfen, sich eher wie eine Erwachsene zu fühlen, würde Donnigan helfen zu erkennen, daß sie bereits erwachsen war.

*

Als das Schneetreiben nachließ, fuhr Donnigan in die Stadt. Für sie sei es immer noch zu kalt, um auf dem Wagen in die Stadt zu fahren, erklärte er Laura. Wenn sie erst einmal wärmere Sachen hätte, würden sie gemeinsam in die Stadt fahren.

Aufgebracht lief Laura in der Küche auf und ab, blieb gelegentlich stehen, um heftiger, als nötig gewesen wäre, Holz nachzulegen. Es war ein langer Tag. Sie dachte daran, in den Stall zu gehen und Banshee zu satteln, doch dann beschloß sie, es lieber zu lassen. Bisher hatte Donnigan das Satteln immer übernommen. Laura war nicht sicher, ob sie es richtig machen würde, und sie wollte Banshee keinen Satteldruck zumuten.

„Ich muß einmal zusehen, wie er das macht, damit ich es auch alleine kann“, beschloß sie und ging wieder auf und ab. „Wenigstens kann ich in den Stall gehen“, entschied sie. Die Pferde schienen sich zu freuen, sie zu sehen. Sie streichelte Banshees braunen Hals und striegelte sie. Sie beugte sich über die Futterkrippe und streichelte sogar die Nase des Schwarzen. Er schnaubte und warf den Kopf hoch, und Laura sprang so schnell zurück, daß sie sich den Kopf an einem Balken stieß.

Sie beschloß, den Pferden eine Portion Hafer zu geben. In diesem Augenblick hörte sie den Wagen in den Hof fahren. Donnigan war zu Hause. Vermutlich hätte sie sich auf die neuen Sachen freuen müssen oder zumindest neugierig sein auf das, was ein Mann kaufen würde. Doch Laura war nicht neugierig. Sie hätte es vorgezogen, sich die Sachen selbst auszusuchen.

Darum blieb sie, wo sie war und häufte langsam Hafer aus dem Sack in die Futterkrippe. Die Pferde schnaubten begeistert und steckten ihre Nase hinein. Laura lächelte vor sich hin. Sie häufte noch mehr Hafer hinein, bis die Futterkrippen voll waren. Als nichts mehr hineinpaßte, warf sie die Schaufel zurück in den Sack und verließ langsam den Stall.

Donnigan kam ihr gerade mit dem ausgespannten Pferd entgegen.

„Wie geht's?" rief er fröhlich, doch gleich runzelte er die Stirn. „Du gehst besser hinein", fügte er hinzu. „Du wirst dir den Tod holen."

Laura zog die Nase kraus, machte sich jedoch auf den Weg zum Haus.

Es dauerte eine Weile, bis Donnigan nachkam. Laura setzte den Kaffeetopf auf. Er würde durchgefroren sein und sich über eine Tasse Kaffee freuen.

Sie legte erneut Holz auf das Feuer, damit der Kaffee schnell kochen würde.

Mit Päckchen beladen kam Donnigan zur Tür herein.

Sieht so aus, als hätte er den halben Laden leergekauft, dachte Laura, und obwohl sie beschlossen hatte, gleichmütig zu bleiben, regte sich die Neugier in ihr.

Aber Donnigan wirkte irgendwie verstimmt. Noch nie hatte sie ihn so finster gesehen.

Sie wünschte, sie könnte fragen, was denn los sei, doch sie schluckte die Frage hinunter. Es ging sie schließlich nichts an, oder?

Donnigan legte die Päckchen auf den Tisch. Laura fragte sich, wo sie wohl den Kaffee servieren sollte, da die Päckchen den ganzen Platz wegnahmen.

„Soll ich das ins Schlafzimmer bringen?" fragte sie, während er sich seine dicke Jacke auszog und sie auf den Haken neben der Tür hängte.

„Mach damit, was du willst", erwiderte Donnigan in einem

Tonfall, den sie noch nie bei ihm gehört hatte. „Sie gehören dir."

Laura riß die Augen auf. Irgend etwas stimmte nicht, da war sie sicher.

Er wusch sich die Hände in der Schüssel. Sie wartete auf seinen Wutausbruch. Einen solchen Tonfall hatte sie auch bei ihrem Vater schon gehört, und darauf folgte meistens ein Ausbruch seines irischen Temperaments.

„Laura", sagte Donnigan, als er das Handtuch ergriff. Seine Stimme war beherrscht – mühsam beherrscht, als ob er sich um Geduld bemühe bei einem Kind, das einen Fehler gemacht hat. „Bitte füttere nie wieder die Pferde."

Laura starrte ihn erstaunt an. Bestimmt ... bestimmt war das doch kein Verbrechen. War er wirklich so besitzergreifend?

„Es hätte sie töten können." Seine Worte waren ziemlich scharf. Offen und verletzend.

Laura hielt die Luft an und suchte nach einer Antwort. „Ich – ich habe ihnen doch nur Hafer gegeben", brachte sie schließlich heraus.

Er nickte nur.

„Ich habe gesehen, daß auch du ihnen Hafer gegeben hast." Laura war über ihren Mut erstaunt. Sie, die entschlossen war, keinen Bruch herbeizuführen, widersprach tatsächlich ihrem Mann. Madame wäre schockiert gewesen.

„Ja", sagte er und hängte ungeduldig das Handtuch wieder an den Haken. Sie hatte das Gefühl, daß er jetzt ein wenig die Selbstbeherrschung verlor. „Sehr sorgfältig abgemessenen Hafer", sagte er. „Wenn ich nicht rechtzeitig nach Hause gekommen wäre ... wenn die beiden Pferde ihre Futterkrippe leer gefressen hätten –" Er brach ab. Anscheinend wollte er sich die Konsequenzen nicht ausmalen.

Mit zitternder Hand fuhr er sich durch die Haare. Sie wartete und fingerte an dem Päckchen, das ihr am nächsten lag, herum.

Er holte tief Luft und bemühte sich darum, nicht die Fassung zu verlieren. Als er sprach, war seine Stimme leise und beinahe bittend. Als wenn er mit einem Kind sprechen würde, dachte Laura, und wieder wurde sie wütend.

„Laura." Er durchquerte die Küche und stellte sich vor sie. „Ich weiß, daß das Landleben neu für dich ist. Ich weiß, daß du nie gelernt hast, Vieh zu versorgen und so etwas. Aber bitte ... bitte tu nichts, was du nicht vorher mit mir abgesprochen hast. Hafer – zu viel Hafer – kann schlimme Koliken bei Pferden verursachen, an denen sie unter schrecklichen Qualen sterben können. Wir hätten beide Pferde verlieren können. Die Stute und – und den Schwarzen." Sein Gesicht war totenbleich.

Laura wurde ebenfalls blaß. Sie hatte das nicht gewußt. Woher hätte sie es wissen sollen?

„Aha, und warum hast du mir das dann nicht gesagt?" fragte sie aufgebracht. „Warum bringst du es mir nicht bei? Du sprichst nicht einmal mit mir, außer daß du mir sagst, was ich tun oder lassen soll." Ihre Stimme wurde immer lauter. Schließlich schrie sie sogar. „Du – du behandelst mich, als wenn ich noch ein Kind wäre. Aber ich bin beinahe achtzehn. Und ich bin auch nicht dumm. Ich kann lernen. Behandle mich einfach endlich wie eine Erwachsene. Respektiere mich." Bei diesen letzten Worten ergriff Laura das nächstbeste Päckchen und schleuderte es nach Donnigan. Sie wartete seine Antwort gar nicht erst ab. Schluchzend rannte sie in das kleine Schlafzimmer und knallte die Tür so fest hinter sich zu, daß die ganze Hütte wackelte.

Sie ließ sich auf das Bett fallen und weinte. Weinte um ihr Zuhause und um Bridget, weinte um ihren verstorbenen Vater. Weinte wegen der Leere und Einsamkeit in ihrem Herzen, die nicht verschwanden. Und sie weinte um ihre Ehe – die sie mit ihrem Ausbruch vermutlich gerade zerstört hatte. Sicher würde Donnigan ihr Verhalten und die wütenden Worte, die sie ihm zusammen mit dem Päckchen entgegengeschleudert hatte, niemals entschuldigen. Sie hatte gerade bewiesen, daß sie tatsächlich das Kind war, für das er sie hielt.

*

Donnigan ließ sich langsam auf den Küchenstuhl sinken und stützte seinen Kopf in die Hand. Er hatte es wirklich getan. Auf dem ganzen Weg vom Stall zum Haus hatte er sich gesagt, daß er sich zusammennehmen mußte. Daß Laura es nicht besser wußte. Daß er sie seine Angst nicht spüren lassen dürfe. Aber er hatte alles verdorben. Er hatte es wirklich geschmissen. Er fragte sich, ob er das wohl jemals wieder in Ordnung bringen konnte.

Nein, vermutlich würde er das nicht schaffen. Von Anfang an war es nicht in Ordnung gewesen. Das Ganze, diese ganze arrangierte Ehe war ein Reinfall und eine Schande von vorne bis hinten. Er war ein Narr gewesen. Ein törichter Narr, daß er sich von Wallis und Lucas dazu hatte überreden lassen.

Aber hatte er es nicht aus freiem Willen getan? War es nicht seine Entscheidung gewesen? Soweit er sich erinnerte, hatte ihn niemand mit Gewalt dazu gezwungen. Er konnte jetzt nicht seinen Nachbarn die Schuld geben.

Donnigan hob den Kopf und fuhr sich nervös durchs Haar. Nein. Es war seine Schuld. Er mußte die volle Verantwortung dafür übernehmen. Er war einfach noch nicht bereit für eine Ehe gewesen. Oh ja, er hatte gedacht, er wäre es. Er hatte sich nach einer Frau, sogar nach Kindern gesehnt. Aber Laura war so – so jung und so – so ... das war das Problem. Er hatte eine Frau gewollt, und man hatte ihm ein Kind geschickt.

Obwohl er niemals gewagt hätte, mit Laura über seine Gefühle zu sprechen, fürchtete er täglich, sie könnte ihm mitteilen, daß sie ein Kind erwartete. Sein Kind. Sie war zu jung, zu zerbrechlich, um ein Kind zu bekommen. Diese Furcht verfolgte ihn; sie hinderte ihn nachts häufig am Schlafen, während er ihr Haar an seiner Schulter spürte und auf ihren gleichmäßigen Atem lauschte.

Und jetzt – jetzt hatte er sie tief verletzt. So tief, daß er keine Ahnung hatte, wie er den Schaden wieder gutmachen sollte. Würden sie ihre Ehe fortsetzen ... und sich auch weiterhin voreinander verschließen? Er wußte nicht, ob er das würde ertragen können.

Er schüttelte die düsteren Gedanken ab und erhob sich, um sich eine Tasse Kaffee zu holen.

Er hatte keine Wahl. Er war jetzt verheiratet. Ob es eine gute oder eine schlechte Ehe war, hatte nichts zu sagen. Er war für Laura verantwortlich. Er würde für sie sorgen, so gut er konnte.

*

Laura weinte, bis sie erschöpft in einen unruhigen Schlaf fiel. Als sie schließlich erwachte, war es draußen bereits dunkel. Unbewußt griff sie auf die andere Seite des Bettes, wo Donnigan gewöhnlich neben ihr schlief.

Sie war ein wenig besorgt, als sie merkte, daß er nicht da war. Und auf einmal fiel ihr ein, was vorgefallen war.

„Er wird wütend auf mich sein“, murmelte sie traurig und vergrub ihren Kopf im Kissen. „Was soll ich jetzt tun? Oh, was soll ich tun?“

Obwohl sie lieber im Schlafzimmer geblieben wäre, wo sie allein war mit ihrem Kummer, erhob sie sich.

„Die Abendessenszeit ist längst vorüber“, ermahnte sie sich. „Er wird Hunger haben.“

Laura ordnete ihr wirres Haar. Die Nadeln hatten sich während ihres unruhigen Schlafes gelockert. Sie wollte sich nicht die Zeit nehmen, es neu aufzustecken, darum nahm sie alle Nadeln heraus und ließ ihre dunklen Locken auf die Schultern fallen.

„Jetzt wird er mich wirklich für ein Kind halten“, sagte sie sich, und wieder stieg die Wut in ihr hoch.

Er saß ruhig in seinem Sessel am Kamin, als sie in die Küche schlüpfte. Er hatte eine Zeitung auf seinem Schoß liegen, doch sie bemerkte, daß er nicht las. Als er sie eintreten hörte, hob er den Kopf und blickte sie an.

„Hast du gut geschlafen?“ Die Worte klangen gepreßt. Gezwungen. Sie hörte, wie er schluckte.

„Es geht“, brachte sie heraus und ging zum Herd. Sie

bemerkte, daß alle Päckchen vom Tisch fortgeräumt und fein säuberlich in einer Ecke aufgestapelt waren.

„Ich habe bereits gegessen", sagte er hölzern. „Es ist noch genug für dich übrig."

Laura hatte keinen Appetit. Sie zog den Topf vom Herd, wo er warmgehalten wurde, und wendete sich dem Regal zu. Sie würde schnell noch abwaschen und dann ins Bett zurückgehen.

Doch auch der Abwasch war bereits erledigt. Das Geschirr stand sauber auf dem Regal.

Draußen heulte der Wind wieder. Ein Ast klapperte gegen das Dach. Laura erschauderte.

„Ein weiterer Schneesturm zieht auf", meinte Donnigan. „Gut, daß ich es geschafft habe, in die Stadt zu fahren –" Er brach ab.

Schnell wechselte er das Thema, erhob sich und ging zu seinem schweren Mantel. „Irma schickt dir eine Nachricht", sagte er. „Ich habe sie gebeten, mir beim Aussuchen der Sachen zu helfen."

Laura war sofort deutlich interessiert. Sie nahm den Zettel und zog sich einen Stuhl an den Tisch mit der Lampe heran und begann den kurzen Brief zu lesen.

Liebe Laura,
ich kann es kaum erwarten, Dich zu sehen. Ich hoffe, daß das Wetter sich bald bessert, damit Du in die Stadt kommen kannst. Ich habe Dir so viel zu erzählen.
Wir bekommen ein Kind! Lucas ist so aufgeregt. Er hat bereits einen Namen für seinen Sohn ausgesucht. Ich kann es kaum erwarten. Ich habe bereits zu nähen begonnen. Lucas sagt, ich würde so viel nähen, daß wir Drillinge bekommen müßten, um die Sachen alle zu benutzen.
Komm mich besuchen, sobald es geht.
Ganz herzliche Grüße
Irma

Sorgfältig faltete Laura den Zettel zusammen und steckte ihn in ihre Schürzentasche. Wie sie Irma beneidete! Irma, die ein Kind erwartete. Irma, der Lucas gestattete, eine Frau zu sein. Irma, die nun mit ihrem Mann die wunderbarste Erfahrung teilte, die eine Frau je machen kann – die Pläne und Träume und Vorbereitung auf die Ankunft eines Kindes in ihrem Heim. Laura war wieder nach Weinen zumute. Sie wagte nicht, Donnigan anzusehen.

Sie erhob sich und zog sich in ihr Schlafzimmer zurück. Als Donnigan sehr viel später hereinkam, war sie noch wach. Doch sie drehte ihm den Rücken zu und tat so, als würde sie schlafen. Sie war nicht sicher, was sie ihm gegenüber empfand. Vielleicht haßte sie ihn sogar.

Eine lange Unterredung

Der Zwischenfall wurde nicht mehr erwähnt. Wie bei einer stillen Übereinkunft hielten sich beide daran. Laura wußte nicht so genau, ob sie traurig oder erleichtert darüber war. Nach einigen Tagen angespannten Schweigens ging das Leben weiter wie zuvor.

Laura ging nicht mehr in die Nähe des Stalles, obwohl sie Banshee zu gern besucht hätte. Statt dessen verbrachte sie ihre Zeit mit der Nadel in der Hand und nähte sich Kleider aus dem Stoff, den Donnigan gekauft hatte. Sie unterdrückte ihre Freude darüber, daß sie neue Kleider bekam, Kleider, die richtig passen würden, doch trotzdem war sie dankbar. Allerdings schrieb sie alles Irma zu.

*

Donnigan war froh über die Arbeit, die im Winter zu erledigen war. Wie jeden Winter mußten die Pferde und das Vieh zu der Weide in der Nähe des Hofes gebracht werden, damit sie leichter zu versorgen waren. Die Reit- und Kutschpferde wurden im Stall gehalten, außer an den wärmeren Tagen. Das bedeutete ausmisten, eine Arbeit, die Donnigan früher nur sehr ungern erledigt hatte. Doch nun war er sogar darüber froh, denn auf diese Weise konnte er der Küche entkommen. Er begann wieder, sich mit dem Schwarzen zu unterhalten. Zuerst unbeholfen und ein wenig verlegen, doch als der Schwarze seine Nase am Ärmel des Mannes rieb, als hätte er die Gespräche vermißt, schob Donnigan seine Gefühle beiseite und genoß seine kleinen einseitigen Plaudereien.

Über Laura sprach er nicht – oder über seine freudlose Ehe.

Das war zu persönlich, um es mit einem Pferd zu besprechen. Statt dessen plauderte er über das Wetter, die anderen Tiere auf der Farm oder seine Pläne für den Frühling.

Manchmal ertappte sich Donnigan dabei, daß er Lucas beneidete. Der Mann schien sich in seiner Ehe sehr wohlzufühlen. Er erzählte immer davon, daß er Irma dieses beigebracht oder von jenem erzählt hätte. Donnigan schien es, als würden die beiden wirklich miteinander sprechen.

Donnigan vermißte auch Wallis. Wie gern wäre er auf einen kleinen Plausch unter Männern und eine Tasse bitteren Kaffees zu seinem Nachbarn geritten. Doch Wallis schien ganz und gar von seiner Frau in Anspruch genommen zu sein. Die Leute in der Stadt machten sich bereits lustig über ihn. Sie pfiff – er sprang. Doch wenn Wallis dagegen nichts einzuwenden hatte, dann ging das die anderen auch nichts an.

Nein, es hatte den Anschein, als sei er der einzige der drei Männer, der mit seiner bestellten Braut Pech gehabt hatte. Und der kleinen Laura konnte er die Schuld dafür nicht geben. Er war überrascht gewesen, sie sagen zu hören, daß sie bereits siebzehn sei. Obwohl das immer noch sehr jung war, war sie doch älter, als er gedacht hatte. Er hatte bereits befürchtet, sie sei eher fünfzehn. Fast achtzehn, hatte sie gesagt. Donnigan kannte viele Mädchen, die mit achtzehn verheiratet waren. Vermutlich hatte Lauras zierliche Statur ihn verwirrt. Sie war so winzig. So zerbrechlich.

Nein, eigentlich war sie gar nicht mehr zerbrechlich. Oh, sie war immer noch eine kleine, zarte Person, aber sie war nicht mehr zerbrechlich. Sie sah sehr viel besser aus als damals, als sie angekommen war. Und sie war sehr viel kräftiger, als es den Anschein hatte, da mußte er ihr zustimmen.

Sie hatte gesagt, er behandle sie wie ein Kind, und errötend mußte er sich eingestehen, daß das stimmte. Es fiel ihm so schwer, sie nicht als Kind zu sehen. Aber er arbeitete daran. Wirklich.

*

Das Weihnachtsfest sollten sie mit Irma und Lucas verbringen. Laura war sicher, daß Lucas sie nur auf Irmas Bitten eingeladen hatte. Doch trotzdem war sie dankbar für die Gelegenheit, einmal aus dem Haus zu kommen.

Das Wetter spielte mit. Es war zwar immer noch kalt, doch es stürmte nicht, und die Sonne versuchte, sich einen Weg durch die Wolken zu kämpfen. Laura trug ihre neuen Sachen und wickelte sich ihren wärmsten Schal um die Schulter. Sie sah, wie Donnigan einige warme Decken in den Schlitten warf, doch er sagte ihr nicht, sie solle sie umlegen.

Irmas Schwangerschaft zeigte sich noch nicht – außer darin, daß ihr Gesicht von innen her zu strahlen schien. Wieder spürte Laura den Neid wie ein bohrendes Messer. Irma hatte so viel.

Lucas, ganz der perfekte Gastgeber, hatte einen Truthahn im Speisesaal für sie herrichten lassen.

„Essensgeruch kann Irma in ihrem Zustand nicht vertragen", erklärte er fast stolz.

Doch Laura war es egal, wo sie zusammensaßen. Es tat so gut, einmal herauszukommen, und es war herrlich, mit anderen zusammenzusein.

Nach dem Mittagessen brauchte Lucas seine Zigarre. Donnigan und er blieben im Speisesaal, während Irma und Laura sich in die oberen Räume begaben.

„Ich kann es kaum erwarten, dir die ganzen Babysachen zu zeigen", sagte Irma aufgeregt, als sie nach oben gingen.

Lucas hatte recht gehabt: Irma hatte bereits eine ganze Kiste mit sorgfältig genähten kleinen Sachen gefüllt. Laura fragte sich, wie sie wohl die kommenden sechs Monate ausfüllen würde.

„Du bist richtig glücklich, nicht wahr, Irma?" Laura konnte diese Frage nicht unterdrücken.

„Oh ja!" rief die junge Frau. „Es ist so ganz anders, wenn man – wenn man auf ein Kind wartet. Ich weiß jetzt etwas mit meiner Zeit anzufangen und bin nicht mehr so einsam. Und Lucas – Lucas kommt jeden Morgen um zehn nach Hause, damit ich frische Luft und ein wenig Bewegung bekomme."

Als sie Lauras verwirrten Gesichtsausdruck wahrnahm, erklärte sie schnell: „Es schickt sich nicht, daß eine Frau allein draußen auf der Straße ist, darum kommt Lucas nach Hause und geht mit mir spazieren."

Laura starrte sie nur an. Die arme Irma war also buchstäblich eine Gefangene in ihrer eigenen Wohnung!

„Wenn man zuviel – sieht, so daß ich mich nicht mehr auf der Straße zeigen kann, dann werden wir aufs Land hinaus fahren, die Kutsche stehenlassen und dort ein wenig spazierengehen."

Lauras Mund blieb ihr offenstehen. Schnell war ihr Neid verflogen. Dagegen gestattete Donnigan ihr ja geradezu grenzenlose Freiheiten!

„Oh, Lucas hat sehr viel über Schwangerschaften gelesen", beeilte sich Irma fortzufahren, die Lauras Verwirrung nicht verstand. „Man braucht frische Luft und Bewegung – zum Wohl des Kindes und der Mutter."

*

Donnigan war so besorgt gewesen, daß sie sich eine Erkältung holen könnte, doch nun war er selbst es, der mit Halsschmerzen und einem roten Kopf aus dem Stall ins Haus kam.

Laura zerbrach sich den Kopf nach einem Hausmittel, das ihm helfen konnte, doch ihr fiel nichts ein.

Am folgenden Morgen hatte er hohes Fieber. Trotzdem stand er auf. Als er sich das Flanellhemd überzog, sah Laura, daß er zitterte.

„Was ist los?" fragte sie ängstlich.

„Ich bin in Ordnung", beharrte er.

„Du bist nicht in Ordnung", gab Laura zurück. „Du zitterst am ganzen Körper."

„Das ist nur die Kälte", erwiderte er. „Das geht schon."

Laura warf die warmen Decken zurück und sprang aus dem Bett.

„Es geht nicht. Sieh dich doch nur an."

Sie kam zu ihm hinüber und legte ihm die Hand auf die

Stirn. „Du bist ja glühend heiß!" rief sie. Furcht machte sich in ihr breit.

Sie schlüpfte in ihre gestrickten Hausschuhe, um sich vor dem kalten Holzfußboden zu schützen.

„Du gehst am besten ins Bett zurück", sagte sie ihm. „Ich werde mich um das Feuer kümmern."

„Das geht nicht", widersprach Donnigan. „Ich muß das Vieh füttern."

„Ich füttere das Vieh", erwiderte Laura, die bereits nach ihrem wärmsten Rock griff.

„Aber du kannst nicht –", begann Donnigan.

„Ich kann, und ich werde", sagte Laura bestimmt. Die Entschlossenheit in ihrer Stimme war unüberhörbar. „Das heißt, falls du so freundlich sein würdest, mir zu sagen, was ich zu tun habe."

Die Spitze war Donnigan nicht entgangen. Er starrte Laura eine Weile an und sah, wie ihre dunklen Augen funkelten.

Er zog sein Hemd wieder aus und warf es neben dem Bett auf den Boden.

„Ich sag' es dir", erwiderte er schwach und legte sich wieder ins Bett.

Sorgfältig erklärte Donnigan Laura alles, was zu tun war. Von Zeit zu Zeit nickte sie als Zeichen, daß sie verstanden hatte. Als er mit seiner Erklärung zu Ende war, war er in kaltem Schweiß gebadet. Selbst er mußte zugeben, daß er nicht in der Lage gewesen wäre, die Arbeit zu bewältigen.

„Wenn du Hilfe brauchst, geh zu Wallis", brachte er noch heraus, bevor er einen Hustenanfall bekam.

„Ich werde keine Hilfe brauchen", erwiderte Laura fest. „Ich bringe dir etwas für deinen Hals – und du bleibst im Bett."

*

Donnigan war sehr krank, und Laura machte sich schreckliche Sorgen. Sie hatte nichts von den Mitteln zur Verfügung, die sie in London immer gehabt hatte, um eine Grippe zu bekämpfen. Sie wußte eigentlich nicht, was sie für Donnigan tun konnte, außer ihn bezüglich des Viehs zu beruhigen und ihn mit einem feuchten Schwamm abzureiben, um das Fieber zu senken. Sie brachte ihm Suppe und Tee und versuchte, ihn dazu zu bringen, einige Schlucke zu nehmen, doch meistens weigerte er sich.

Erst nach beinahe zwei Wochen konnte Donnigan wieder aufstehen und sich ein wenig in der Küche aufhalten. Es waren viele lange und schwierige Tage gewesen. Das Wetter war nicht besonders freundlich gewesen, und Laura hatte nicht nur gegen die Krankheit, sondern auch gegen die Elemente ankämpfen müssen. Und die Stallarbeit hatte sie viel Zeit und Kraft gekostet. Eine Kuh hatte sogar vor der Zeit gekalbt. Laura hatte die Kuh und das winzige Kalb in den Stall gebracht, sie beruhigt und ihr erklärt, daß sie nun dafür zuständig sei, Donnigan und sie mit Milch zu versorgen.

„Aber sie ist noch nie gemolken worden“, widersprach ihr Donnigan, als Laura ihm sagte, sie hätten jetzt eine Milchkuh.

„Jetzt ist sie es“, verkündete Laura und stellte eine Schüssel Vanillepudding vor ihn.

„Aber wie hast du –?“ begann Donnigan.

„Ich habe sie angelockt und ihr die Beine zusammengebunden“, erwiderte Laura einfach.

„Was ist mit dem Kalb?“ fragte Donnigan.

„Das Kalb trinkt prima aus einem Eimer. Es ist genug Milch für uns alle da.“

Donnigan konnte nur den Kopf schütteln und lächeln.

*

Endlich war Donnigan kräftig genug, um die Stallarbeit wieder zu übernehmen. Laura widersprach nicht, doch innerlich wußte sie, daß sie diese Arbeit vermissen würde. Sie konnte nicht leugnen, daß es schwere Arbeit war. Doch es war eine nette Abwechslung gewesen, einmal aus dem Haus zu kommen. Und sie arbeitete gern mit den Tieren. Sie plauderte sogar mit ihnen, wenn sie die Pferde striegelte oder die Kuh molk, die sich jetzt nicht mehr dagegen wehrte. Sie war keineswegs froh darüber, jetzt wieder in der Küche eingesperrt zu sein. Trotz der zusätzlichen Arbeit mußte Laura sich eingestehen, daß sie sich nie in ihrem Leben so wohlgefühlt hatte.

Das hatte sie größtenteils auch dem erhöhten Schuh zu verdanken, dessen war sie sicher. Sie konnte jetzt gerade gehen. Und am Ende eines jeden langen Tages schlief sie so gut wie nie zuvor.

*

„Wir müssen miteinander reden", verkündete Donnigan, als er seinen leeren Teller zurückschob.

Lauras Kopf fuhr hoch. Donnigan hatte seine Stallarbeit nun wieder voll übernommen. Hatte er etwas entdeckt, das sie zu tun versäumt oder nicht richtig getan hatte? Fieberhaft überlegte sie, was es wohl sein könnte.

„Während ich im Bett gelegen habe, hatte ich viel Zeit zum Nachdenken", begann Donnigan.

Laura starrte ihn immer noch an. Sie wußte nicht, worauf er hinauswollte.

„Du hast gesagt, ich würde dich wie ein Kind behandeln", fuhr Donnigan fort, und Laura hielt den Atem an. Nach all diesen Wochen kam er also jetzt auf ihren Streit zurück. Er schien ein gutes Gedächtnis zu haben. Laura hatte gehofft, sie könnten einfach vergessen, was an jenem Abend gesagt worden war. Doch nun hatte es den Anschein, als würde Donnigan alte Wunden wieder aufreißen. Laura blickte ihn mit vorgeschobenem Kinn an.

„Ich behandle dich also wie ein Kind", wiederholte er. „In welcher Hinsicht?"

Das war die falsche Frage. Laura spürte, wie sie errötete. In ihren Augen standen Schmerz und Abwehr. Sie war wieder in derselben Verfassung wie damals, als sie ihm das Päckchen entgegengeschleudert hatte und ins Schlafzimmer marschiert war.

„In welcher Hinsicht?“ gab sie zurück. „Einfach in allem!“

Donnigan unterdrückte einen Fluch. Er hatte es wieder einmal falsch angepackt.

„Du – du –“ Laura war auf einmal wieder so wütend, daß sie keine Worte fand, die sie ihm entgegenschleudern konnte.

Donnigan legte seine Hand auf ihren Arm, doch Laura schüttelte sie ab.

„Ich frage doch nur, damit ich weiß, was ich anders machen muß“, sagte er schnell, doch auch seine Stimme klang jetzt eine Spur schärfer.

Laura starrte ihn nur an.

Donnigan erhob sich und ging nervös im Zimmer auf und ab. Er rang die Hände und schien ernsthaft nach Antworten zu suchen ... nach einer Richtung.

„Ich weiß nicht, wie es dir geht“, sagte er schließlich immer noch umhergehend, „aber ich bin nicht sehr glücklich mit unserer Ehe, und ich denke, ich muß das einmal aussprechen.“

Laura hielt wieder die Luft an. Sie fühlte sich, als hätte sie eine Ohrfeige bekommen. Sie hatte sich so bemüht, ihm keine Umstände zu machen und sich in allem zurückzunehmen. Sie hatte keine Forderungen an ihn gestellt, und jetzt –

„Und ich gebe dir nicht die Schuld dafür“, beeilte sich Donnigan zu erklären. „Die Wahrheit ist“ – er blieb stehen und blickte sie an – „ich wußte nicht, wie man sich als Ehemann richtig verhält.“

Sein ehrliches und offenes Bekenntnis warf sie vollkommen aus der Bahn. Sie hatte erwartet, daß er sie für alles verantwortlich machen würde. Statt dessen stand er schuldbewußt und verlegen vor ihr.

„Ich brauche deine Hilfe, Laura“, sagte er bittend.

Sie senkte den Kopf, damit sie den Schmerz in seinen Augen nicht sehen mußte.

„Du hattest recht“, gestand er und ging wieder im Zimmer auf und ab. „Ich ... ich habe dich wirklich für ein Kind gehalten. Ich kämpfe immer noch dagegen an. Aber ich weiß ... ich habe gesehen – daß du eine Frau bist. Eine Frau, mit der ich gern mein Leben teilen möchte – aber ich brauche dabei deine Hilfe."

Jegliche Wut, die Laura empfunden hatte, verflog. Sie saß reglos da, nur ihre Hände zitterten.

„Was ist nur los mit uns, Laura?" flehte er. „Was machen wir falsch? Warum sind wir nicht glücklich? Warum leben wir einfach nur nebeneinander her statt miteinander?"

Laura betrachtete die gebeugten Schultern des Mannes vor ihr. Sie hatte sich für einen Kampf gerüstet, doch gegen so etwas war sie machtlos.

„Ich weiß es nicht", flüsterte sie. Ihre sorgsam errichtete Mauer der Abwehr brach zusammen, und ihre ganze Einsamkeit und Sehnsucht brach über sie herein. Sie legte die Hände vors Gesicht und begann zu weinen.

Mit zwei schnellen Schritten war er neben ihr, nahm sie in die Arme und drückte sie an sich.

„Oh Laura", hörte sie ihn immer und immer wieder murmeln. „Laura, ich liebe dich. Wirklich. Hilf mir doch, es dir zu zeigen. Bitte, Laura."

Sie weinte an seiner Brust, bis sie keine Tränen mehr hatte. Er wischte ihr die Tränen zärtlich mit den Fingern ab. Als sie ihn schließlich ansehen konnte, bemerkte sie auch auf seinen Wangen Spuren von Tränen.

„Wir werden es schaffen", flüsterte er. „Wir werden es schaffen – aber ich möchte, daß wir glücklich dabei sind. Beide."

Er zog sie noch enger an sich heran und küßte sie.

„Und was sollen wir tun?" fragte Laura mit zitternder Stimme.

Er schüttelte den Kopf. „Ich weiß es nicht", antwortete er wahrheitsgemäß. „Ich habe keine Antworten – aber ich glaube, wir müssen erst einmal lernen, richtig miteinander zu reden."

Reden. Oh, wie hatte Laura sich danach gesehnt. Wirklich miteinander zu reden! Nicht nur zu sagen: „Guten Morgen. Hast du gut geschlafen? Reichst du mir bitte das Brot?" Nein, sich richtig zu unterhalten.

Sie nickte und putzte sich mit einem Taschentuch aus ihrer Schürzentasche die Nase.

„Wo fangen wir an?“ brachte sie mühsam heraus.

„Ich weiß es nicht.“ Langsam ließ er sie los. „Es gibt so vieles, das wir noch nicht voneinander wissen. So vieles, das wir uns nicht erzählt haben.“ Dann wagte er, noch weiterzugehen. „Ich habe mich danach gesehnt, mit dir zu reden, doch ich dachte, du ... du wärst noch nicht bereit, über deine Vergangenheit zu sprechen und ganz offen zu mir zu sein. Ich habe gewartet –“

„Und ich hätte so gern über alles gesprochen“, lachte Laura zaghaft, „doch Madame sagte immer, Männer würden keine schwatzhaften Frauen mögen.“

„Schwatzhafte Frauen? Genau aus diesem Grund habe ich mich nach einer Frau gesehnt – damit ich mich nicht mehr mit dem Schwarzen unterhalten mußte.“

Wieder lachte Laura. Er hatte also auch mit den Tieren gesprochen – genau wie sie. Das war wirklich lustig.

Er setzte sich auf einen Küchenstuhl und zog sie auf seine Knie. „Dann laß uns jetzt miteinander sprechen“, sagte er grinsend. „Wir können uns die ganze Nacht unterhalten, wenn wir wollen. Der Abwasch kann warten. Ich möchte alles über dich wissen. Und ich möchte, daß du alles über mich weißt.“

Laura legte die Arme um seinen Hals und zog ihn an sich. Sie war beinahe überrascht festzustellen, daß sie ihn überhaupt nicht haßte. Im Gegenteil, noch nie hatte sie eine so tiefe, inbrünstige Liebe für jemanden empfunden wie für Donnigan.

Irma

Nachdem die Tür zu ihren Herzen erst einmal geöffnet war, hatte Laura das Gefühl, daß sie überhaupt nicht genug vom Reden bekommen konnte. Manchmal fragte sie sich, ob sie sich nicht vielleicht wirklich zu einer schwatzhaften Frau entwickelte, doch Donnigan schien das zu gefallen. Er nickte und lächelte und erzählte selbst, und die Zeit verging wie im Flug.

„Vermißt der Schwarze eigentlich die Gespräche mit dir?" neckte Laura Donnigan eines Abends, als sie am Feuer saßen. Sie stopfte einen Strumpf, und er hatte sich eine seiner alten Zeitungen vorgenommen.

Er grinste. „Dann und wann rede ich noch mit ihm, damit er sich nicht so ausgeschlossen fühlt", gab er zurück.

Laura lachte leise. „Und ich spreche immer noch mit Polly, wenn ich sie melke", gestand sie.

Laura hatte darauf bestanden, auch weiterhin morgens und abends die Kuh zu melken. Es tat ihr gut, die Küche einmal zu verlassen und frische Luft zu schnappen. Außerdem wurde Polly im Stall gemolken, es war also nicht so schrecklich kalt.

Sie schwiegen, während Laura den Faden einfädelte. Doch ihr Schweigen war nicht mehr kalt und drohend. Sie wußten beide, daß sie es jederzeit brechen konnten, wenn sie eine Idee hatten, die sie mit dem anderen besprechen wollten, einen Gedanken, den sie ihm mitteilen oder einfach nur ein Ereignis des Tages erzählen wollten.

Donnigan wendete sich wieder seiner Zeitung zu.

„Was bist du eigentlich?" fragte Laura auf einmal unvermittelt. Donnigans Kopf fuhr hoch.

„Was ich bin?" Er zögerte. „Ein Mann – hoffe ich."

Laura kicherte. „Ich meine – welcher Nationalität gehörst du an?"

Donnigan zuckte gleichgültig mit den Achseln. „Ich weiß es nicht."

„‚Donnigan' klingt irisch", meinte Laura.

„Kennst du einen Iren mit Namen Donnigan?"

Laura setzte einen weiteren Stich. „Nein", gestand sie. „Aber als ich zum ersten Mal deinen Namen auf dem Papier las, dachte ich, daß es vielleicht ein irischer Name sein könnte."

„Noch nie in meinem ganzen Leben habe ich einen anderen Menschen kennengelernt, der Donnigan hieß", meinte Donnigan ironisch.

„Ich frage mich, woher der Name kommt", sagte Laura.

Wieder zuckte Donnigan die Achseln.

„Ist dir das wirklich so egal?" fragte Laura. „Ich meine, ich bin eine O'Malley. Das wurde mir mein ganzes Leben lang erzählt. Mein Vater hat mir den Stolz auf meine irische Abstammung vermittelt. Und du weißt nicht einmal, welcher Abstammung du bist. Bedeutet dir das überhaupt nichts?"

„Ich glaube nicht. Ich habe nie darüber nachgedacht. Welchen Unterschied macht das schon? Menschen sind Menschen. Da gibt es doch keinen Unterschied."

Laura blickte ihn erstaunt an.

„Aber würdest du denn nicht gern wissen, ob du Franzose, Deutscher, Brite – oder Ire bist?" fragte sie in gespieltem Entsetzen.

„Ich glaube nicht, daß ich ein Ire bin", gab Donnigan zurück.

„Sicher – das bist du bestimmt nicht", erwiderte Laura keck. Zum ersten Mal seit langer Zeit verstärkte sich ihr Akzent wieder. „Ein Ire kennt seine Abstammung, und das ist die Wahrheit."

Donnigan lächelte.

„Sicher", versuchte er sie nachzuahmen.

Laura warf die frischgestopfte Socke nach ihm, und er

sprang auf, um sie in der Küche herumzujagen und ihr die Socke vorne ins Kleid zu stopfen.

„Du kannst aber auch nie ernst sein“, warf sie ihm vor, obwohl sie wußte, daß es nicht stimmte.

„Ich bin doch ganz ernst“, antwortete er.

„Dann erzähl mir, wie du zu einem Namen wie Donnigan kommst.“

Er hielt sie eng umschlungen. „Ich weiß es nicht“, erwiderte er. „Meine Mutter hat mir diesen Namen gegeben, so erzählte man mir. Wo sie ihn herhat, oder warum er ihr so gut gefiel – das weiß ich nicht.“

„Gefällt er dir nicht?“

Er ließ sie los. „Wenn du wüßtest, wie viele Kämpfe ich als Kind wegen dieses Namens ausgetragen habe –“

„Aber warum?“

„Ich habe keine Ahnung. Er ist eben so anders.“

„Warum hast du ihn denn dann nicht geändert? Du hättest dich doch Don nennen können oder – oder –“

„Ich denke, das war der Grund für die Auseinandersetzungen. Die anderen haben immer versucht, mir einen Spitznamen zu geben. Und ich habe dann darauf bestanden, daß mein Name Donnigan ist und daß sie mich so nennen sollten.“

In der kurzen Zeit, die sie bereits miteinander lebten, hatte Laura mitbekommen, wie Donnigan einen Ladenbesitzer korrigierte, der ihn nicht bei seinem vollen Namen nannte. Er war nicht unhöflich gewesen, hatte nur einfach gesagt: „Ich heiße Donnigan.“ Sie war damals sehr erstaunt darüber gewesen. Vor allem überraschte es sie, jetzt zu hören, daß ihm der Name nicht einmal gefiel.

Aber Donnigan war ernst geworden. „Ich habe meine Mutter verloren, als ich noch sehr klein war“, erklärte er bewegt. „Mein Name ist das einzige, das ich von ihr habe. Vermutlich war das für mich Grund genug, dafür zu kämpfen.“

Als Laura den Schmerz in seinen Augen entdeckte, wünschte sie, sie hätte nicht gefragt.

*

Ein Reiter kam eilig in den Hof geritten, ein Junge aus der Stadt. Laura und Donnigan waren überrascht. Sie bekamen nur selten Besuch, und noch nie war jemand gekommen, um eine Nachricht zu überbringen. Donnigan öffnete die Tür.

„Ist Mrs. Harrison da?" fragte der Junge ein wenig atemlos.

Laura kam besorgt an die Tür. Der Junge hatte seine Mütze abgezogen.

„Ich habe eine Nachricht für Sie, Madam – von Mr. Stein", sagte der Junge und reichte Laura einen Umschlag.

Lauras Hand begann zu zittern. *Was könnte Lucas mir mitzuteilen haben, daß er einen Boten schickt – noch dazu in solcher Eile?* fragte sie sich.

Sie ließ sich auf einem Küchenstuhl nieder und riß den Umschlag auf. Donnigan schloß die Tür. Der Junge war schon wieder fort.

Donnigan stellte sich hinter sie, und sie hielt die Nachricht so, daß er sie ebenfalls lesen konnte.

Liebe Mrs. Harrison,
bitte entschuldigen Sie, daß ich mir die Freiheit nehme, Sie zu stören, doch Irma bittet Sie zu kommen. Sie befürchtet, daß sie das Baby verliert.
Lucas Stein.

„Oh nein", rief Laura mit weit aufgerissenen Augen. Das war ja schrecklich!

„Ich spanne den Wagen an."

„Wären wir nicht schneller, wenn wir reiten würden?" fragte Laura, bereits auf dem Weg ins Schlafzimmer, um sich wärmere Sachen anzuziehen.

Er zögerte nur einen Augenblick, dann nickte er. „Ich sattle die Pferde", sagte er und griff nach seinem Hut.

Laura zog sich schnell um. Sie steckte sich ihr Haar hoch und band sich die Haube fest. Dann griff sie nach einem wärmeren Pullover. Ein Schal allein würde nicht ausreichen.

Ihre Gedanken überschlugen sich. Irma würde vielleicht ihr Baby verlieren. Sie wäre am Boden zerstört. Aber was konnte sie, Laura, denn schon tun? Sie war keine Ärztin. Laura flehte zu einem Gott, der hoffentlich zuhörte, daß Irma und das Baby gesund blieben.

Als Laura die Tür hinter sich schloß, führte Donnigan die Pferde aus dem Stall. Er half Laura in den Sattel und bestieg den Hengst. Beide Pferde hatten in der vergangenen Zeit wenig Bewegung gehabt und wollten gern galoppieren.

„Paß gut auf und nimm die Zügel kurz“, warnte Donnigan. Er konnte nicht anders. „Sie ist eine Zeitlang nicht geritten worden.“

Laura nickte, aber es fiel ihr schwer. Das Pferd wollte galoppieren, und Laura hätte ihm nur zu gern seinen Willen gelassen. Doch Donnigan hielt sie zurück.

Als sie das Hotel erreichten, war bereits alles vorbei. Irma hatte das Baby verloren. Sie schluchzte unkontrollierbar. Lucas ging neben dem Bett auf und ab. Diese Situation war seiner Kontrolle vollkommen entglitten.

Der Arzt aus Raeford war gerufen worden, doch er war erst gekommen, als es bereits zu spät war. Er gab Irma ein Schlafmittel und zog Laura sanft aus dem Raum, als Irmas Augenlider schwer wurden.

„Sie braucht jetzt Ruhe“, flüsterte er. „Mehr können wir im Augenblick nicht für sie tun.“

Laura fühlte sich elend. Es war so schrecklich für Irma, das Kind zu verlieren – alle ihre Hoffnungen und Träume zusammen mit den kleinen Kleidungsstücken in der Kiste vor ihrem Bett wegzupacken.

Laura hätte ihrer Freundin so gern geholfen. Doch was konnte sie sagen? Schweigend ritten sie nach Hause zurück.

*

In den kommenden Wochen besuchte Laura Irma recht häufig. Donnigan spürte, daß sie das Pferd immer besser im Griff hatte und ließ sie sogar allein reiten. Vermutlich wäre er nicht so ruhig gewesen, wenn er gewußt hätte, daß Laura der Stute freien Lauf ließ, sobald sie außer Sichtweite war. Sie liebte das Gefühl des Windes, wenn er an ihrer Haube riß und ihre Röcke flattern ließ.

Noch unruhiger wäre er gewesen, wenn Laura ihm gestanden hätte, daß sie glaubte, ebenfalls ein Kind zu erwarten.

Doch von beidem wußte Donnigan nichts, und so ritt Laura weiterhin allein und so schnell sie wollte in die Stadt.

Jedesmal wenn sie die Hotelsuite betrat, hoffte sie von ganzem Herzen, daß es Irma besserging. Doch jedesmal wurde sie enttäuscht.

„Ich weiß nicht, was ich verkehrt gemacht habe. Ich weiß es einfach nicht“, jammerte Irma immer wieder.

„Bestimmt hast du nichts falsch gemacht“, versuchte Laura sie zu trösten. „Manchmal passiert so etwas eben.“

„Aber Lucas hat doch alle diese Bücher gelesen. Wir haben alles gemacht, was darin stand.“

Laura war verärgert über Lucas und seine Bücher. Sie mußte sich sehr bemühen, Irma das nicht zu zeigen.

„Lucas ist so aufgebracht über mich“, fuhr Irma fort. „Er glaubt, ich hätte etwas getan – etwas, womit ich dem Baby geschadet habe.“

„So ein Blödsinn!“ Laura explodierte beinahe.

„Oh – ich habe mir das Baby so gewünscht“, stöhnte Irma. „So sehr.“

Laura hätte ihr zu gern gesagt: „Du wirst noch andere Kinder haben“, doch sie traute sich nicht, das auszusprechen.

*

„Wie geht es ihr?“ fragte Donnigan, als er Laura nach einem Besuch bei Irma im Hof erwartete.

„Nicht gut“, erwiderte sie enttäuscht. „Sie kann einfach nicht aufhören zu trauern.“

„Ich schätze, das ist verständlich“, sagte Donnigan, nahm die Zügel der Stute und hob Laura vom Pferd. „Sie hat sich so auf das Kind gefreut.“

„Aber sie muß endlich aufhören zu trauern“, sagte Laura. „Immerhin kann sie noch Kinder bekommen. Körperlich ist alles in Ordnung mit ihr, sagt Dr. Heggith. Sie muß sich nur langsam wieder zusammenreißen.“

Donnigan blickte Laura erstaunt an. Er machte sich mit der Stute auf den Weg zum Stall. „Das wird sie vielleicht bald“, meinte er.

Sie gingen ein paar Schritte nebeneinander her. Schließlich brach Donnigan das Schweigen.

„Denkst du, das sei so leicht?“ fragte er.

„Natürlich denke ich nicht, daß es leicht ist“, erwiderte Laura etwas ruhiger. „Natürlich ist es das nicht, aber es ist notwendig. Man muß weiterleben, egal, wie man sich fühlt. Ich weiß, wie sie sich fühlen muß. Wenn ich unser Baby verlieren würde –“

Donnigan blieb abrupt stehen.

„Wenn du was?“ fragte er kurz.

Laura errötete. Sie hatte es ihm immer noch nicht erzählt, doch mittlerweile war sie sich ziemlich sicher. Sie hatte auf den richtigen Zeitpunkt gewartet. Sie holte tief Luft und ging weiter auf den Stall zu.

Doch Donnigans Hand auf ihrer Schulter hielt sie auf.

„Was hast du da eben gesagt?“ fragte er offen.

Laura blieb stehen und blickte ihn mit hochrotem Kopf an.

„Ich dachte, wir hätten uns das Versprechen gegeben, daß wir einander alles erzählen würden“, sagte Donnigan verletzt.

„Ich wollte es dir doch erzählen, ich habe nur auf die richtige Gelegenheit gewartet. Und ich wollte erst ganz sicher sein“, verteidigte sich Laura.

„Dann stimmt es also?“

Laura nickte.

Donnigans Blick ging ihr durch und durch. Er starrte sie eine halbe Ewigkeit lang an, drehte sich dann um und führte die Stute in den Stall.

Laura blickte ihm nach, trat unbehaglich von einem Fuß auf den anderen und ging schließlich ins Haus.

*

„Donnigan – es tut mir leid“, flüsterte Laura in die Dunkelheit hinein, nachdem sie zu Bett gegangen waren.

Er hatte ihr einen Kuß auf die Wange gehaucht, ihr höflich eine gute Nacht gewünscht und sich mit dem Rücken zu ihr auf die Seite gelegt.

Laura befürchtete, er könnte wütend darüber sein, daß sie ein Kind bekommen würden. Wenn das so war – würde sie auch auf ihn wütend sein. Waren Kinder in einer Ehe nicht etwas ganz Natürliches?

Sie nahm allen Mut zusammen und beschloß, es noch einmal zu versuchen. Wie Donnigan sie erinnert hatte – sie hatten sich versprochen, alles miteinander zu bereden.

„Möchtest du denn nicht Vater werden?“ fragte sie seinen Rücken.

„Natürlich möchte ich das“, erwiderte er sofort.

„Warum bist du dann –“

„Ich denke, ich hatte das Recht, es zu erfahren, und zwar nicht nur durch einen Versprecher“, sagte er.

In diesem Augenblick wußte sie, daß sie ihn tief verletzt hatte.

„Ich wollte es dir erzählen – bald“, verteidigte sie sich. „Es ist nur – ich habe mir solche Sorgen um Irma gemacht. Ich wollte nicht, daß es bekannt wird und sie es dann in ihrem Zustand erfährt.“

„Und was ist mit meinen Sorgen?“ fragte Donnigan, der sich immer noch nicht ihr zugewandt hatte.

„Deine Sorgen?“ fragte sie verwirrt.

Er drehte sich auf den Rücken. „Um dich – um unser Baby“, antwortete er mit zitternder Stimme.

„Was meinst du? Mir geht es gut. Das Baby – das Baby entwickelt sich doch gerade erst.“

„Ich mache mir Sorgen um dich, Laura. Du sagtest, ich würde in dir nur ein Kind sehen. Nun, das hat sich geändert. Ich – ich bemühe mich, das zu ändern. Aber auch wenn du eine Frau bist, so bist du doch trotzdem – immer noch sehr klein, und ich bin sehr groß. Vielleicht bist du ja zu klein, um – um ein Kind von mir zu bekommen."

Laura lag neben ihm und hörte ihm zu. Sie begann seine Furcht zu verstehen.

„Ich bin genauso groß wie meine Mutter war – und sie hat mich ja auch ohne Schwierigkeiten bekommen", erzählte sie ihm sanft. „Und ihre Mutter war sogar noch kleiner, das hat sie mir erzählt, und sie hatte sieben Kinder, und das ist die Wahrheit."

„Oh, Laura", stöhnte Donnigan und nahm sie in die Arme. „Falls dir irgend etwas passieren sollte –"

„Das wird es nicht", versuchte sie ihm zu versichern. „Das wird es nicht."

*

Laura ging immer noch so oft sie konnte zu Irma, doch Donnigan bestand nun darauf, sie zur Stadt zu fahren ... und zwar langsam. Eine solche Fahrt nahm den ganzen Tag in Anspruch, und Laura langweilte sich schrecklich, doch sie getraute sich nicht zu widersprechen. Jedesmal, wenn sie von dem Baby sprachen, las sie die Sorge in Donnigans Blick. Sie wollte ihn beruhigen so gut es ging.

Irma zeigte immer noch keine Anzeichen einer Besserung ihres Zustandes. Sie stand zwar jetzt auf, doch sie trauerte noch immer unmäßig um ihr verlorenes Kind. Laura spürte, daß der Verlust des Babys Irmas Ehe außerordentlich belastete. Von ganzem Herzen wünschte sie, sie könnte etwas für die Freundin tun.

Sean

Mit der Ankunft des Frühlings war Donnigan so beschäftigt, daß Laura das Gefühl hatte, ihn kaum noch zu Gesicht zu bekommen. Sie vermißte ihn im Haus, doch sie wußte, daß das Korn gesät werden mußte.

An warmen Tagen packte sie häufig ein Mittagessen zusammen, füllte eine Flasche mit kühlem Brunnenwasser und marschierte auf die Felder, um mit ihm zusammen zu essen, während die Pferde neben ihnen grasten. Laura genoß diese Zeit, und sie hatte das Gefühl, daß Donnigan sich ebenfalls auf ihre Mittagsbesuche freute.

Wie versprochen hatte Donnigan ein Hühnerhaus gebaut. Darin wohnten jetzt ein halbes Dutzend Hennen und ein stolzer Hahn. Laura wollte die Hühnerschar noch vergrößern, darum legte sie Eier beiseite und hoffte, einige der Hennen würden anfangen zu brüten.

Sie hatte Donnigan auch um einen Garten gebeten, und er hatte ihrer Bitte nachgegeben. Doch sie mußte ihm versprechen, daß er das Hacken übernehmen würde. Noch immer machte er sich Sorgen um sie und das Baby.

*

Irma erzählte sie erst Mitte des Sommers von dem Baby, als sich ihre Schwangerschaft nicht mehr länger verbergen ließ. Laura glaubte, daß Irma mittlerweile ihren Kummer überwunden haben müßte, doch Irma klammerte sich an ihren Schmerz wie an die Kiste mit den kleinen Babysachen.

Als sie endlich von dem Baby erfuhr, bemerkte Laura den Schmerz in Irmas Blick. Sie hatte sich so danach gesehnt, ihre

Freude mit ihrer Freundin zu teilen; statt dessen mußte sie erkennen, daß sie allein dastand. Das Baby war nur eine schmerzhafte Erinnerung für Irma.

„Es sieht so aus, als hätte ich es wieder einmal geschmissen", schimpfte Laura mit sich selbst. „Ich habe es niemandem erzählen können. Zuerst habe ich versäumt, es Donnigan zu sagen – und das war nicht besonders gut. Dann konnte ich es Irma nicht erzählen, bis sie es selbst erraten hat. Ich wünschte, ich hätte jemanden, mit dem ich meine Freude teilen könnte."

Laura dachte an Risa, doch sie war nicht in der Lage gewesen, eine Beziehung zu der neuen Mrs. Tremont aufzubauen. Donnigan hatte sogar den Kontakt zu Wallis verloren, und Laura wußte, daß ihm das sehr leid tat. Der kauzige Junggeselle hatte ihm früher oft Gesellschaft geleistet.

Laura sehnte sich danach, ihre guten Neuigkeiten ihren Verwandten mitzuteilen. Dreimal hatte sie versucht, Bridget einen Brief zu schicken, doch jedesmal war er ungeöffnet zurückgekommen. Es hatte den Anschein, als sei das Mädchen bei der Adresse auf dem Land und in der Schule, die sie Laura genannt hatte, völlig unbekannt. Das beunruhigte Laura mehr, als sie wahrhaben wollte.

*

Der Sommer war sehr heiß, und Donnigan schalt Laura häufig dafür, daß sie sich zu lange in der Sonne aufhielt. Ihr machte es nichts mehr aus, wenn er übermäßig besorgt um sie war, denn sie wußte, er machte sich eben Gedanken um sie und das Kind. Darum nahm sie seine „Ermahnungen" humorvoll hin und bemühte sich nach Kräften, seinen Wünschen nachzukommen.

Es war Erntezeit, und das bedeutete, daß Donnigan auf den Feldern beschäftigt war. Doch er gestattete ihr nicht mehr, ihn mit dem Picknickkorb zu besuchen. Er nahm sich sein Mittagessen mit, und wenn er Durst hatte, ging er zu dem kleinen Bach, der über ihr Land floß.

„Der Weg ist zu weit. Und wenn du dir nun auf dem unebenen Boden einen Knöchel verstauchst und hinfällst?“ meinte er besorgt.

Laura lächelte nur, doch sie fand seine Sorgen übertrieben. So ungeschickt war sie ja nun auch wieder nicht.

Wenigstens gestattete er ihr, ihren Garten abzuernten, wobei er sie aber ständig ermahnte, sich nicht zu „überanstrengen“. Laura strahlte vor Vergnügen, wenn sie das Gemüse hereinholte und daran dachte, wie es ihre Wintermahlzeiten aufbessern würde. Vieles kochte sie ein. Laura war sicher, daß Donnigan nicht wußte, was für eine anstrengende Arbeit das war, und wieviele Stunden sie dazu brauchte, das Gemüse zu putzen und dann am heißen Herd zu stehen und es einzukochen. Wenn er es gewußt hätte, hätte er es ihr sicher nicht erlaubt.

Zwischen der Heu- und Kornernte hatte Donnigan einen Keller gebaut, in dem sie das Eingemachte verstauen konnte. Endlich war die Ernte eingefahren und gelagert. Donnigan half den Nachbarn beim Schlachten der Schweine und dem Räuchern der Schinken. Sie waren für einen weiteren Winter gerüstet.

*

Die Abende hatte Laura damit verbracht, ihre Babyausstattung zu nähen. Bei jedem Stich mußte sie die Gedanken an Irma beiseite drängen. Immer mehr verstand sie die Verzweiflung der Freundin über ihren Verlust. Laura selbst begann die Tage zu zählen bis zu dem großen Ereignis.

Sogar Donnigan schien mit jedem Monat, der verging, seine Ängste und Bedenken weiter von sich zu schieben. Er wagte nun zu hoffen, daß alles gut gehen würde. Während Laura nähte, schnitzte er Sprossen für eine Wiege.

„Wenn es an der Zeit ist, sollten wir die Postkutsche nach Raeford nehmen und dort bleiben, bis das Baby da ist“, hatte Donnigan Laura gesagt. „Dann sind wir sicher, daß auch ein Arzt dabei ist.“

Laura hatte nicht widersprochen. Eine kleine Reise in die Stadt könnte eine nette Abwechslung für sie beide sein.

„Was ist mit der Arbeit auf der Farm?“ fragte sie nur.

„Ich bin sicher, Wallis wird das ein paar Tage für mich übernehmen“, erwiderte Donnigan, und damit schien die Sache erledigt. Beide freuten sich auf das, was der November ihnen bringen würde.

*

„Wie sollen wir das Baby nennen, wenn es ein Mädchen wird?“ fragte Laura Donnigan, als sie eines Morgens beim Frühstück zusammensaßen.

Er zögerte einen Augenblick, dann antwortete er: „Was würdest du vorschlagen?“

„Mir gefällt Mara“, erwiderte Laura.

„Klingt gut“, stimmte Donnigan nickend zu.

„Ein Junge wird natürlich nach seinem Vater genannt“, bemerkte Laura.

Sein Kopf fuhr hoch. „Du meinst Donnigan?“

Laura lachte leise. „Natürlich Donnigan“, sagte sie und legte ihre Hand auf seinen Arm. „Du bist doch schließlich der Vater.“

Er schüttelte den Kopf, während er die Kaffeetasse aufnahm. „Nein, mein Schatz“, sagte er bestimmt. „Keiner meiner Söhne wird einen solchen Namen für den Rest seines Lebens mit sich herumtragen müssen.“

Laura blickte ihn erstaunt an.

„Ich habe dir doch erzählt, daß ich in meiner Schulzeit andauernd wegen meines Namens gehänselt wurde“, fuhr Donnigan fort. „Es kann gut sein, daß unser Junge sich auch mit seinen Freunden auseinandersetzen muß, aber bestimmt nicht über seinen Namen.“

„Welchen Namen nehmen wir denn dann?“ fragte Laura.

„Einen einfachen und gängigen Namen – wie Frank oder George“, antwortete er.

„Mir gefällt keiner von beiden“, erwiderte Laura mit vorgeschobenem Kinn. Sie beschloß, daß sie sorgfältig darüber nachdenken würde.

*

Donnigan fuhr allein in die Stadt, um Vorräte zu besorgen. Der Wind war eisig und die Wolken unheilverkündend. Laura blickte zum grauen Himmel hinauf und war einverstanden, lieber zu Hause zu bleiben. Sie begann schon zu zittern, wenn sie nur hinaussah.

„Wenn es in dieser Zeit des Jahres ein Gewitter gibt, kann es eine Weile andauern“, sagte Donnigan und warf noch einen Blick zum Himmel. „Ich fahre besser gleich los, solange es noch geht.“

Laura nickte und stellte eine Einkaufsliste zusammen, während Donnigan die Pferde anspannte.

Es war am frühen Nachmittag, als Laura den ersten stechenden Schmerz verspürte. Er dauerte nur ein paar Sekunden und verschwand wieder. Sie tat ihn als normales Bauchweh ab und arbeitete weiter.

Als das Ziehen sich einige Minuten später wiederholte, war sie alarmiert.

„Das kann nicht das Baby sein“, beruhigte sie sich. „Es soll doch erst in drei Wochen kommen.“

Doch 15 Minuten später verspürte Laura wieder diesen Schmerz. Sie sah zur Uhr und wünschte, Donnigan würde nach Hause kommen.

Als er endlich eintraf, hatte sich Laura ins Bett legen müssen. Donnigan war außer sich.

„Aber du hast doch gesagt, daß es erst Ende November kommt“, erinnerte er Laura.

Laura nickte schweigend.

„Wir haben aber doch erst Anfang November“, sagte Donnigan und starrte auf den Kalender an der Wand, um sich zu vergewissern.

Wieder nickte Laura.

„Nun – dann kann es noch nicht sein“, schloß Donnigan unvernünftigerweise.

„Babys haben manchmal ihren eigenen Kopf“, erwiderte Laura mit Tränen in den Augen. Sie hatte nicht geplant, bei dieser Entbindung allein zu sein, und der Gedanke daran war sehr erschreckend.

„Was können wir tun?“ fragte er sie. „Der Sturm ist heftiger geworden, und der Doktor ist kilometerweit entfernt.“

„Es ist zu früh“, stöhnte Laura wieder. Sie wünschte wirklich, ihr Kind würde beschließen zu warten, bis der Zeitpunkt günstiger war.

„Ich hole Hilfe.“

„Wo denn?“ stöhnte Laura, während eine weitere Welle des Schmerzes über sie hinwegging.

„Ich weiß nicht – aber wir brauchen jemanden.“

Laura klammerte sich an seinen Arm, bis der Schmerz nachließ.

„Geh nicht“, flehte sie. „Ich möchte nicht allein sein.“

„Aber wir brauchen –“, begann er.

„Donnigan“, sagte sie so ruhig sie konnte. „Du hast doch schon den Kühen beim Kalben geholfen – mehrmals.“

Er sah sie schockiert an. „Du bist doch keine Kuh“, entgegnete er entsetzt.

„Aber Babys werden genauso geboren“, hielt sie dagegen. „Gebrauche eben einfach deinen gesunden Menschenverstand. Wir schaffen es schon.“

Schließlich half Donnigan tatsächlich seinem eigenen Sohn auf die Welt. Er wusch ihn vorsichtig und legte ihn dann seiner Mutter in die Arme.

„Und jetzt hole ich den Doktor“, sagte er zu seiner blassen, aber überglücklichen Frau.

„Wozu denn das jetzt noch?“ fragte Laura verwirrt.

„Um sicher zu gehen, daß alles in Ordnung ist“, antwortete er.

„Uns geht es gut. Sieh ihn dir nur an. Er ist einfach vollkommen.“

Donnigan betrachtete seinen neugeborenen Sohn. Er sah

tatsächlich gesund aus. Einfach wunderbar. Er war zwar recht klein – kein Wunder, da er zu früh gekommen war –, aber er wirkte gesund und kräftig.

Die Furcht ließ allmählich nach und wurde ersetzt von Dankbarkeit und Stolz. Das Baby und Laura schienen die Entbindung gut überstanden zu haben. Donnigan strich sich das Haar aus der schweißnassen Stirn und atmete tief durch.

„Wie sollen wir ihn denn nun nennen?“ fragte er und nahm sanft die winzigen Fingerchen in die Hand.

„Sean“, strahlte Laura. „Der Name paßt sehr gut zu ihm, meinst du nicht?“

Donnigan nickte. ‚Sean‘ war zwar kein gewöhnlicher Name wie Frank oder George, doch Donnigan hoffte, daß sein Sohn nicht allzu sehr wegen dieses Namens geneckt werden würde.

*

Lauras Tage waren nun mehr als ausgefüllt. Sean war ein nettes, zufriedenes Baby, doch auch ein ruhiges Baby brachte nun mal viel Arbeit mit sich. Die Wäsche war das Schwierigste. Es war fast unmöglich, sie im Winter richtig zu trocknen. Immer fühlten sich die Sachen irgendwie klamm an und rochen stockig. Sie würde froh sein, wenn der Frühling wieder ins Land zog.

*

„Sieh ihn nur an! Bald kann er laufen“, strahlte Donnigan, während er den Kleinen durch die Küche trug.

Laura lächelte. „Das wird er, und nächste Woche kann er dann in die Schule gehen“, stimmte sie scherzhaft zu. Ihre Augen funkelten vor Übermut, aber auch vor ehrlichem Stolz.

„Er wächst unheimlich schnell“, sagte Donnigan.

Laura schwieg eine Weile. Dann hob sie den Kopf. „Sicher, und er tut gut daran, denke ich. Ehe er sich’s versieht, wird er nämlich der große Bruder von jemandem sein.“

Donnigan blieb wie angewurzelt stehen.

„Im Ernst?“ fragte er und betrachtete sie eindringlich.

„Im Ernst“, erwiderte sie mit geröteten Wangen.

Donnigan wirbelte seinen kleinen Sohn herum und jubelte. „Hast du das gehört, mein Junge?“ fragte er das Baby, während er es durch die Luft schwenkte. „Du wirst bald eine kleine Schwester bekommen, oder einen Bruder.“

„Nun mal langsam“, lachte Laura. „Es wird noch einige Monate dauern. Wenn ich richtig gerechnet habe, wird Sean dann erst fünfzehn Monate alt sein.“

Sie wuße, das Baby hatte keine Ahnung, warum seine Eltern so ausgelassen waren, doch sie tanzten trotzdem mit ihm durch die Küche. Der kleine Sean krähte und lachte und hatte seinen Spaß dabei.

*

Auch Irma war wieder guter Hoffnung. Laura weinte vor Freude, als sie es hörte.

„Oh, ich hoffe wirklich, daß diesmal alles gut geht“, sagte sie zu Donnigan, während sie sich die Nase putzte. „Es wäre schrecklich, wenn sie auch dieses Kind verlieren würde.“

Laura warf einen Blick auf Sean, der friedlich in der Ecke in seiner Wiege schlief. Er war schon beinahe zu groß dafür – aber in wenigen Monaten würden sie die Wiege ohnehin für ihr zweites Kind brauchen. Laura lächelte. Sie und Irma würden etwa zur selben Zeit entbinden.

*

„Wie wirst du mit zwei Kindern zurechtkommen?“ fragte Donnigan sie eines Morgens, als Laura versuchte Porridge zu kochen, während Sean mit seinem Löffel auf den Tisch klopfte und lautstark nach seinem Frühstück verlangte.

Laura versuchte zu lächeln. „Wenn sie beide so umgänglich sind wie er, wird das schon gehen“, antwortete sie.

Es stimmte. Sean war ein wirklich leicht zufriedenzustellendes Baby gewesen. Er schien immer zufrieden und glücklich zu sein. Nur selten war er so ungeduldig wie im Augenblick.

„Ich habe mich heute morgen etwas ... verspätet, das ist alles“, erklärte Laura das Verhalten ihres Sohnes.

„Geht es dir nicht gut?“ fragte Donnigan besorgt.

Laura schüttelte den Kopf. „Nur ein wenig Übelkeit. Es geht vorüber.“

„Aber bei Sean war das doch nicht so“, erinnerte sie Donnigan. Er hatte von der morgendlichen Übelkeit schwangerer Frauen gehört und gedacht, das gehöre zur Schwangerschaft dazu. Doch er war erstaunt gewesen, daß Laura keine Anzeichen gezeigt hatte.

„Das ist doch bei jedem Kind anders“, erklärte Laura leichthin. „Ich erinnere mich noch an Madame. Bei Bridget war ihr ständig schlecht, bei Charles ging es ihr hervorragend, und bei Edmund war sie wieder schrecklich krank.“

Donnigan nickte, doch trotzdem machte er sich Gedanken darum, daß das zweite Kind so schnell auf das erste folgte.

*

Ohne daß sie eine bewußte Entscheidung getroffen hätte, nahm Laura nun doch einige Veränderungen im Haus vor und machte es zu einem richtigen Heim.

Zum Teil war dies sicherlich Sean zu verdanken. Babysachen tauchten auf. Ein kleines Kissen hier, ein Stapel weicher Sachen dort, eine warme Decke auf dem Schaukelstuhl in der Ecke, um ihn warmzuhalten, wenn er gestillt wurde.

Doch auch andere Dinge verschönerten allmählich den Raum. Vorhänge vor den Fenstern; eine Geranie blühte in einem Topf auf dem Küchentisch. Anheimelnde Teppiche lagen auf dem Boden, Bilder zierten die kahlen Holzwände. Und immer roch es einladend nach etwas, das auf dem Herd gekocht oder im Ofen gebacken wurde. Donnigan freute sich darauf, die Tür zu öffnen und zu Hause zu sein.

*

„Ich hole dich im Hotel ab", sagte Donnigan, als er Laura den kleinen Sean in den Arm drückte und das Gespann anband.

Laura nickte, und sie gingen getrennte Wege – sie, um einzukaufen und mit Irma Tee zu trinken, und er mußte einiges beim Schmied besorgen.

Laura beeilte sich mit ihren Einkäufen. Sie wollte so viel Zeit wie möglich mit Irma verbringen. Nun, da Irma wieder ein Baby erwartete, machte es Laura nicht mehr so viel aus, sie mit Sean zu besuchen.

Nicht daß sie mit ihrem kleinen Sohn angegeben hätte – das hatte sie gar nicht nötig. Irma – und alle anderen auch – konnten ruhig sehen, was für ein fröhliches und zufriedenes Kind Sean war.

Irmas Schwangerschaft machte Fortschritte. Oh ja, sie trauerte immer noch über die Fehlgeburt. Sie zitterte noch immer, wenn sie von Lucas' düsterer Laune beim Verlust ihres Babys erzählte – als ob es ihr Fehler gewesen wäre. Gelegentlich weinte sie auch noch über die kleine Kiste am Fußende ihres Bettes – doch sie erlebte auch fröhlichere Zeiten. Sie hatte sogar ein oder zweimal gelächelt. Laura freute sich für sie.

„Hast du schon etwas von deiner Schwester gehört?" fragte Irma, als sie Tee tranken und lächelnd beobachteten, wie Sean einen Keks verschlang.

„Nein. Ich habe noch zweimal versucht, ihr einen Brief zu schicken – doch beide sind wieder zurückgekommen", sagte Laura. Sie war ziemlich verzweifelt darüber.

„Das ist wirklich seltsam", meinte Irma.

„Ich kann das alles nicht verstehen. Ich adressiere meine Briefe an die Direktorin der Schule, und sie kommen auch an. Die Adresse, die ich bekommen habe, stimmt also. Aber sie beteuern immer wieder, sie hätten noch nie von Bridget gehört."

„Oh, sieh nur!" quietschte Irma. „Er hat sich den ganzen Keks in den Mund geschoben." Irma begann fröhlich über den kleinen Sean zu lachen, der sich ein so großes Keksstück in den Mund gesteckt hatte, daß er kaum noch kauen konnte.

Es tat so gut, Irma wieder lachen zu hören – Laura kamen beinahe die Tränen, so freute sie sich.

„Du kleiner Vielfraß“, schimpfte sie Sean sanft aus. „Du wirst dich noch verschlucken.“

Doch das Lachen hatte ihnen gut getan.

*

Donnigan wirkte sehr besorgt, als er Laura später abholte, und sie bereitete sich darauf vor, eine schlechte Nachricht entgegenzunehmen.

„Risa ist fort“, sagte er.

„Fort? Was meinst du damit?“

„Sie ist abgereist. Mit der Postkutsche.“

Laura starrte ihn entsetzt an. Donnigans Gesichtsausdruck ließ darauf schließen, daß er keinen Scherz gemacht hatte.

„Ist Wallis mitgegangen?“ fragte sie halb flüsternd.

„Wallis? Nein“, erwiderte Donnigan.

„Wie – aber ... Was ist passiert?“

„Ich weiß es nicht. Sam weiß nur, daß sie abgereist ist – und daß Wallis außer sich ist.“

Laura nahm Sean auf den anderen Arm. „Das ist ja schrecklich“, entgegnete sie. „Was können wir tun?“

„Ich habe keine Ahnung – aber ich würde gern so schnell wie möglich losfahren. Ich muß Wallis besuchen.“

Verständnis

Es stimmte: Risa hatte Wallis verlassen. Sie war in die Stadt gefahren, um einzukaufen – hatte sie gesagt – und war nicht zurückgekommen. Wallis ritt in die Stadt, um nach ihr zu sehen, doch man erzählte ihm, sie hätte die Zwei-Uhr-Postkutsche nach Osten genommen. Risa hatte nur mit dem Fahrkartenverkäufer gesprochen. „Sie sagte, sie würde nach Raeford fahren, um den Zug noch zu erwischen", erklärte der Mann. „Mehr weiß ich nicht."

„Aber warum?" jammerte Wallis. „Warum?"

Donnigan blieb einige Zeit bei seinem alten Freund, ließ ihn reden, hörte ihm zu und bot ihm seine Hilfe an.

„Sicher, wir hatten unsere Schwierigkeiten", gestand Wallis und wischte sich die Tränen aus den Augen. „Alle Ehepaare haben Probleme. Aber sie waren doch nicht so schwerwiegend – und sie dauerten auch nie sehr lange an."

Donnigan nickte. Auch er und Laura hatten ihre „Schwierigkeiten" erlebt. Es dauerte eben eine Weile, sich an eine Ehe zu gewöhnen. Und auch jetzt gab es immer noch Gelegenheiten, wo sie dieselbe Situation vollkommen anders beurteilte als er.

„Sie kam aus einer großen Stadt. Hat sich nicht viel aus der Farm gemacht. Sie fand sie schmutzig und nannte sie ein Unkrautloch", fuhr Wallis fort. Er schniefte verloren. „Aber ich dachte, wir hätten alles schon ganz gut in den Griff bekommen."

Wallis brach ab und sah sich in seiner kleinen Hütte um. Donnigan folgte seinem Blick. Der Raum trug deutlich die Handschrift einer Frau. Ein Spitzenvorhang hing vor dem blitzsauberen Fenster. Die Regale waren mit Baumwollrüschen verziert. Gewebte Teppiche lagen auf dem Boden, und die Risse auf dem Küchentisch wurden von einem Wachstuch mit hellgelben Blumen verdeckt. Ganz sicher hatte sich hier viel verändert. Grinsend bemerkte Donnigan, daß nirgendwo mehr Zaumzeug oder Zügel herumlagen. Weder hingen sie an den Haken neben der Tür, noch lagen sie auf den Stühlen. Nicht einmal auf dem Boden in der Ecke.

Donnigan setzte Kaffee auf. Wallis hatte, seit er die Nachricht von Risas Verschwinden bekommen hatte, nichts mehr gegessen.

Donnigan wünschte, er könnte sagen: „Sie wird zurückkommen", doch er war ganz und gar nicht sicher, ob das der Wahrheit entsprach. Statt dessen sagte er: „Wir werden sehen, was wir herausfinden können. Sicher können wir sie aufspüren und herausfinden, warum sie –" Er wußte nicht, wie er es ausdrücken sollte. Doch Wallis schien das nicht einmal zu bemerken.

Als der Kaffeeduft die Hütte durchzog, blickte Wallis auf. Donnigan ging zum Schrank und holte Brot und Marmelade heraus. Es war nicht viel, aber Wallis mußte etwas essen.

Wallis warf nur einen Blick auf das Brot und verzog das Gesicht. „Sie hat immer prima Brot gebacken", sagte er zu Donnigan, und die Tränen liefen ihm wieder die Wangen hinunter.

Donnigan nahm an, daß die nächsten Tage sehr schwer für Wallis werden würden. Überall in der Hütte wurde er an Risa erinnert.

Doch schließlich wurde Donnigan klar, daß er im Augenblick nichts mehr für den trauernden Mann tun konnte, und zu Hause wartete ein Haufen Arbeit auf ihn. Er verabschiedete sich von Wallis mit dem Versprechen, am nächsten Tag wiederzukommen.

*

„Wie geht es ihm?" fragte Laura.

Donnigan ließ entmutigt die Schultern sinken. Er nahm seinen breitkrempigen Hut ab und fuhr sich durchs Haar. „Er ist ziemlich erschüttert“, sagte er müde.

„Ich ... ich weiß, daß es schwierig für sie gewesen sein muß. Aber wie konnte sie ihm das antun?“ meinte Laura scharf.

„Ich glaube nicht, daß Risa sehr glücklich dort drüben gewesen ist – und du mußt zugeben, daß ein Zusammenleben mit Wallis bestimmt nicht sehr angenehm ist.“

„Es ist nie leicht, mit einem Mann zusammenzuleben“, sagte Laura ganz ernst.

„Nicht einmal mit mir?“ fragte er gespielt beleidigt.

Doch sie war nicht in der Stimmung, auf seine Neckerei einzugehen. Er wußte, daß ihr Ärger ein Ventil brauchte und lächelte vor sich hin. Laura hatte immer noch Mühe, ihr Temperament im Zaum zu halten.

„Das gibt ihr noch lange nicht das Recht, einfach ihre Sachen zu packen und zu gehen“, fuhr Laura fort.

„Nein“, stimmte Donnigan zu, „es war nicht fair von ihr, einfach wegzugehen, ohne ihm irgend etwas zu erklären oder sich auch nur zu verabschieden. Das war wirklich nicht recht.“ Er fuhr sich durchs Haar. „Ich muß mich an die Arbeit machen“, sagte er müde.

„Ich habe die Schweine und Hühner schon gefüttert“, sagte Laura.

Sein Blick fiel auf ihre Taille, und Laura konnte seine Gedanken erraten.

„Laura, ich wünschte, du würdest nicht –“ Er versuchte wieder, sie zu beschützen.

„Ich habe die Eimer nicht ganz voll gemacht“, widersprach sie. „Die Schweine riefen nach ihrem Abendessen. Und ich mußte sowieso ins Hühnerhaus, um die Eier einzusammeln.“

Donnigan nickte. Doch seine Gedanken waren immer noch trüb, als er das Haus verließ. Wallis tat ihm schrecklich leid. Der arme Mann trauerte, als hätte er einen Todesfall erlebt, und vielleicht war es ja auch so ähnlich. Wie konnte ein Mann etwas verlieren, das Teil von ihm gewesen war, und nicht das

Gefühl haben, daß etwas Wichtiges gestorben war? Und was um alles in der Welt würde Donnigan tun, wenn seiner Laura etwas zustoßen sollte?

*

„Ganz sicher ist dieser Junge kein Ire“, meinte Laura, als sie und Donnigan ihren kleinen Sohn beobachteten, der auf dem Boden spielte. „Er ist sogar noch blonder als sein Vater.“

Sean quietschte vor Vergnügen, als er den neuen roten Ball herumrollte, den Donnigan ihm aus der Stadt mitgebracht hatte.

„Auf jeden Fall hat er nicht dein irisches Temperament – und das ist die Wahrheit“, neckte Donnigan sie. Er bekam die Antwort, die er erwartet hatte. Lauras Handtuch flog ihm an den Kopf.

Er fing es und warf es grinsend zurück.

Laura wurde wieder ernst. „Du hast recht“, gestand sie. „Er hat noch nie einen Wutausbruch gehabt.“

„Er ist ja auch erst neun Monate alt“, erinnerte Donnigan sie.

„Sicher – aber ein richtiges irisches Baby kann mit neun Monaten schon ganz schön laut schreien“, erwiderte Laura, und beide lachten.

„Ich frage mich, wie unser zweites sein wird“, meinte Laura leise.

„Denkst du, es wird anders sein als er?“

Der Ball rollte davon, und Sean krabbelte ihm über den Küchenboden hinterher. Unter dem Küchenstuhl holte er ihn endlich ein. Donnigan beobachtete, wie der Kleine sich zwischen den Stuhlbeinen und Teppichen hindurchmanövrierte, um an den Ball heranzukommen.

„Er ist schlau“, stellte er stolz fest.

„Sicher – und das ist eine sehr irische Eigenschaft“, lachte Laura.

Donnigan wendete sich seiner Frau zu. „Meinst du wirklich, daß das nächste so anders ist?“

„Nun ..." meinte Laura, als sie den Wäschekorb hochhob. „Ich habe noch nie zwei Menschen kennengelernt, die genau gleich sind. Und soweit ich weiß, haben die Menschen ihre Eigenarten gleich von Anfang an."

Donnigan nickte.

Laura ließ ihren Blick wieder auf ihrem Sohn ruhen. Liebe und Stolz waren darin zu lesen. „Wenn uns der liebe Gott noch so ein Kind schickt, hätte ich allerdings auch nichts dagegen", sagte sie und ging mit der sauberen Wäsche ins Schlafzimmer.

*

Am Nachmittagshimmel zogen Wolken auf. Laura fragte sich, ob Donnigan wohl naß werden würde. Er arbeitete auf dem hintersten Feld, weit vom Haus entfernt.

„Ich glaube, es wird Regen geben", sagte sie zu dem kleinen Jungen, der sich auf einen Küchenstuhl gehievt hatte und mit einem Knäuel Stopfgarn spielte. „Dein Vater wird vermutlich naß werden."

Sean grinste.

„Das ist dir egal?" schimpfte Laura liebevoll. „Nun, ich schätze, ich sollte mir auch keine Gedanken machen. Er ist groß und stark und kann auf sich selbst aufpassen."

Doch trotz ihrer Worte wanderte ihr Blick immer wieder besorgt zum Fenster.

Dann begann es in der Ferne zu donnern, und Blitze zuckten am dunklen Himmel.

„Es wird gleich anfangen zu regnen", sagte Laura zu ihrem Sohn. „Ich wünschte, er würde endlich kommen."

Doch Laura wußte, daß Donnigan vermutlich so lange wie möglich auf dem Feld bleiben würde – trotz Regen.

Das Gewitter kam mit Macht näher. Der Donner krachte jetzt direkt über ihr, und überall am Himmel zerrissen grelle Blitze die dunklen Wolken. Laura wartete auf das Geräusch des Regens, doch sie hörte und sah nichts als den Donner und die Blitze am Himmel.

Ein ungewöhnlich lautes Krachen erschütterte die kleine Hütte, und Sean blickte verwirrt und ängstlich auf. Dann verzog er das Gesicht und begann zu weinen. Laura lief schnell zu ihm hin und nahm ihn in die Arme.

„Der war aber wirklich nah“, sagte sie, während sie versuchte, das Kind zu beruhigen. Doch auch ihr Magen krampfte sich vor Furcht zusammen. Noch nie hatte sie so ein Gewitter erlebt. Sie wünschte wirklich, Donnigan würde sich beeilen.

Schnell lief sie wieder zum Fenster, um zu sehen, ob er vielleicht schon da war. Ein schrecklicher Anblick bot sich ihr: Der Heuhaufen hinter dem Haus war in Brand geraten.

„Oh, du meine Güte!“ rief Laura. „Der Blitz hat bei uns eingeschlagen.“

Sie wußte nicht, was sie tun sollte. Sie war nur dankbar, daß der Heuhaufen weit genug vom Haus und dem Stall entfernt stand, so daß das Feuer wohl nicht auf sie übergreifen konnte.

„Oh, Donnigan“, rief sie, während sie Sean an sich preßte. „Beeil dich doch!“

Und auf einmal entdeckte sie, wie kleine züngelnde Flammen von dem Heuhaufen auf das Gras übergriffen und es in Brand setzten. Sie würden sich bald zum Haus weiterfressen. Laura drückte Sean noch fester an sich. Was sollte sie tun? Fliehen oder kämpfen?

Ohne lange nachzudenken, setzte Laura ihren Sohn auf den Boden und rannte aus dem Haus. Im Vorbeilaufen ergriff sie einen Kartoffelsack, tauchte ihn in den Wassertrog und eilte auf das Feuer zu.

Jedesmal wenn sie einen Brandherd gelöscht hatte, schien ein zweiter auf sie zuzukommen. Die Hitze des brennenden Heuhaufens war beinahe unerträglich. Doch sie mußte ihr Heim retten. Sie mußte ihren Sohn retten.

„Oh Gott!“ schrie Laura. „Gott, hilf mir. Hilf mir.“

Doch noch während sie schrie, merkte Laura, daß es zwecklos war. Die Flammen, die auf die Hütte zurasten, schienen stärker zu sein als die zierliche Frau, die sie bekämpfte.

Gerade als sie kurz davor stand, vor Erschöpfung zusammenzubrechen, öffnete der Himmel seine Schleusen, und der Regen strömte herab. Laura hob den Blick zu dem dunklen Himmel und rief ein Dankeschön nach oben, dann nahm sie ihren Kampf mit verstärkter Entschlossenheit auf. Mit Hilfe des Regens würde sie ihren Kampf gewinnen können.

„Laura, Laura!"

Laura hörte Donnigan rufen, doch sie antwortete nicht. Sie hörte nicht auf, gegen die Flammen anzukämpfen, die sich jetzt mehr und mehr zurückzogen.

„Laura", sagte er, packte sie bei den Schultern und zog sie an sich.

Lauras Gesicht war von schmutzigen Streifen überzogen. Ihr Haar war unordentlich, ihr Kleid zerrissen. Von Kopf bis Fuß war sie durchnäßt von dem Regen, um den sie gebetet hatte, und ihre Augen waren angstvoll geweitet. Sie sah aus wie ein verwundetes Reh – gefangen in einer Falle, aus der es nicht entfliehen konnte.

Donnigan drückte sie fest an sich. „Es ist alles gut", versuchte er sie zu trösten, doch auch er zitterte am ganzen Leib. „Der Regen wird das Feuer löschen. Es ist alles gut."

Er strich ihr das Haar aus dem Gesicht, nahm ihren Kopf in seine Hände und fuhr ihr mit dem Daumen über die schmutzigen Wangen.

„Jetzt ist alles gut", tröstete er sie.

Laura nickte wie betäubt, und die Tränen mischten sich mit dem Regen, der ihr die Wangen hinunterlief.

„Du gehst jetzt hinein", sagte er. „Kümmere dich um Sean. Ich werde hier aufpassen."

Laura sah, daß auch er vollkommen durchnäßt war. In der Nähe des Stalles stand der Wagen – die Pferde waren noch angespannt. Noch nie hatte Donnigan die Pferde so stehen lassen.

Auf einmal fiel Laura ihr Sohn wieder ein. Er hatte schreckliche Angst vor dem Gewitter gehabt. Wie würde er sich jetzt fühlen, alleingelassen, als seine Mutter aus dem Haus gestürmt war? Allein in der Hütte mußte er sich zu Tode geängstigt haben.

Laura warf noch einen weiteren Blick auf Donnigan und löste sich aus seinen Armen.

Ihren Sohn fand sie auf halbem Weg zwischen dem Haus und dem brennenden Heuhaufen. Er hatte geweint. Seine Augen waren noch rot und geschwollen, doch nun saß er auf dem Boden und spielte fröhlich in einer Pfütze. Der Regen prasselte auf ihn herab und durchnäßte ihn, lief über sein blondes Haar und tropfte von seinem Kinn herab. Von Zeit zu Zeit streckte er die Zunge heraus, um die Tropfen aufzufangen; dann wieder spritzte er das schmutzige Wasser der Pfütze über seine Kleider und sein Gesicht.

Er quietschte vor Vergnügen, als er Laura kommen sah, und seine Hand platschte um so fröhlicher in die Pfütze.

Laura begann zu weinen, dann zu lachen. „Sieh dich nur an!“ rief sie. „Wie bist du denn hierhergekommen?“

Sie nahm ihren völlig durchnäßten Sohn auf den Arm und sah zum Haus hinüber. Die Tür stand weit offen. Sean konnte noch keine Türen öffnen, und Donnigan war nicht im Haus gewesen. Das konnte nur eines bedeuten: In ihrer Hast hatte sie die Tür aufgelassen.

Laura drückte Sean an sich. „Du hättest dich verletzen können“, murmelte sie. „Du hättest verbrennen können. In meiner Panik hätte ich dich im Feuer nicht einmal entdeckt.“

Wieder hob Laura ihr Gesicht zum Himmel. Wieder etwas, für das sie dankbar sein konnte.

*

Am nächsten Tag verlor sie ihr Baby. Die Schmerzen begannen in der Nacht, und sie konnten nichts tun, um es aufzuhalten. Als es vorüber war, drehte Laura ihr Gesicht zur Wand und schluchzte hemmungslos. Sie hatte das Kind so gewollt – ein zweiter kleiner Schatz wie Sean. Sie hatte bereits angefangen, es zu lieben, hatte die Monate gezählt.

„Wir haben noch Sean", flüsterte Donnigan und wischte ihr die Tränen fort.

Doch auf einmal schien ihr das nicht mehr genug zu sein. Sie hatte beide Kinder liebhaben und für sie sorgen wollen. Eines konnte sie für den Verlust des anderen nicht entschädigen. So einfach war es nicht.

Zum ersten Mal hatte Laura den Eindruck, daß sie Irmas tiefen Kummer wirklich verstand. Kein Wunder, daß sie so lange getrauert hatte. Es war nicht nur eine „gute Hoffnung", die sie verloren hatte. Es war ein Kind. Ein Kind, das sie getragen, ernährt und geliebt hatte. Laura weinte um das Baby, das sie nun nie kennenlernen würde.

Es dauerte lange, bis sie endlich einschlafen konnte.

*

„Laura?" Die Stimme war leise und sanft. Es war Donnigan. Laura wartete, bis er sie noch einmal ansprach. „Laura?"

Sie rührte sich, um ihn wissen zu lassen, daß sie ihn gehört hatte.

„Wie geht es dir?" Er ließ sich neben sie aufs Bett sinken, strich ihr die Haare aus dem Gesicht und fuhr ihr mit dem Finger über die Wange.

„Wo ist Sean?" fragte sie, ohne seine Frage zu beantworten.

„Er schläft. Es geht ihm gut."

Er streichelte weiter ihr dunkles Haar.

„Möchtest du etwas essen?"

Laura schüttelte den Kopf. Sie hatte keinen Hunger.

„Dann einen Tee? Du solltest etwas zu dir nehmen."

„Nicht heute abend", erwiderte Laura, und Donnigan drängte sie nicht weiter.

Eine schwere Stille lastete auf dem Raum. Donnigan schien mit sich zu kämpfen.

„Möchtest du – möchtest du unsere Tochter sehen?" brachte er schließlich gepreßt heraus.

Laura riß die Augen auf. Sie hatte gar nicht an das Geschlecht des Babys gedacht – oder an die Möglichkeit, ihr totgeborenes Kind zu sehen.

Sie versuchte zu schlucken, doch es ging nicht. Die Tränen brannten in ihren Augen. Sie wollte Donnigan antworten, doch sie brachte kein Wort heraus. Darum nickte sie nur stumm.

Donnigan wischte ihr eine Träne von der Wange. „Du ... du mußt dir darüber im klaren sein, daß es – daß es nicht so aussieht wie Sean, als du ihn zum ersten Mal gesehen hast", sagte Donnigan leise, und Laura wußte, daß er versuchte sie vorzubereiten, sie wieder zu beschützen. Wie sie ihn liebte! Er würde immer mit ihr durchs Leben gehen und sie beschützen, und sie war froh darüber.

„Sie ist sehr klein", fuhr Donnigan fort. „Und sie sieht nicht aus wie ein normales Neugeborenes – nicht ganz. Aber es ist alles dran. Sogar ihre kleinen Finger. Ihre Zehen."

Laura wußte jetzt ganz genau, daß sie ihr Baby sehen wollte, ja mußte. „Bring sie mir", flüsterte sie.

Donnigan nickte und erhob sich, um den Raum zu verlassen.

Langsam brachte er das kleine Bündel zu seiner Mutter. Er hatte den winzigen Körper gebadet und in einen weichen Lappen eingewickelt. Die richtigen Babysachen waren viel zu groß.

Er legte sie Laura nicht in die Arme, wie er es bei Sean getan hatte, sondern hielt seine Hand so tief, daß Laura ihr Kind betrachten konnte. Und ja, es war wirklich alles an der Kleinen dran. Sogar die winzigen Fingerchen, von denen Donnigan gesprochen hatte.

„Es muß einen Gott im Himmel geben, der so etwas Perfektes gemacht hat", keuchte Laura, als sie ihren Finger ausstreckte, um die winzige Hand vorsichtig zu berühren. Wieder begannen die Tränen zu fließen.

„Leg sie mir in die Hände", sagte Laura, als sie wieder sprechen konnte, und Donnigan legte den kleinen Körper in die Hand der schluchzenden Mutter. „Ich – ich hätte sie Tara genannt", sagte Laura unter Tränen.

„Tara", wiederholte Donnigan. „Das gefällt mir. Tara."

Und sie beide wußten, daß sie die Kleine nicht als „die Fehlgeburt" in Erinnerung behalten würden, sondern immer als ihre Tochter Tara.

„Ich habe einen – einen kleinen Sarg gemacht", sagte Donnigan bewegt. „Ich habe diese kleine Zedernkiste für die Taschentücher genommen und sie mit ein wenig Flanell aus deinem Nähkorb ausgeschlagen."

„Oh, Donnigan", schluchzte Laura und drückte sich an ihn. „Ich wollte sie so sehr. So sehr."

Donnigan hielt sie fest, und sie weinten zusammen. Nach einer langen Weile nahm Donnigan Laura vorsichtig das kleine Bündel ab.

„Ich dachte ... unter dem Baum hinten im Garten", sagte er leise. „Dann ist sie immer bei uns."

Laura weinte in ihr Kissen.

„Ich bringe sie noch mal herein, bevor ich gehe."

Wie versprochen brachte Donnigan das Baby wieder herein, damit seine Mutter es ein letztes Mal betrachten konnte. Es sah aus wie eine schlafende Puppe, die in weißes Flanell eingepackt worden war. Die kleine Zedernkiste war groß genug. Laura war froh, daß Donnigan daran gedacht hatte.

Am Morgen befand sich unter dem Baum am Ende des Gartens ein frisch aufgehäufter Erdhügel. Später fertigte Donnigan ein kleines Holzkreuz an, auf das er eine Rosenknospe schnitzte. „Für unsere kleine Knospe, die nie zu einer Blume erblühte", sagte er zu Laura, die daraufhin wieder weinen mußte.

Fiona

Wallis trauerte auch weiterhin um Risa. Trotz Donnigans Bemühungen war es unmöglich, die Spur der Frau aufzunehmen. Der Mann, der die Postkutsche gefahren hatte, sagte, sie sei am Bahnhof von Raeford ausgestiegen, und danach hätte er sie nicht mehr gesehen – und ja, sie hätte sehr viel Gepäck bei sich gehabt.

Wallis' Trauer verwandelte sich allmählich in Zorn, und er sagte einige sehr unschöne Dinge zu Donnigan, die dieser nicht einmal vor Laura wiederholte.

Auch Laura trauerte. Donnigan sah die Trauer in ihren Augen, wenn sie zu der Wiege in der Ecke sah oder Babysachen zusammenfaltete. Er bemerkte die frischen Blumen, die beinahe täglich auf den kleinen Hügel im hinteren Teil des Gartens gelegt wurden. Die kleine Erhöhung sank immer tiefer ein.

„Wir sollten einen kleinen Zaun darum bauen", sagte Laura, und Donnigan stellte seine Erntearbeit einen Tag zurück, um den Wunsch seiner Frau zu erfüllen.

Laura sprach nicht mehr über ihren Kummer. Donnigan hatte das Gefühl, es wäre besser für sie – für sie beide –, wenn sie darüber sprechen würde. Doch sie wischte sich die Tränen fort, richtete sich auf und schob entschlossen ihr Kinn vor. Manchmal wirkte sie auch regelrecht wütend. Nur Sean gegenüber verhielt sie sich nach wie vor sehr liebevoll.

„Sie und Wallis scheinen mit denselben Gefühlen zu kämpfen haben", sagte Donnigan eines Tages zu dem Schwarzen. „Und ich weiß nicht, wie ich ihnen helfen soll."

*

Zu Seans erstem Geburtstag backte Laura einen Kuchen, und sie luden Wallis ein, mit ihnen zu feiern. Zuerst lehnte er ab, doch dann änderte er seine Meinung. Seit Risa ihn verlassen hatte, hatte er häufig bei ihnen zu Abend gegessen. Laura hatte nichts gegen seine Gesellschaft einzuwenden, obwohl er wieder in seine frühere ungehobelte Lebensweise zurückrutschte. Laura fragte sich, ob er wohl schon mal gebadet oder sein Hemd gewechselt hatte, seit Risa fort war.

Obwohl die Herzen der Gäste an der Geburtstagstafel schwer waren, verlebten sie doch einige fröhliche Stunden miteinander. Der Junge stopfte sich den Kuchen mit den Fingern in den Mund, während er den Löffel in der anderen hielt. Die Erwachsenen lachten über sein verschmiertes Gesicht, und Sean strahlte sie an.

„Er ist wirklich ein prima Junge“, meinte Wallis, und seine Augen füllten sich mit Tränen. Laura wußte, daß er wieder an Risa dachte und den Sohn, den er nie haben würde. Laura stand vom Tisch auf. Sie gab vor, noch etwas Kaffee zu holen.

„Es war nicht richtig von Risa“, wütete sie vor sich hin. Risa hatte schließlich vor Gott im Himmel ein Versprechen abgelegt. Sie hatte wirklich kein Recht, es zu brechen.

*

„Glaubst du an Gott?“

Donnigans Frage traf Laura vollkommen unvorbereitet. Wie war er denn darauf gekommen?

„Natürlich“, erwiderte sie, ohne zu zögern. Sie verstand nicht, wie jemand nicht an Gott glauben konnte.

Donnigan schwieg.

„Du nicht?“ fragte Laura, die auf einmal beängstigende Zweifel an ihrem Mann bekam.

Donnigan dachte nach, bevor er antwortete. Als er endlich sprach, meinte er es sehr ernst. „Ich habe nie viel darüber nachgedacht“, sagte er wahrheitsgemäß. „Nicht, bis Tara starb. Dann ... dann ... ich wollte wirklich glauben.“

Laura nickte. Sie erinnerte sich noch sehr lebhaft an ihre

Gedanken beim Anblick ihrer kleinen Tochter. Sie war ganz sicher gewesen, es mußte einen Gott im Himmel geben. Ein solches kleines Wunder konnte nicht einfach aus sich selbst heraus entstehen.

Laura war immer noch bereit, diese Tatsache anzuerkennen. Natürlich gab es einen Gott – irgendwo.

Doch dieses Eingeständnis brachte ihr keinen Trost. Es erfüllte sie sogar eher mit Wut. Er war da ... irgendwo – und wenn er da war, dann war er auch sehr mächtig. Gott konnte nicht Gott sein, wenn er nicht Macht hatte, Autorität. Warum hatte er dann nicht etwas getan? Warum hatte er zugelassen, daß der Blitz in den Heuhaufen einschlug? Warum hatte er es nicht früher regnen lassen? Laura war wütend auf Gott. Sie hätte nie gewagt, das zuzugeben – nicht einmal Donnigan gegenüber –, sonst hätte es für diese Lästerung am Ende noch Feuer vom Himmel geregnet. Aber trotzdem empfand sie Wut.

„In letzter Zeit habe ich viel nachdenken müssen“, fuhr Donnigan fort.

Laura wartete, doch als er nicht weitersprach, fragte sie nach. „Worüber?“

„Vor allem über Sean.“

Wieder Stille. Laura spürte, wie die Furcht langsam in ihr hochkroch. Was stimmte nicht mit Sean?

„Ich denke ... nun, ich denke, falls es wirklich einen Gott gibt, dann sollten wir mehr über ihn wissen, damit wir Sean von ihm erzählen können“, sagte Donnigan.

Laura stieß die Luft aus, die sie angehalten hatte.

„Was meinst du?“ fragte Donnigan.

Es war eine direkte Frage, der Laura nicht ausweichen konnte.

„Ich – ich denke schon“, sagte sie, ohne es wirklich ernst zu meinen.

Sie strickte weiter. Donnigan legte die Zeitung beiseite.

„Ich denke, wenn ich das nächste Mal in der Stadt bin, gehe ich einfach mal in diese kleine Kirche, in der wir getraut wurden“, sagte Donnigan. Laura hob überrascht die Augenbrauen. „Vielleicht könnten wir damit beginnen, an den Gottesdiensten teilzunehmen.“

Laura nickte nur. Sie würde nicht widersprechen – aber sie war eigentlich noch nicht bereit, in die Kirche zu gehen, und außerdem sah sie keine Vorteile in dieser Idee.

Doch dann betrachtete sie ihren kleinen Sohn.

„Ja ... ja“, gestand sie sich selbst ein. „Wenn es wirklich einen Gott gibt – und das muß wohl so sein –, dann möchte ich, daß Sean alles über ihn erfährt.“

*

Doch als Donnigan das nächste Mal aus der Stadt nach Hause kam, wirkte er enttäuscht.

„Man hat die Kirche geschlossen“, erzählte er ihr.

„Wie bitte?“

„Man hat die Kirche geschlossen. Es waren nicht genügend Leute interessiert.“

„Was ist aus dem Pastor geworden?“ fragte Laura. „Kann er sie nicht wieder öffnen?“

„Er ist fort, in eine andere Stadt. Niemand scheint so richtig etwas darüber zu wissen. Es haben wohl nicht sehr viele Leute an den Gottesdiensten teilgenommen.“

Lauras Gefühle waren gespalten. Enttäuschung auf der einen Seite, unerklärliche Angst um den kleinen Sean auf der anderen. Sie wußte nicht, welches der Gefühle stärker war.

„Und was tun wir jetzt?“ fragte sie.

„Ich schätze, wir können nicht viel tun“, sagte Donnigan. Er hängte seinen Hut auf den Haken und nahm seinen Sohn auf den Arm.

*

Die Ankunft von Irmas Baby war für Laura eine grausame Erinnerung an das Kind, das sie verloren hatte. Die kleine Tara hätte etwa zur selben Zeit geboren werden sollen, nicht viereinhalb Monate früher. Laura mußte sehr gegen ihre Trauer ankämpfen, doch sie freute sich auch für Irma.

Lucas hatte ebenfalls mit sich zu kämpfen. Er hatte entschieden einen Sohn bestellt; Irma jedoch hatte ihm eine Tochter geboren, die genauso aussah wie ihre Mutter. Irma war außer sich vor Freude, doch Lucas schien verwirrt. Zum ersten Mal in seinem Leben wurde er mit etwas konfrontiert, das vollkommen außerhalb seiner Kontrolle lag. Zuerst hatte er das Kind verloren, das er sich gewünscht hatte – dann hatte jemand seine Wünsche durcheinandergebracht. Armer Lucas. Er schien nicht mehr alles in der Hand zu haben.

*

Laura erwartete erneut ein Baby. Der jetzt zweijährige Sean glich seinem Vater immer mehr. Laura lächelte, wenn sie sah, wie das Kind hinter seinem Vater herlief und versuchte, alles nachzumachen, was Donnigan tat.

Er liebte die Tiere auf der Farm, und Laura nahm ihn häufig mit, wenn sie Banshee ritt. Er liebte das Pferd heiß und innig und strahlte vor Vergnügen, wenn Laura ihn vor sich auf den Sattel setzte.

„Dieser Junge braucht ein eigenes Pony", sagte Donnigan und machte sich daran, sich nach einem geeigneten Pferdchen umzusehen.

„Das ist noch zu früh", warnte Laura. Sie war noch nicht bereit, sich von ihrem Baby zu verabschieden und einen kleinen Jungen in Sean zu sehen.

Doch mit jedem Monat, der verging, war Laura wegen ihrer fortschreitenden Schwangerschaft zunehmend froh über die Zeit, die Sean mit Donnigan verbrachte. Donnigan gegenüber erwähnte sie das mit keinem Wort, denn sie wollte ihn nicht unnötig beunruhigen, doch sie fühlte sich nicht besonders wohl. Sie fragte sich, ob es nur ihre Besorgnis war, was ja kein Wunder gewesen wäre nach der Sache mit Tara.

*

Langsam verstrichen die Monate, und Laura fühlte sich allmählich besser. Sie konnte auch wieder leichter atmen.

„Ich hoffe, diesmal haben wir einen Arzt zur Hand", bemerkte Donnigan, als er eines Abends seine schweren Arbeitsstiefel auszog.

„Warum denn", neckte Laura ihn sanft. „Du hast das doch bei Sean sehr gut gemacht."

„Ich hatte schreckliche Angst", meinte Donnigan fest. „So etwas möchte ich nicht noch einmal durchmachen."

Doch es ging nicht alles so, wie er es sich wünschte. Nur wenige Wochen später mußte er noch einmal dasselbe erleben wie bei Seans Geburt. Wieder war keine Zeit, nach dem Doktor zu schicken.

Alles ging glatt, und nach ein paar Stunden wurde Laura ein kleines Mädchen in den Arm gelegt. Ihr erster Gedanke war: *Das kann nicht unseres sein. Es muß eine Verwechslung sein.* Doch ihr gesunder Menschenverstand sagte ihr, daß keine Verwechslung möglich war.

„Sie ist so ... so anders als Sean", sagte sie zu Donnigan.

„Hast du nicht genau das gesagt? Daß sie anders sein würde?" erwiderte Donnigan. Er war immer noch ein Nervenbündel, obwohl alles vorüber war.

„Aber nicht so anders", protestierte Laura. Das Baby, das sie im Arm hielt, war dunkelhäutig, hatte dichtes schwarzes Haar, runde Wangen und sein Gesicht bereits zum Protest verzogen.

Sie hatten beschlossen, das heißt, Laura hatte beschlossen, falls sie ein Mädchen bekommen sollten, es Fiona zu nennen. Jetzt lächelte die Mutter ihre Tochter an. „Hallo, Fiona!" An Donnigan gewandt sagte sie: „Fiona paßt gut zu ihr, meinst du nicht?"

„Es ist schön, eine Tochter zu haben", sagte Donnigan nur und rückte näher an Laura und seine neugeborene Tochter heran.

*

Doch das Leben mit Fiona war alles andere als schön. Nicht während der ersten fünf Monate. Laura hatte den Eindruck, daß Fiona sie pausenlos auf Trab hielt. Ihre Tage, Abende und Nächte waren von Kindergeschrei erfüllt. Donnigan versuchte, Laura einiges an Arbeit abzunehmen, doch trotzdem hatte sie alle Hände voll zu tun.

Laura dachte, daß Sean seine kleine Schwester eigentlich ablehnen müsse, doch Sean schien sie so zu akzeptieren, wie sie war. „Baby schreit", sagte er ohne Groll, so als würde er das Schreien als das hinnehmen, was kleine Babys eben taten.

Doch es gab Tage, an denen Laura sich fragte, wie lange sie das wohl noch aushalten würde.

Sie nahm das Baby, stillte ab und gewöhnte es an die Flasche. Doch immer noch krümmte Fiona sich unablässig und brüllte protestierend.

„Ihr kleiner Bauch muß ihr schrecklich wehtun", mutmaßte ihr geduldiger Vater. Es gab Zeiten, wo Laura sich wünschte, das Baby wäre groß genug, um ihm einen Klaps zu geben. Doch selbst in Zeiten der größten Erschöpfung und Mutlosigkeit wußte Laura, daß das nicht die Lösung war. Irgend etwas stimmte nicht mit dem Kind, und sie mußte herausfinden, was es war.

Eines Tages überraschte Donnigan Laura mit einer Ziege.

„Was wollen wir denn damit?" fragte Laura, die dachte, Donnigan hätte das Tier für Sean gekauft, damit er seine eigene „Milchkuh" hatte. Doch die erschöpfte Laura sah darin nur vermehrte Arbeit.

„Ich will sie melken", erklärte Donnigan.

„Sie melken? Wir haben doch kaum die Zeit, die Milchkuh zu melken."

„Für Fiona", fuhr Donnigan fort. „Ich habe gehört, das soll manchmal funktionieren."

Und es funktionierte tatsächlich. Nachdem Fiona auf Ziegenmilch umgestellt worden war, beruhigte sie sich und wurde ein fröhliches und gutmütiges Kind. Laura konnte sogar nachts wieder schlafen. Das Leben kehrte zur Normalität zurück.

„Gesegnet sei diese Ziege", sagte Laura eines Abends zu Donnigan, als sie vorsichtig die Decke über die schlafende Fiona breitete. Dann lächelte sie ihren Mann an. „Und gesegnet seist du, daß du diese Lösung gefunden hast."

„Ich mußte ja", erwiderte Donnigan grinsend. „Entweder das – oder ausziehen."

*

Fiona wuchs schnell. Sogar Sean freute sich über ihr sonniges Gemüt – solange sie ihm nicht die Zeit stahl, die er mit seinem Vater verbrachte.

Und Sean beschäftigte sich auch mit ihr. Er brachte ihr hübsche Dinge wie schimmlige Brotkrusten, Lauras Nähschere und zappelnde Würmer aus dem Garten. Laura mußte immer auf der Hut sein vor Seans „Geschenken" an seine kleine Schwester.

Laura war glücklich über ihre kleine Familie. Nachdem sie nun etwas ausgeruhter war, konnte sie sich wirklich an den beiden Kindern freuen, trotz der Mehrarbeit, die sie zu bewältigen hatte. Sie kam sogar beinahe dahin, daß sie Gott vergeben konnte. Solange, bis ihr Blick auf das kleine Grab mit dem weißen Zaun und dem winzigen Holzkreuz fiel.

*

Wenn Donnigan im Stall war oder auf dem Hof arbeitete, brauchte Laura sich nicht um ihren Sohn zu kümmern. Er folgte seinem Vater auf Schritt und Tritt. Er ging mit Donnigan die Pferde versorgen, die Schweine füttern oder die Kuh melken. Er beobachtete, wie Donnigan den Garten umgrub, Wasser aus dem Brunnen schöpfte und das Holz hackte. Dann versuchte er, jede Bewegung seines Vaters nachzumachen. Donnigan traf besondere Vorsichtsmaßnahmen. Er achtete immer darauf, daß das Tor zur Koppel geschlossen war, damit der Kleine nicht unter die Pferdehufe geriet. Auch verschloß er die Stalltür immer sehr sorgfältig, damit Sean nicht von einer nervösen Kuh getreten wurde. Und er sicherte auch den Brunnen ab und brachte einen zweiten Riegel an, den er immer schloß. Die Hacke hing so hoch, daß der Junge nicht herankam, denn Donnigan war sich sehr wohl der Tatsache bewußt, daß der Kleine ihm alles nachmachte.

Doch trotz all dieser Vorsichtsmaßnahmen passierte ein Unfall.

Wallis hatte sich von Donnigan eine Axt geborgt. Auf dem Weg zu Donnigan hatte er eines Abends einen Baum entdeckt, der auf seinen Zaun gefallen war. Nach Hause zurückzukehren, um die Axt zu holen, wäre zu weit gewesen, darum hatte er sich eine von Donnigan geholt. Donnigan gab ihm die Axt aus dem Holzschuppen, und Wallis hatte den Baum abgeschlagen. Donnigan dachte gar nicht mehr daran, als Wallis später zur Tür hereinkam.

„Ich habe deine Axt zurückgelegt", sagte Wallis, und Donnigan nickte.

Sie tranken gerade Kaffee, als der Junge zu brüllen begann. Donnigan war sofort auf den Beinen, Laura folgte direkt hinter ihm.

Sean saß auf dem Boden, die Axt noch in den Händen. Aus seinem Fuß sickerte Blut.

„Oh, allmächtiger Gott", rief Laura.

Donnigan nahm das Kind auf den Arm und trug es ins Haus. Händeringend folgte ihm Laura. Wallis stand nur dabei und machte sich Vorwürfe, daß er die Axt im Haublock gelassen hatte.

Es stellte sich heraus, daß die Verletzung nicht tief war, doch sie bereitete ihnen trotzdem Sorge. Laura befürchtete, daß Sean eine Blutvergiftung bekommen könnte, und Donnigan behandelte die Wunde mit einem Desinfektionsmittel, das er für das Vieh verwendete. Das brannte fürchterlich, und der Junge schrie wie am Spieß. Aus ihrer Wiege in der Ecke stimmte Fiona in das Gebrüll mit ein.

Laura hätte ihren Sohn so gern in die Arme genommen und getröstet, doch er klammerte sich an seinen Vater. Also ging sie zur Wiege und nahm die kleine Fiona hoch.

Brenna

Als Fiona eine fröhliche Zweijährige und Sean eine viereinhalbjährige Miniaturausgabe seines Vaters war, kam ein weiteres Familienmitglied hinzu, diesmal mit Hilfe des Arztes, der tatsächlich einmal rechtzeitig gekommen war. Laura gab ihrer kleinen Tochter den Namen Brenna, und Fiona nannte sie „Bea". Sie hatte wieder blonde Haare wie Sean, doch ihre Gesichtszüge ähnelten eher Laura.

„Jetzt ist es die richtige Mischung", neckte Donnigan. „Ein wenig von uns beiden. Langsam haben wir wohl den Bogen raus!" Laura lächelte nur.

Sean und Fiona verliebten sich sofort in ihre kleine Schwester, doch Sean überließ es großzügigerweise Fiona, das Baby zu bemuttern, da er selbst mit der Farmarbeit beschäftigt war.

Einige Monate später bekam auch Irma ihr zweites Kind, wieder ein Mädchen, sehr zu Lucas' Bestürzung. Doch seine ältere Tochter arbeitete am Herzen ihres Papas, und obwohl Lucas das niemals zugegeben hätte, so hatte sie ihn bereits vollkommen für sich eingenommen. Irma erzählte Laura kleine Geschichten über das Verhalten des liebevollen Papas, und beide lachten darüber. Lucas bemühte sich doch stets so sehr, die anderen davon zu überzeugen, daß er ganz der harte Geschäftsmann war.

Brenna war ein zufriedenes Baby, wofür Laura sehr dankbar war. Mit den drei Kindern waren ihre Tage mehr als ausgefüllt. Sean hatte es übernommen, die Eier zu holen und die Hühner zu füttern. Es war sein erster Schritt, ein richtiger Farmer zu werden.

Doch auch der Garten mußte versorgt werden, und der Stapel mit schmutziger Wäsche schien immer größer zu sein als der mit sauberer Wäsche in den Schränken. Laura hatte keine Zeit, zur Ruhe zu kommen. Doch sie war froh, daß ihre kleine Schar gesund und glücklich war.

*

Brenna war nun sieben Monate alt, saß allein und krabbelte im Haus umher. Donnigan freute sich über ihre Fortschritte. Doch Laura machte sich Sorgen. Das Baby schielte häufig, wenn es versuchte, einen Gegenstand zu betrachten, der direkt vor ihm war.

Laura, die selbst mit einer Behinderung aufgewachsen war, wußte, welche verheerenden Folgen so etwas haben konnte. Wenn Donnigan sie nicht genommen hätte, ohne sie vorher gesehen zu haben, wäre sie bestimmt unverheiratet geblieben. Ihre Stiefmutter hatte sie immer wieder daran erinnert, daß kein Mann eine solche Behinderung übersehen würde. Laura wollte nicht, daß eines ihrer Kinder dieses Schicksal erlitt.

Donnigan hatte ihrer eigenen Behinderung Abhilfe geschaffen, indem er ihre Schuhsohle erhöht hatte. Tatsache war, daß Laura kaum noch an ihre Behinderung dachte, und Donnigan sprach nie darüber. Aber ein Schielen konnte man nicht unter weiten Röcken verbergen. Brennas Behinderung würde für alle zu sehen sein. Jeden Tag beobachtete Laura ihre Tochter, wenn sie etwas betrachtete, das sie in den Händen hielt.

Laura behielt ihre Sorge für sich. Donnigan bemerkte es entweder nicht, oder er wollte es nicht bemerken. Das verärgerte Laura. Machte er sich keine Gedanken um das Baby?

Schließlich mußte sie es ansprechen. „Was sollen wir mit Brenna tun?“ fragte sie ihn.

„Was ist denn mit Brenna?“ erwiderte er unschuldig, und Laura war sofort wieder verärgert.

„Wegen ihrer Augen“, gab sie scharf zurück.

„Was ist denn mit ihren Augen?“

Jetzt war Laura richtig wütend. „Erzähl mir nicht, du hättest nicht einmal bemerkt, daß deine Tochter schielt.“

„Wie bitte?“ fragte er beherrscht zurück. „Du meinst, wenn sie etwas aus der Nähe anschaut?“

Als Laura nicht antwortete, fuhr Donnigan fort. „Alle Babys tun das. Das wächst sich aus, sobald ihre Augenmuskeln kräftiger werden.“

Laura schnaubte. „Du scheinst ja Experte zu sein. Bei Sean war es nicht so, und bei Fiona auch nicht.“

„Natürlich haben sie geschielt.“

„Nicht mehr, als sie so alt wie Brenna waren“, widersprach Laura.

„Sie ist halt ein bißchen langsamer“, beruhigte Donnigan sie.

Laura sagte nichts mehr. Sie machte sich immer noch Sorgen um ihr Baby, doch es hatte den Anschein, als würde Donnigan ihre Besorgnis nicht teilen.

„Wir werden sie beobachten“, sagte Donnigan. „Wenn sich das nicht auswächst, werden wir sie nach Raeford zum Arzt bringen.“

„Wann?“ fragte Laura nach. Sie wollte etwas, an das sie sich halten konnte.

„Wenn sie ein Jahr alt ist“, bestimmte Donnigan.

Laura schien das zu lange zu sein, doch sie konnte es nicht ändern. Sie würde Brenna sorgfältig im Auge behalten und Donnigan an sein Versprechen erinnern, wenn sie ein Jahr alt war.

Doch Brennas Schielen verschwand lange vor ihrem ersten Geburtstag. Laura atmete erleichtert auf – war aber auch ein wenig verärgert, daß Donnigan wieder einmal recht behalten hatte.

*

„Da ist ein Brief für dich“, sagte Donnigan, als er mit einem Arm voll Lebensmittel das Haus betrat. Sean kam mit einer kleinen Kiste hinter ihm her.

„Bonbons?“ rief Fiona und rannte ihnen entgegen. „Bonbons?“

Donnigan lachte und nahm sie auf den Arm. „Ich denke, deine Mama wird hier irgendwo ein Bonbon finden, du kleine süße Maus."

Er zwickte sie in die Pausbacke und stellte sie wieder auf den Boden.

„Einen Brief?" fragte Laura überrascht. Sie bekam doch sonst nie Post. Oh, sie hoffte so sehr, daß er von Bridget war.

Der Brief kam aus London. Mit zitternden Fingern riß Laura ihn auf und suchte nach der Unterschrift.

„Er ist von Edmund", sagte sie und war sofort beunruhigt. Warum nahm Edmund auf einmal Verbindung zu ihr auf?

„Ich kann ihn ja später lesen. Zuerst muß ich die Pferde ausspannen", sagte Donnigan, worauf Sean verkündete: „Ja, wir müssen die Pferde ausspannen."

Laura fragte sich, ob Donnigan vielleicht instinktiv gespürt hatte, daß sie allein sein wollte, wenn sie den Brief von zu Hause las. Sie setzte sich auf den Küchenstuhl und faltete das Blatt auseinander. Fiona, die auf einen anderen Stuhl geklettert war und auf der Suche nach dem versprochenen Bonbon aufmerksam die Lebensmittel durchstöberte, hatte sie vollkommen vergessen.

Meine liebe Schwester Laura,

Laura lächelte vor sich hin. Es schien ihr seltsam, daß ausgerechnet Edmund sie so anredete, der sich nie viel aus ihr gemacht hatte. Dann las sie weiter.

Es ist schon einige Zeit her, daß Du London verlassen hast, um Dir in Amerika ein neues Heim zu schaffen. Bridget hat lange Zeit versucht, mit Dir in Verbindung zu treten, doch sie konnte Deine Adresse nicht ausfindig machen.

„Oh Bridget", schluchzte Laura, „ich habe so sehr versucht, mit dir Kontakt aufzunehmen."

Sie ist jetzt verheiratet und lebt recht glücklich in Belfast. Ihr Mann ist Ire und setzt sich sehr für sein Heimatland ein.

Das Wort „sein“ war durchgestrichen und durch „unser“ ersetzt worden. Wieder mußte Laura lächeln. Edmund hatte nie besondere Liebe für Irland gehegt. Madame hatte dafür gesorgt, daß seine Loyalität mehr auf Frankreich gerichtet war.

Charles ist vor zwei Jahren fortgegangen. Er fährt jetzt zur See. Es brach Mère beinahe das Herz. Ich hätte nicht gedacht, daß er einen solchen Beruf ergreifen würde. Seither haben wir einige Male von ihm gehört, doch meistens ist er auf See.
So sind nun Mère und ich allein, und unsere Situation ist jämmerlich. Du fragst dich vielleicht, warum wir in London sind. Die geplante Hochzeit fand nicht statt. Der Mann entpuppte sich als betrügerischer Schurke. Wir werden ihm niemals vergeben. Wir sind also in der Stadt geblieben, doch wir waren gezwungen, das Haus in der Carrington Road zu verlassen, weil wir die Miete nicht mehr aufbringen konnten.
Mère ist froh, daß sie Dich nach Amerika geschickt hat, wo Du Deine Situation verbessern konntest, indem Du einen gutgestellten Mann geheiratet hast.

„Mich geschickt?“ schnaubte Laura ungläubig.

Wenn auch Dein Fortgehen die Familie über Gebühr belastet hat, so haben wir dies gern in Kauf genommen, damit Du Deine Situation verbessern konntest. Doch wir hoffen sehr, daß Du Dich jetzt für unseren Verzicht erkenntlich zeigen wirst. Alles, was Du entbehren kannst, ist uns willkommen.
Herzliche Grüße
Dein Bruder Edmund

Laura starrte auf das Blatt. Sie konnte kaum glauben, was sie gerade gelesen hatte. Tränen traten in ihre Augen. Trotz ihrer Freude, Nachricht von zu Hause erhalten zu haben, war sie verärgert. Sie wollten also tatsächlich Geld von ihr! Nicht zu fassen!

„Das muß ja ein feiner Kerl gewesen sein", murmelte sie vor sich hin, während sie den Brief erneut durchlas. „Keine Ehe. Ein Schurke war er also? Warum nicht? Sie war schließlich auch nicht viel besser."

Laura hatte sich nie gestattet, über ihre Gefühle ihrer Stiefmutter gegenüber nachzudenken. Doch nun wurden sie freigesetzt, und Laura war erstaunt über ihre Intensität. Die reiche Heirat hatte also nicht funktioniert. Du meine Güte, sie konnte sich richtig vorstellen, wie wütend Madame gewesen sein mußte.

Dann kam Laura ein neuer Gedanke. „Ach du liebe Zeit, wenn ich nicht nach Amerika gegangen wäre, dann würde ich jetzt immer noch auf den Straßen Londons herumlaufen und Brötchen und Kuchen verkaufen", murmelte sie.

Eine Welle der Dankbarkeit durchströmte sie. Was sie verlassen hatte, war so unendlich viel schlechter als das, was sie bekommen hatte. Sie schloß fest die Augen und gab sich dem Gefühl hin. Wenn sie nun nicht beschlossen hätte, nach Amerika zu kommen? Sie würde immer noch mit ihrem lahmen Bein herumhinken, am Ende des Tages vor Rückenschmerzen nicht ein noch aus wissen und überzeugt davon sein, daß sie ein Krüppel war, den niemand haben wollte.

Sie würde keinen Ehemann haben. Sie würde keine Familie haben. Sie würde nichts von Liebe wissen. Sie – Laura hielt inne und öffnete die Augen, um die Familie zu betrachten, mit der sie gesegnet war. Fiona stand vor ihr.

„Alle", sagte sie zufrieden und reichte Laura die leere Tüte. Zuckerflecken zierten ihr Kinn und ihr Kleid. Laura hielt die Luft an. „Alle", wiederholte das Mädchen und ließ die Tüte auf Lauras Schoß fallen.

„Hast du sie alle aufgegessen?" fragte Laura erschüttert.

„Nein", sagte Fiona und schüttelte heftig den Kopf. „Bea auch eins dedebt."

Laura sprang auf. Sie befürchtete, das Baby tot auf dem Boden liegen zu sehen, erstickt an einem Bonbon. Doch

Brenna plapperte munter vor sich hin und spielte mit den Töpfen. Sie war über und über mit Zuckerbrei verschmiert. Laura atmete erleichtert auf und beeilte sich, die beiden zu säubern, bevor ihr Vater aus dem Stall zurückkehrte.

*

„Du kannst ihn gern selbst lesen“, sagte Laura Donnigan und deutete mit dem Kopf auf den Brief, der auf dem Tisch lag.

Donnigan setzte sich die beiden Mädchen auf den Schoß und nahm den Brief zur Hand. Er las ihn einmal durch, dann noch einmal. Laura wartete auf seine Reaktion, während sie sich daran machte, den Abendbrottisch zu decken.

„Sieht so aus, als würden sie schwierige Zeiten durchmachen“, sagte Donnigan schließlich.

Laura wagte nicht zu antworten.

„Wieviel, denkst du, können wir entbehren?“ lautete Donnigans nächste Frage.

Laura blickte auf. Meinte er das ernst? Dachte er tatsächlich, Laura würde Madame etwas schulden?

„Donnigan, Madame hat immer ‚schwierige Zeiten‘ durchlebt – nur daß früher Vater und dann ich für sie bezahlt haben. Ich schulde ihr nichts. Gar nichts. Wenn es nach ihr gegangen wäre, würde ich immer noch Tag für Tag durch die Straßen Londons laufen und die Waren dieses geizigen alten Bäckers verkaufen.“

Noch nie hatte Donnigan eine solche Bitterkeit aus ihren Worten herausgehört.

Er sagte nichts mehr, sondern wendete seine Aufmerksamkeit seinen beiden kleinen Töchtern zu, die auf seinen Knien reiten wollten.

*

Als Donnigan der Meinung war, Laura hätte genügend Zeit gehabt, um sich zu beruhigen, schnitt er das Thema wieder an.

„Ich finde, wir könnten ein wenig erübrigen“, sagte er. „Wir haben doch noch das Geld auf der Bank.“

„Wenn du anfängst, Madame Geld zu schicken, dann erwartet sie es bald von dir. Sie denkt dann, es stünde ihr zu“, warnte Laura.

„Sie gehört aber doch zur Familie“, erwiderte Donnigan ruhig.

„Nicht zu meiner – sie hat nur meinen Vater geheiratet ... und meiner Großmutter ein frühes Grab bereitet“, entgegnete Laura hitzig.

„Deiner Großmutter?“ Diese Geschichte hatte Donnigan noch nie gehört.

„Ja. Großmutter O'Malley verließ mit uns zusammen Irland und hat sich mit uns in London niedergelassen. Nach dem Tod meiner Mutter hat sie für mich gesorgt. Sie hat mich immer ihr kleines Mädchen genannt. Wir wären prima klargekommen, wenn Madame nicht aufgetaucht wäre. Sie arbeitete in dem Pub, in dem Vater nach der Arbeit immer auf ein Glas Bier vorbeischaute. Es dauerte nicht lange, bis sie ihn davon überzeugt hatte, daß sie heiraten sollten. Vermutlich war er ohne meine Mutter einsam. Doch sie konnte sich nicht damit abfinden, daß Großmutter bei uns lebte. Sie hat sie die ganze Zeit gequält und tyrannisiert. Wenn mein Vater dann nach Hause kam, war sie überaus nett und freundlich zu der alten Dame. Ich habe es selbst mit angesehen. Natürlich hat Großmutter nie auch nur ein Wort darüber verloren. Sie wollte sich nicht zwischen ihren Sohn und seine Frau stellen. Doch es hat ihr das Herz gebrochen, und das ist die Wahrheit. Sie gab einfach auf und starb. Ich habe es selbst miterlebt.“

Laura hielt inne. Donnigan streckte den Arm nach ihr aus und zog sie an sich.

„Das war schwer für dich, nicht wahr?“ fragte er, doch es war mehr eine Feststellung als eine Frage.

Laura weinte. Noch nie hatte sie jemandem von ihrer Großmutter erzählt.

Donnigan ließ sie weinen. Als sie schließlich ihre Augen trocknete und die Nase putzte, ergriff er wieder das Wort.

„Ist es so schwer zu vergeben?“ fragte er sie.

Laura schniefte und dachte einen Augenblick nach.

„Bist du der Meinung, sie hätte meine Vergebung verdient?“ fragte sie steif.

„Ich dachte an dich – nicht an sie“, meinte Donnigan. „Jemandem etwas nachzutragen ist eine schwere Bürde.“

Laura blickte überrascht auf.

„Du hattest keine Wahl – in dem, was sie dir angetan hat“, fuhr Donnigan langsam fort, „aber du kannst entscheiden, ob du ihr vergeben willst.“

„Man beschließt nicht einfach, jemandem zu vergeben – und schwupp, passiert es“, meinte Laura bewegt. „Du kannst den Schmerz nicht einfach fortwischen. Er reicht sehr viel tiefer.“

Donnigan nickte. „Aber ich denke, du kannst beschließen, dich an die Bitterkeit zu klammern und sie nähren, so daß sie wächst und immer größer wird.“

Daran hatte Laura nie gedacht.

„Sollen wir uns später noch einmal darüber unterhalten?“ fragte Donnigan, und Laura nickte.

Donnigan sah dies als den ersten positiven Schritt.

Zurück in die Vergangenheit

Laura freute sich durchaus nicht auf eine Fortsetzung dieses Gesprächs mit Donnigan. Sie wollte Madame kein Geld schicken. Doch ihr war auch nicht klar gewesen, wie groß ihre Verbitterung war, bis sie ihr Leben mit der Londoner Familie mit ihrem jetzigen Leben mit Donnigan verglichen hatte.

„Vermutlich habe ich alles einfach hingenommen, als ich dort war", murmelte sie vor sich hin. „Wenn man an eine Situation gewöhnt ist, wird einem gar nicht klar, daß alles auch ganz anders sein könnte. Man akzeptiert sie einfach."

Doch mittlerweile hatte Laura erlebt, was es bedeutete, ein richtiges Zuhause zu haben und geliebt zu werden, und ihr wurde klar, wie viel sie als Kind entbehrt hatte und wie sehr Madame sie ausgenutzt hatte.

Laura hatte auch nichts von dem Schmerz gewußt, den sie in bezug auf ihre Großmutter in sich trug. Sie hatte sie verloren, als sie sieben war. Es war schon schlimm genug, ihre Mutter zu verlieren, aber sie hatte ja immer noch ihre Großmutter gehabt. Doch als auch diese starb, hatte Laura ihren letzten Halt in einer feindlichen Welt verloren.

Ihr Vater hatte nicht mitbekommen, was in seiner Abwesenheit in dem kleinen Haus vorging. Aber er hätte es eigentlich merken müssen.

Sehr zu Lauras Erstaunen stellte sie fest, daß sie auch ihrem Vater gegenüber Groll hegte, obwohl sie ihn so sehr geliebt hatte. Das machte ihr vielleicht am meisten zu schaffen. Und an allem war Madame schuld. Sie hatte Lauras Vater in eine Lage gebracht, in der er für seine älteste Tochter nicht angemessen sorgen konnte. Er hätte es sehen müssen. Er hätte spüren müssen, daß alles verkehrt lief. Laura hatte den Eindruck, der Frau alles vergeben zu können – bis auf das. Madame war schuld daran, daß Laura ihren Vater nicht mehr als den vollkommenen Vater sehen konnte.

Laura setzte sich mit ihrem Schmerz und ihrer Verbitterung auseinander, und Donnigan hielt sich klugerweise zurück. Er wußte, sie war noch nicht bereit.

*

Sie brauchten mehr Platz für ihre immer größer werdende Familie. Donnigan beschloß, daß es nicht mehr länger aufgeschoben werden konnte. Er bestellte das notwendige Baumaterial, damit er bei der nächsten Gelegenheit damit beginnen konnte.

„Was hast du vor?" fragte Wallis, als er am Abend vorbeikam. Sie hatten sich gerade zum Abendessen an den Tisch gesetzt.

Laura ging zum Schrank und holte einen Teller für ihn. Es hatte den Anschein, als würde Wallis inzwischen häufiger bei ihnen als bei sich zu Hause essen. Aber das hätte sie Donnigan gegenüber nie geäußert.

„Es wird Zeit, das Haus zu vergrößern", erklärte Donnigan, während er die Kartoffeln für Brenna zerkleinerte und Bratensoße darüber goß. „Wir platzen aus allen Nähten."

Wallis nickte und blickte in die Runde.

„Wir werden ein Zimmer für mich anbauen", verkündete Sean grinsend.

Wallis nahm am Tisch Platz.

Ich könnte ebensogut jeden Abend für ihn decken, dachte Laura. *Er scheint immer hier zu sein.*

„Wann willst du damit anfangen?" fragte Wallis, während er eine Kartoffel auf seine Gabel aufspießte.

„Gleich morgen früh, hoffe ich", erwiderte Donnigan.

„Ich habe im Augenblick ein wenig Zeit", sagte Wallis zwischen einem Bissen Leber mit Zwiebeln. „Ich könnte dir helfen."

Na wunderbar! dachte Laura verstimmt. *Jetzt denkt er wohl, er kann dreimal am Tag hier essen!*

Dann riß sie sich zusammen. Sie war in letzter Zeit ziemlich unleidlich. Sie fragte sich, wie Donnigan es überhaupt mit ihr aushielt. Vielleicht war auch nur ihre erneute Schwangerschaft schuld. Sie hoffte, sie würde ihre Gefühle bald wieder unter Kontrolle bekommen.

*

Laura beschloß, nicht zu warten, bis Donnigan das Thema wieder aufbrachte. Sie kam selbst darauf zu sprechen, wobei sie hoffte, die Fassung zu behalten.

„Wegen des Geldes", begann sie. Donnigan wußte schon, welches Geld sie meinte. „Ich weiß, wir haben jetzt nicht viel übrig, wo wir doch bauen und so, aber vielleicht können wir ihnen doch ein bißchen schicken."

„Ich werde das sofort veranlassen", sagte Donnigan, und sie meinte, Erleichterung in seinem Blick zu erkennen.

„Aber das bedeutet nicht, daß ich ihr vergeben habe", hätte Laura am liebsten gesagt. „Ich habe es versucht, aber ich kann es nicht. Doch wenn du möchtest, so schick ihnen ruhig das Geld; du wirst dich dann besser fühlen – und ich denke, ich gönne es ihr."

Aber Laura sprach es nicht aus, so daß Donnigan nicht wußte, was in ihr vorging. Statt dessen sagte sie: „Und, Donnigan, wenn du ihnen das Geld schickst, würdest du Edmund bitten, mir Bridgets Adresse mitzuteilen?"

*

„Denkst du, es gibt einen Gott?" fragte Donnigan Wallis beim Mittagessen.

Ich dachte, er hätte das Thema fallengelassen, dachte Laura und hob überrascht ihren Kopf.

Auch Wallis wirkte verstört. Er kaute schwer an seinem Brot, und sein Blick verdüsterte sich sofort. Schließlich schluckte er und sagte: „Früher hab' ich das schon geglaubt. Irgendwie."

„Du meinst, das tust du jetzt nicht mehr?"

„Nein!" erwiderte Wallis bestimmt und biß erneut in sein Brot.

„Aber wenn es einen Gott gibt – und ich habe das starke Gefühl, daß es so ist –, dann handelt er anscheinend nicht so, wie es uns gerade in den Kram paßt", meinte Donnigan mutig.

Wallis schien nachzudenken.

„Ich weiß nur, daß er – falls es ihn gibt – das Ganze hier nicht besonders gut in der Hand hat."

Donnigan nickte. Er wußte, Wallis dachte an Risa.

„Meinst du wirklich, daß er in dieser Angelegenheit etwas zu sagen hatte?" fragte er leise.

„Nun – ein Gott soll doch ein Gott sein, nicht?" verkündete Wallis. Bitterkeit und Schmerz lag in seiner Stimme. „Was nützt es mir, wenn er die Dinge nicht lenken kann?"

„Vielleicht gehört es nicht zu seinen Aufgaben, sich um solche Dinge zu kümmern", meinte Donnigan.

Laura gefiel diese Unterhaltung überhaupt nicht. Sie erhob sich vom Tisch und schnitt mehr Brot.

„Worum sollte er sich denn sonst kümmern?" fragte Wallis, der jetzt ärgerlich wurde.

„Um unsere Seelen", antwortete Donnigan.

Wallis schnaubte verächtlich.

„Falls es einen Gott gibt, dann gibt es auch Himmel und Hölle – irgendwo", fuhr Donnigan fort. „Und ich denke, es ist seine Aufgabe, uns in den einen hineinzubringen und aus dem anderen herauszuhalten."

„Und wie soll er das schaffen?" fragte Wallis.

„Ich weiß es nicht", meinte Donnigan. „Ich weiß es nicht – aber ich würde es gern herausfinden."

Laura warf einen Blick auf Donnigan und bemerkte seinen besorgten Blick. In diesem Augenblick wußte sie, daß er seine Suche noch nicht aufgegeben hatte.

*

Das Haus war fertig, bevor das neue Baby geboren wurde. Der kleine Junge sah seinem älteren Bruder sehr ähnlich, nur hatte er dunkles Haar. Doch von seinem ersten Schrei an wußte Laura, daß er ganz anders veranlagt war als sein Bruder Sean.

„Du meine Güte, das klingt aber ärgerlich", sagte sie zu Donnigan. „Denkst du, er wird dem Doktor jemals vergeben, daß er ihm einen Klaps auf sein kleines Hinterteil gegeben hat?"

Donnigan hatte darauf bestanden, daß der Arzt auch bei dieser Geburt wieder anwesend war, und Laura hatte nicht widersprochen. Der Arzt war rechtzeitig gekommen, jedoch keine Sekunde zu früh.

„Vermutlich ist er einfach nur hungrig", erwiderte Donnigan, als er das Baby seiner Mutter reichte. „Er wird sich beruhigen, sobald er gestillt ist."

Laura wollte das Baby Simon nennen, und Donnigan akzeptierte den Namen, ohne Einwände zu erheben.

*

Wallis war sehr häufig bei ihnen zu Gast – sehr viel häufiger, als es Laura recht war. Doch sie biß sich auf die Zunge und lud ihn zum Abendessen ein, wann immer er bei ihnen erschien.

„Er braucht uns", sagte Donnigan, und Laura versuchte nicht, ihm zu widersprechen.

„Je mehr Kinder wir bekommen, desto weniger traue ich mir als Vater zu", bemerkte Donnigan eines Tages nach einem von Simons Wutausbrüchen.

Laura nickte. Sie hatte es so satt, sich mit den Zornesausbrüchen des Zweijährigen abzugeben. Es hatte den Anschein, als gäbe es immer etwas, über das Simon sich ärgerte.

„Ganz bestimmt ist er nicht wie die anderen", entgegnete sie und strich sich das Haar aus dem erhitzten Gesicht.

„Ich denke, mit dem werden wir noch alle Hände voll zu tun haben", fuhr Donnigan fort, „und ich weiß nicht genau, wie wir mit ihm umgehen sollen. Wenn er ein Fohlen wäre und sich so verhielte, würde ich versuchen, ihn mit viel Bewegung zu beruhigen, und wenn das nichts nützte, würde ich die Peitsche gebrauchen."

Laura zuckte zusammen. Sie hatte den Eindruck, daß Simon in seinem kurzen Leben bereits mehr als genug Schläge bekommen hatte.

„Sie sind alle so verschieden", sagte Laura und stellte sich im Geist ihre vier Kinder vor. Sean war eindeutig der Umgänglichste. Nie wehrte er sich gegen ihre Autorität. Seine Liebe zu seinem Vater war sehr groß, und er versuchte alles so zu machen wie Donnigan.

Fiona war sehr lebhaft. Ihr Mund stand niemals still. Sie unterhielt jedes Familienmitglied und lachte den ganzen Tag.

Brenna war eine Einzelgängerin. Von klein auf konnte sie sich stundenlang allein beschäftigen, saß in einer Ecke oder unter dem Tisch und spielte mit allem, was Laura ihr gab. Sie summte kleine Liedchen vor sich hin und lächelte die anderen Familienmitglieder an. Doch dann kehrte sie zu ihrem Spiel zurück, ohne auch nur darum zu bitten, hochgehoben zu werden.

Aber Simon! Simon wollte die Welt erobern, bevor er noch einen Schritt laufen konnte. Laura teilte Donnigans Sorge um ihren jüngsten Sohn. Sie hatte keine Ahnung, wie sie ihn in den Griff bekommen sollte.

„Wir brauchen Hilfe, Laura", sagte Donnigan, und er wirkte bekümmert. „Ich bin nicht klug genug zu wissen, wie ich meine Kinder zu Menschen nach Gottes Wohlgefallen erziehen kann, und ich gebe das auch zu."

Da war es schon wieder. Donnigans Sorge um die Seele.

„Ich wünschte, es gäbe eine Kirche –"

Donnigan fuhr sich mit den Fingern durch sein dichtes blondes Haar.

„Ich glaube nicht, daß sie so schlimm sind", verteidigte Laura ihre Kinder.

„Es ist keine Sache von gut oder schlecht, Laura. Ich weiß nicht, was Gott möchte. Ich weiß nicht, wie ich meine Kinder auf ... auf das Leben vorbereiten soll. Es hat doch keinen Zweck, sie auf diese Welt zu bringen, Laura, und sie nicht auf die nächste vorzubereiten. Verstehst du denn nicht? Das ist das Wichtigste, das wir im Leben tun müssen: diese Kleinen auf das vorzubereiten, was später kommt. Wenn ich das nicht tue, habe ich als Vater versagt. Ich habe als Mann versagt. Schrecklich versagt."

Laura war nicht klar gewesen, daß ihm das so zu schaffen machte.

„Weißt du denn gar nicht, was man tun kann?" fragte er sie flehend. Donnigan brauchte dringend Antworten.

„Nein. Nein", erwiderte Laura kopfschüttelnd. „Ich weiß nichts."

Donnigan stand auf und nahm seinen Hut vom Haken.

„Wo willst du hin?" fragte Laura schnell. Sie hoffte, er würde nicht irgend etwas Dummes anstellen.

„In die Stadt – auf der Suche nach einer Antwort", erklärte er ihr. „Ich werde mich wegen dieser Kirche erkundigen."

„Aber der Pastor ist doch fort. Die Kirche ist geschlossen."

„Ich weiß. Aber es muß in dieser Stadt doch jemanden geben, der zur Kirche gegangen ist, bevor sie geschlossen wurde. Vielleicht kann er – oder sie – uns helfen."

Laura lag auf der Zunge zu sagen: „Ich brauche keine Hilfe. Mir geht es gut", doch tief in ihrem Innern wußte sie, daß das nicht stimmte.

*

Laura schien es sehr lange zu dauern, bis sie den Schwarzen wieder herangaloppieren hörte. Der kleine Hund, den Donnigan für die Kinder besorgt hatte, bellte. Er hatte nicht sehr oft Besucher auf der Harrison-Farm anzubellen, darum nutzte er die Gelegenheit weidlich aus.

Sean gelang es schließlich, ihn zu beruhigen. „Das ist doch

nur Papa. Er wohnt hier, du Dummkopf", hörte Laura ihn zu dem kleinen Hund sagen.

Laura mußte lange warten, bis Donnigan das Pferd versorgt und mit den Kindern geplaudert hatte, die im Hof spielten.

Sie hoffte bloß, daß Donnigans Suche erfolgreich gewesen war. Sie hatte es satt, ihn immer so bekümmert zu sehen.

Doch als er die Küche betrat, ließ er immer noch den Kopf hängen.

„Kein Glück?" fragte sie, und er schüttelte langsam den Kopf.

„Hast du niemanden gefunden?"

„Oh doch. Ich habe ein altes Ehepaar gefunden, das früher in den Gottesdienst gegangen ist."

„Aber sie hatten auch keine Antwort?"

„Nun", berichtete Donnigan, während er sich an den Tisch setzte. „Irgendwie doch, aber andererseits auch wieder nicht."

Laura wußte mit dieser Antwort nichts anzufangen.

„Sie haben mir erzählt, was in der Kirche getan wurde", begann er.

Laura wartete.

„Sie haben Lieder gesungen; Loblieder nannten sie sie – Lieder über Gott aus einem bestimmten Buch. Sie beteten. Wenigstens hat der Pastor für sie gebetet. Und dann hat er aus der Bibel gelesen. Das sei der eigentliche Schlüssel zu allem gewesen, sagten die alten Leute. Dann hörten sie der Predigt des Pfarrers zu."

„Predigt?"

„Ein Vortrag darüber, wie man leben und was man tun soll und das alles", erklärte Donnigan.

„Aber der Pastor ist nicht mehr hier. Es wird nicht geplant, die Kirche wiederzueröffnen?" fragte Laura.

„Nein. Sieht nicht gut aus."

Donnigan streckte seine langen Beine aus.

„Ich schätze, wir können nicht viel tun", meinte Laura.

„Wenn ich nur eine Bibel bekommen könnte", erklärte Donnigan. „Ich habe mich in der Stadt umgehört, doch niemand weiß, wo man eine kriegen kann."

„Du meinst, wir sollten einfach selbst darin lesen?“ fragte Laura. Es schien ihr ein wenig anmaßend zu sein.

„Die alten Leute haben gesagt, wir könnten das ruhig tun.“

Laura dachte eine Weile nach. Es schien keine Antwort auf ihr Problem zu geben. Sie wollte gerade aufstehen und die Kartoffeln fürs Abendessen weiterschälen, als ihr ein Gedanke kam.

„Warte mal“, sagte sie und umklammerte Donnigans Arm. „Ich glaube, ich habe eine Bibel.“

Donnigans Kopf fuhr hoch.

„In meiner Kiste“, fuhr Laura fort. „Sie gehörte meiner Großmutter, und sie hat sie mir kurz vor ihrem Tod geschenkt.“

Etwas lahm fuhr sie fort: „Ich dachte nicht, daß es etwas sei, was man richtig lesen könnte. Ich dachte, sie sei nur dazu da, um etwas hineinzuschreiben. Wie Geburtstage und Todestage. Ich habe sie immer nur etwas hineinschreiben sehen.“

Lauras Augen leuchteten in plötzlichem Verständnis auf. „Sie konnte sie gar nicht lesen“, sagte sie. „Ein englischer Geistlicher hat sie ihr mal geschenkt, doch Großmutter konnte gar kein Englisch lesen. Ich weiß noch, daß ich mir die Worte angesehen habe, die sie geschrieben hat. Sie sahen so seltsam aus, und ich fragte meinen Vater. Er sagte, das sei Gälisch.“

Sie waren schon auf dem Weg zum Schlafzimmer.

Laura wühlte in ihrer Kiste herum, unter ihren alten Kleidern und dem verschlissenen Bettzeug, und schließlich holte sie ein altes, schwarzes Buch hervor.

„Es ist tatsächlich eine Bibel“, meinte Laura freudig. „Das steht auf dem Einband. Sieh selbst!“

Donnigan griff nach dem Buch. Liebevoll, beinahe andächtig hielt er es in den Händen. „Laura, ich glaube, wir haben unsere Antwort gefunden“, meinte er mit belegter Stimme.

*

Von diesem Zeitpunkt an gehörte das tägliche Bibellesen zu ihrem Leben dazu. Donnigan versammelte nach dem Frühstück seine ganze Familie um den Tisch und öffnete das Buch. Sie begannen mit dem ersten Buch Mose. Donnigan war fasziniert zu hören, wie Gott die Erde und alles, was darauf lebte, geschaffen hatte. Mit ihrer kleinen Familie unterhielten sie sich darüber.

„Hat er wirklich alles gemacht?“ fragte Fiona.

„Ja, alles“, erwiderte Donnigan. „So steht es hier.“

„Die Vögel?“

„Den Himmel?“

„Die Würmer?“

„Mama?“

„Den Waschzuber?“

„Die Schnurrhaare?“

„Snipper?“ Snipper war ihr kleiner Hund.

Auf jede dieser kindlichen Fragen antwortete Donnigan mit einem bestimmten Ja.

„Also wirklich, Donnigan. Ich glaube nicht, daß Gott die Waschbottiche geschaffen hat“, widersprach Laura ihm später lachend.

„Aber er hat das Material geschaffen, aus dem die Waschbottiche hergestellt werden – zählt das nicht?“ erwiderte Donnigan unerschütterlich.

Laura nickte. „Vielleicht“, stimmte sie ihm zu.

*

Den älteren Kindern gefielen die meisten Geschichten aus dem ersten Buch Mose, obwohl sie sie nicht alle verstanden. Doch als Donnigan zum dritten und vierten Buch Mose kam, fiel es selbst Sean schwer, noch weiter zuzuhören. Und der junge Simon war absolut unleidlich.

„Bist du sicher, daß du das den Kindern vorlesen solltest?“ wagte Laura zu fragen. „Vielleicht ist das nur für Erwachsene bestimmt.“

Donnigan hatte sich das selbst schon gefragt. Er beschloß, diese Kapitel allein zu lesen und seiner Familie die leichteren

Geschichten mit seinen eigenen Worten zu erzählen. Das schien sehr viel besser zu funktionieren.

*

„Wir sollten auch beten", meinte Donnigan eines Tages zu Laura, als er die Bibel beiseite legte.

Laura nickte nur.

„Kennst du irgendwelche Gebete?" lautete seine nächste Frage.

„Nein", erwiderte sie.

„Ich frage mich, wo wir einige Gebete herbekommen können", überlegte Donnigan.

„Vielleicht kennen die alten Leute in der Stadt welche."

„Ich habe sie bereits gefragt. Sie sagten, der Pfarrer hätte immer die Gebete gesprochen – und er hat die Bücher mitgenommen."

„Dann werden wir wohl ohne Gebete auskommen müssen", meinte Laura.

Donnigan strich über den Einband der Bibel und sagte nur: „Ich glaube nicht, daß wir schon alles herausgefunden haben."

Die Familie

„Ich habe gedacht, wenn es wieder ein Junge ist, kannst du ihm einen Namen geben."

Am Ende eines langen, erschöpfenden Tages saßen sie zusammen am Tisch und tranken eine Tasse Buttermilch.

„Sind dir die Namen ausgegangen?" fragte Donnigan amüsiert.

„Oh nein. Wir könnten ihn Aidan oder Keenan oder Kevin nennen –"

Donnigan hob abwehrend die Hand.

Laura lächelte und nahm einen weiteren Schluck kalte Buttermilch.

„Und wenn es ein Mädchen ist?" fragte Donnigan.

Laura legte schelmisch den Kopf zur Seite. Ihre dunklen Augen funkelten, ihr Haar fiel ihr weich auf die Schultern.

Sie sieht immer noch aus wie ein kleines Mädchen, dachte Donnigan und spürte wieder verstärkt den Drang, sie zu beschützen.

„Ich könnte es dir sogar überlassen, einen Mädchennamen auszusuchen", erwiderte Laura, nachdem sie anscheinend lange und gründlich nachgedacht hatte.

Donnigan nickte. „Ich nehme die Herausforderung an."

*

Das Baby war wieder ein Sohn. Donnigan nannte ihn Timothy.

Achtzehn Monate später gesellte sich noch ein Mädchen zu der Familie.

„Und – wie soll sie heißen?“ fragte Laura, als sie das Baby an sich zog und sanft auf die Wange küßte.

„Ich würde sagen, Laura, nach ihrer Mama“, erwiderte Donnigan, „aber da das ziemliche Verwirrung stiften könnte, soll sie Rachel Laura heißen.“

Laura lächelte. Kleine Rachel. Sie drückte das Baby an sich und gab ihm noch einen Kuß.

*

Die Jahre waren freundlich zu der Familie gewesen. Sie hatten nie ernsthafte Krankheiten oder Unglücksfälle erlebt. Außer der einen Fehlgeburt hatte Laura alle ihre Kinder gesund und ohne Zwischenfälle auf die Welt gebracht. Sie waren kräftig und widerstandsfähig.

Donnigan hielt sie beschäftigt mit leichten Arbeiten auf der Farm, wobei er darauf achtete, daß auch das Spielen nicht zu kurz kam, und Laura gab ihnen Unterricht im Lesen, Schreiben und Rechnen.

Jeden Morgen las Donnigan der ganzen Familie aus der Bibel vor. Die Kinder hatten die meisten Geschichten im Laufe der Jahre gut kennengelernt, und Laura amüsierte sich häufig über ihre kindlichen Gespräche über Gott.

„Sie sprechen über ihn, als wenn er – zu ihrer Welt dazugehörte“, meinte Laura zu Donnigan.

„Ich hoffe doch sehr, daß es so ist“, erwiderte Donnigan, doch seine Stimme klang immer noch zweifelnd.

„Ich meine – als wenn er ... für sie so real wäre wie ich.“

Donnigan nickte. Genau so sollte es ja sein – aber machte er auch alles richtig? Gab er ihnen, was sie brauchten?

„Oh Gott“, stöhnte er häufig, „gib mir Weisheit. Zeige mir, was ich tun soll. Es wäre schrecklich, wenn ich vielleicht das Wichtigste versäume.“

*

„Warum lesen wir eigentlich immer in der Bibel?“ Es war Simon, ihr eigensinniger Sohn, der diese Frage stellte.

Donnigan legte das Buch vorsichtig auf den Tisch zurück.

„Weil“, sagte er sehr bewegt, „das der einzige Weg ist, Gott kennenzulernen – zu erfahren, wer er ist und wie er möchte, daß wir leben sollen.“

Simon zuckte die Achseln. Er schien nicht überzeugt – oder vielleicht war er auch einfach nur unbesorgt.

„Wir kennen ihn doch schon“, entgegnete der Fünfjährige. Er hatte die biblischen Geschichten schon so oft gehört, daß er sie auswendig kannte.

„Wirklich?“ erwiderte sein Vater. „Vielleicht. Mal sehen. Erzählt mir doch mal, was ihr von Gott wißt.“

Simon wirkte überrascht.

Es war die aufgeschlossene Fiona, die zuerst antwortete. „Er hat alles geschaffen.“ Sie beschrieb einen großen Bogen mit ihren Armen.

„Er ließ den Regen kommen“, sagte Brenna leise, „und alle Tiere gingen in das Boot.“

„Er hat irgendwie Zauberkräfte“, meinte Sean.

„Zauberkräfte? Wie meinst du das?“ fragte Donnigan nach.

„Er kann Dinge machen, die kein anderer kann.“

Donnigan nickte.

„Er tötet Menschen, wenn sie böse sind“, meinte Simon.

Laura war erschrocken.

„Das tut er gar nicht“, widersprach Fiona und warf Simon einen mißbilligenden Blick zu.

„Tut er doch“, beharrte Simon. „Was ist mit den Menschen, die die Erde verschlungen hat? Und was ist mit der Sintflut?“

„Die Menschen waren bereits in dem großen Boot“, warf Fiona schnell dazwischen.

„Gar nicht wahr“, entgegnete Simon und schüttelte heftig den Kopf. „Nur Noah, seine Frau und die anderen waren in dem Boot.“

„Es waren acht“, mischte sich Sean ein, der immer sehr aufmerksam zuhörte. „Noah, seine Frau, seine drei Söhne und ihre Frauen.“

Doch Simon interessierte sich nicht so sehr für die Einzelheiten.

„Na ja – aber alle anderen sind gestorben“, beharrte Simon.

„Das kam, weil Gott böse auf sie war“, mischte sich Brenna leise ein. Diese Tatsache schien sie nicht im mindesten zu beunruhigen.

„Ich töte doch keine Menschen, nur weil ich böse auf sie bin“, sagte Simon.

„Du bist ja auch nicht Gott“, schleuderte Fiona ihm ärgerlich entgegen.

„Einen Augenblick“, unterbrach sie Donnigan. Die kleine Unterhaltung geriet ein wenig außer Kontrolle und verlief überhaupt nicht so, wie er es beabsichtigt hatte.

„Jetzt setzt euch alle mal hin. Ich denke, wir sollten darüber sprechen.“

Die Kinder setzten sich, obwohl Simon sich dem nur widerwillig fügte. Er war der letzte, der schließlich auf dem Küchenboden Platz nahm.

Oh Gott, flehte Donnigan innerlich, *hilf mir, ihn richtig zu behandeln. Bitte, hilf mir.*

Er wendete sich wieder an seine kleine Kinderschar – an die wundervolle und doch so erschreckende Verantwortung, die Gott ihm übertragen hatte. Würde er die richtigen Worte finden? Hatte er ihnen denn überhaupt etwas zu sagen? Oder fehlte ihm immer noch das Entscheidende?

„Gott hat uns also geschaffen“, begann er. „Und er möchte, daß wir gute Menschen sind – genau wie Fiona gesagt hat. Doch die Menschen sind nicht gut geblieben. Denkt an die Geschichte von Adam. Er hat Gott nicht gehorcht. Und danach haben alle Männer und Frauen Böses getan.“

Donnigan brach ab, holte tief Luft und leckte sich die Lippen.

„Doch Gott hat nicht nur die Erde erschaffen“, fuhr er fort und hoffte, daß seine Gedankengänge richtig waren. „Er hat auch einen wunderschönen Himmel geschaffen. Darin gibt es nur Schönes und überhaupt nichts Trauriges. Gott hat den Himmel für die Menschen geschaffen. Doch er hat auch eine

Hölle geschaffen. Die ist ganz schlimm. Sie ist so schlimm, daß niemand freiwillig dorthin gehen würde. Darum bemühen sich die Menschen sehr darum, nicht dorthin zu kommen."

Donnigan brach wieder ab und betrachtete die kleinen, aufmerksamen Gesichter um sich herum.

„Ich möchte nicht dorthin", warf Fiona ein und schüttelte heftig den Kopf.

„Aber die Menschen taten immer noch böse Dinge", fuhr Donnigan fort. „Gott hat ihnen immer wieder gesagt, sie sollen gut sein – es gefiel ihnen aber besser, böse zu sein. Ab und zu gab es einen Menschen, der gut sein wollte, der tun wollte, was Gott ihm aufgetragen hatte. Wenn Gott nun einen solchen Menschen fand, sprach er mit ihm, half ihm, und manchmal hielt Gott es sogar für wichtig, ihn von den bösen Menschen fortzubringen."

Donnigan brach ab und blickte den mißmutigen Simon direkt an.

„Es kann nur zu leicht passieren, daß gute Menschen den bösen nachfolgen. Gott wußte das. Darum brachte er die guten Menschen manchmal von den bösen Orten weg, an denen sie lebten, wie er es zum Beispiel mit Abraham getan hat, als er ihn aus Ur fortrief. Und auch mit Noah und seiner Familie, als er ihnen auftrug, die Arche zu bauen. Er schickte die Sintflut und rettete Noah und seine Familie vor dem Bösen um sie herum. Wenn Noah bei den bösen Menschen geblieben wäre, wäre seine Familie vielleicht auch böse geworden. Ihr seht also, Gott hat die bösen Menschen nicht getötet, weil er sie gehaßt hat und gerade zornig auf sie war. Oh ja, er haßte die bösen Dinge, die sie taten und die Art, wie sie lebten. Doch Gott vernichtete sie, damit sie die anderen nicht vernichteten."

Sean hörte aufmerksam zu. Er schien jedes Wort in sich aufzunehmen. Fiona lauschte mit zur Seite gelegtem Kopf und im Schoß gefalteten Händen. Doch ihre Zehen wippten ungeduldig in den abgetragenen Schuhen hin und her. Brenna saß still auf dem Boden, ihre Puppe im Arm. Sie schien zuzuhören, doch Donnigan fragte sich, ob Brenna, die kleine

Träumerin, nicht vielleicht innerlich ihrer Puppe ein kleines Liedchen vorsummte.

Simon rutschte ungeduldig hin und her. Sein Blick war nicht auf das Gesicht seines Vaters gerichtet. Er beobachtete eine Spinne, die außen am Fenster hochkroch. Donnigan betete, daß Simon mehr mitbekommen hatte, als es den Anschein hatte.

Der dreijährige Timothy zappelte unruhig hin und her, dann hörte er wieder aufmerksam zu. Er schien nur hier und da etwas aufzuschnappen, das ihn interessierte, dann wendete er seine Aufmerksamkeit wieder dem kleinen Loch in seiner Hose zu.

Ihre Jüngste, Rachel, saß auf dem Schoß ihrer Mutter und achtete nicht auf das, was ihr Vater sagte, obwohl sie eindringlich sein Gesicht betrachtete.

Sechs Kinder – alle unterschiedlich, und alle brauchen den Himmel, dachte Donnigan. *Gott, hilf mir, sie darauf vorzubereiten.*

*

Simon war auch weiterhin derjenige, der alles ausprobierte. Häufig hörten sie von ihm die Worte: „Ihr habt mir das aber nicht verboten."

Als er zum Beispiel das Grün der frühen Frühlingskarotten abriß, um die wilden Kaninchen am Bach damit zu füttern ... oder als er Rachels seidige Locken mit Lauras Schere abschnitt ... oder als er ein Huhn vom Stalldach warf, um zu sehen, ob es fliegen konnte ... oder als er das arme Pony mit verbundenen Augen auf der Weide laufen ließ, um auszuprobieren, ob es im Dunkeln sehen konnte. Bei all diesen Gelegenheiten und vielen anderen mehr zuckte Simon die Achseln, wenn er zur Rede gestellt wurde, und gab dieselbe Antwort: „Das habt ihr mir nicht verboten."

Wie konnten sie dem Jungen nur immer einen Schritt voraus sein?

Timothy dagegen war fröhlich und gefügig. Er folgte seinen älteren Geschwistern, staunte über ihre Fertigkeiten und freute sich über ihre Errungenschaften. Er schien zu denken, daß alles, was sie taten, gut und richtig war.

Laura freute sich an dem Kleinen. Er war eine so erfreuliche Abwechslung zu dem rebellischen, immer widersprechenden Simon. Keine Herausforderung, keine Auseinandersetzung, keine Widerworte.

Doch Donnigan beobachtete seinen jüngsten Sohn mit großer Besorgnis. Laura konnte das nicht verstehen. „Er ist so leicht zu haben und so fröhlich. Alle Leute lieben ihn."

„Das ist genau der Punkt", erwiderte Donnigan. „Er könnte zu der Überzeugung kommen, daß so das Leben aussieht: Daß er den anderen gefallen muß. Daß andere sich immer um ihn kümmern. Du kannst anderen nicht immer gefallen, weißt du. Manchmal muß man einen Standpunkt beziehen, manchmal muß man gegen den Strom schwimmen. Timothy möchte gern gefallen. Er tut nur zu bereitwillig alles, was andere von ihm wollen. Nein. Ich denke, bei der Erziehung dieses Jungen brauchen wir mehr Weisheit, als wir denken."

*

Die kleine, dunkelhaarige Rachel war zuerst ein fröhliches Baby, das scheinbar zufrieden mit dem Treiben der anderen Kinder war. Laura war sehr erstaunt zu sehen, daß sie mit achtzehn Monaten schon sehr unabhängig wurde.

„'leine machen!" schrie sie und bestand darauf, alles allein zu machen – so wie sie es wollte. Obwohl sie gewöhnlich zufrieden war, wenn man sie in Ruhe ließ, wurde sie sehr eigensinnig und schwierig, wenn man versuchte, sie zu etwas zu zwingen.

„Warum habe ich nicht bei fünf Kindern aufgehört?" fragte sich Laura mehr als einmal. Doch eigentlich wußte sie genau, daß sie dieses Kind genauso liebte wie die anderen und daß sie sich ein Leben ohne sie alle nicht mehr vorstellen konnte.

*

„Wir sollten wirklich auch beten", sagte Donnigan zu seiner Familie, als er eines Morgens die Bibel beiseite legte.

„Was ist denn beten?" fragte Fiona.

„Nun, das ist – es ist –", begann Donnigan.

„Sprechen mit Gott", half ihm Laura.

„Oh ja, dann wollen wir beten", sagte Brenna begeistert.

Donnigan fühlte sich beschämt. Wie konnte er seinen Kindern sagen, daß er nicht beten konnte? Daß er nicht wußte, was er sagen sollte, wie er es tun sollte. Daß er keines dieser Gebetsbücher besaß und auch kein Gebet kannte. Ihm war nicht klar, daß seine Hilfeschreie aus tiefster Seele bereits Gebete waren.

Er wollte gerade versuchen, es zu erklären, als Brenna weitersprach. „Ich spreche oft mit Gott", sagte sie einfach.

„Das tut sie die ganze Zeit", erklärte Fiona ihren Eltern.

„Aber –", begann Donnigan. Er wollte nicht, daß sein Kind etwas tat, das ihm nicht zustand.

„Gott", begann Brenna und faltete ihre Hände im Schoß und blickte zum Himmel hinauf, „wir lesen alles über dich in dem Buch. Manchmal verstehen wir es, und manchmal auch nicht." Sie zuckte die Achseln. „Mir gefiel die Geschichte am besten, wie Jesus das Brot wachsen ließ. Und Fiona mag die Geschichte, wie den Löwen das Maul zugebunden wurde. Und Sean –" Sie brach ab und blickte ihren älteren Bruder an. „Was gefiel dir am besten, Sean?" fragte sie ihn.

„Die Erschaffung der Welt", sagte Sean beinahe flüsternd.

„Und Sean gefällt, wie du alles gemacht hast – zum Beispiel die Tiere. Pferde mag er am liebsten. Und –" Brenna sah sich in der Runde um. „Simon mag ... wie du böse Leute tötest." Simon rutschte unruhig hin und her, dann grinste er. Er fühlte sich wichtig, daß mit Gott über ihn gesprochen wurde.

„Und Timothy mag –"

„Die drei Bären", rief Timothy aufgeregt.

„Das steht nicht in der Bibel", sagte Fiona bedauernd. Timothy wirkte überrascht, dann senkte er betrübt den Kopf und schob die Unterlippe vor.

„Timothy mag die Bären, die du geschaffen hast“, fuhr Brenna fort, und Timothy blickte sofort wieder erfreut auf.

Brenna warf noch einen letzten Blick in die Runde.

„Und Rachel mag ... ach, sie ist noch zu klein“, erklärte sie Gott und schüttelte bedauernd den Kopf.

Dann hob sie die Hände vor sich, blickte sich noch einmal im Zimmer um, zuckte die Schultern und verkündete: „Und das ist alles.“

Das Gebet war vorüber.

Von diesem Augenblick an ermutigte Donnigan seine Kinder, ihre eigenen einfachen und ganz persönlichen Gebete zu sprechen.

Simon

Donnigan kannte schließlich seine Bibel gut genug, um zu wissen, wo er die Geschichten finden konnte, die seine Kinder verstehen würden – die Geschichten, die sie seiner Meinung nach kennen mußten.

Mehrmals waren sie das Alte und das Neue Testament durchgegangen. Doch immer häufiger beschäftigte sich Donnigan mit dem Neuen Testament. Die Geschichten über den Sohn Gottes, der auf diese Erde gesandt worden war, faszinierten ihn – und interessierten die Kinder besonders.

Laura war nicht so recht klar, wie sehr sie sich im Laufe der Jahre verändert hatte. Sie empfand nicht mehr dieselbe Bitterkeit Gott gegenüber, die sie empfunden hatte, als sie die Fehlgeburt gehabt hatte.

Doch wenn die Briefe von Edmund kamen, in denen er fragte, „ob sie wohl so freundlich sei, den Reichtum zu teilen, den sie in Amerika erlangt hatte“, wurde Laura noch immer sehr wütend und betrachtete die sechs Kinder um ihren Tisch, die ernährt und gekleidet werden mußten. Aber sie behielt ihre Wut für sich, und ohne zu fragen, wußte sie, daß Donnigan von ihren mageren Einkünften immer ein wenig beiseite legte, um es nach London zu schicken.

Tief in ihrem Innern war Laura immer noch unruhig. Warum hatte sie so zu kämpfen? Warum wurde sie immer so zornig, wenn sie sich über irgend etwas ärgerte? Warum war sie nicht in der Lage, die Vergangenheit zurückzulassen und Madame zu vergeben? Sie glaubte an die Worte der Bibel, aus der Donnigan jeden Tag vorlas. Sie versuchte sogar, danach zu leben. Warum half Gott ihr nicht bei ihren Kämpfen?

Auch Donnigan hatte innere Kämpfe auszutragen. Er

fragte sich, ob seine Kinder nicht einen großen Teil ihrer Eigenwilligkeit von ihm geerbt hatten. Donnigan hatte immer alles in der Hand haben wollen – alle Entscheidungen für seine Schutzbefohlenen treffen wollen. Hatte er im ersten Jahr ihrer Ehe Laura nicht beinahe mit diesem Verhalten vergrault? Tat er nun dasselbe mit seinen Kindern? Nein, sicher nicht. Es war wichtig, daß sie eine richtige Erziehung bekamen. Das war Donnigans feste Überzeugung. Es war ihm das Wichtigste in der Welt. Aber machte er es richtig? Tat er alles, was in seiner Macht stand? Er war ganz sicher, daß es Gott wirklich gab. Die Bibel sagte die Wahrheit. Aber warum fand seine Seele keinen Frieden?

*

„Ich verstehe es nicht", sagte Sean nachdenklich.

Er und sein Vater betrachteten glücklich das Fohlen, das gerade auf der hinteren Weide auf die Welt gekommen war.

„Was verstehst du nicht?" fragte Donnigan an den Jungen gewandt.

„Wenn Gott alles erschaffen hat, warum – warum – werden dann Tiere geboren? Wer hat sie denn nun wirklich geschaffen, Gott oder die Mütter?"

Donnigan lächelte.

„Gott hat alles geschaffen – am Anfang", erklärte Donnigan. „Aber er hat alles in seiner Schöpfung so geschaffen, daß es sich allein fortpflanzen kann. Das heißt, daß es ein Baby bekommen kann, was immer es ist. Die Schweine haben Ferkel, die Pferde Fohlen." Er brauchte nicht weiterzusprechen. Sean war ein Farmkind, er wußte Bescheid über Fortpflanzung.

„Gott hat aber trotzdem noch sehr großen Anteil an allem, was geboren wird. Er ist der ‚Spender allen Lebens', genau wie die Bibel sagt, doch er gestattet den Eltern, Kinder zur Welt zu bringen. Dazu hat er sie erschaffen. Erinnerst du dich noch an Gottes Worte im ersten Buch Mose? ‚Seid fruchtbar und mehret euch'. Das ist damit gemeint."

Sean nickte.

„So wird das Leben fortgesetzt“, fuhr Donnigan fort. „Tiere, Vögel, Fische, sogar die Pflanzen gehorchen immer noch dem Gebot Gottes. Sie pflanzen sich fort. Man hat mir sogar gesagt, der Fortpflanzungstrieb sei noch stärker als der Essenstrieb“, sagte er offen. „Und ohne ihn würde das Leben vergehen. Die Alten würden aussterben, und es gäbe keine Jungen, kein neues Leben, das ihren Platz einnehmen würde.“

Wieder nickte Sean. Er war bereit, alles, was sein Vater ihm erzählte, anzunehmen. Sein Blick war fest auf das kleine Fohlen gerichtet.

„Es sieht genauso aus wie der Schwarze“, sagte er und wendete Donnigans Aufmerksamkeit wieder auf das kleine Tier.

„Die Jungen sehen oft aus wie ihre Väter. Oder ihre Mütter“, sagte Donnigan zustimmend nickend. „Aber manchmal auch nicht. Ich schätze, wichtig ist – und manchmal auch beängstigend –, daß sie sich oft auch wie ihre Väter verhalten.“

Ein junger Wallach näherte sich neugierig dem kleinen Fohlen, und die Stute legte die Ohren an, bleckte die Zähne und vertrieb ihn.

„Warum hat sie das getan?“ fragte Sean. „Sie kennt ihn doch. Er ist doch nur neugierig. Er würde dem Fohlen doch nichts tun.“

„Eltern können manchmal übervorsichtig sein“, erklärte Donnigan. „Eine Mutter wird immer bereit sein, ihr eigenes Leben aufs Spiel zu setzen, um das ihres Kindes zu retten.“

Sean nickte zustimmend. Das hatte er schon häufiger beobachten können.

„Ich schätze, sie wird gut für das Kleine sorgen, nicht?“ meinte er, als sie sich anschickten zu gehen.

Aber Donnigan dachte auch auf dem Heimritt noch über ihre Unterhaltung nach.

Fortpflanzung? Das war wirklich ein starker Trieb. Tiere riskierten ihr Leben, um das ihnen innewohnende Gebot Gottes zu erfüllen. Und das nur, um einen Nachkommen auf diese Welt zu bringen. Wieviel wichtiger war es, die Kinder geistlich auf das ewige Leben vorzubereiten, von dem die Bibel sprach.

Das war seine Aufgabe als Vater, und ja, er würde bereit sein, sein Leben dafür einzusetzen. Er wollte, daß seine Kinder in den Himmel kamen, den Gott ihnen bereitet hatte.

Und doch schien alles, was er tat – zu wenig zu sein. Und Donnigan verstand nicht, warum das so war.

*

Von allen ihren Kindern brauchte Simon die stärkste Hand. Donnigan wußte oft wirklich nicht, wie er den Jungen erziehen sollte. Ihn nach einer Untat zu bestrafen, schien so unsinnig, wie die Stalltür zu schließen, nachdem das Pferd bereits hinausgelaufen war. Wenn er nur in seinem Sohn den Wunsch wecken könnte, Gutes zu tun. Aber wie? Simon schien es auf Ärger abgesehen zu haben. Er wehrte sich gegen jede Art von Autorität, wollte seine Eltern ständig auf die Probe stellen. *Warum? Warum nur?* fragte sich Donnigan ein Dutzendmal pro Tag. Woher kam nur so viel Widerstand bei einem Kind, das so geliebt wurde?

Simon war nicht durch und durch schlecht. Er hatte sogar viele gute Eigenschaften, und Donnigan und Laura machten sich gegenseitig und auch den Jungen immer wieder darauf aufmerksam. Doch häufig schien seine rebellische Ader mit den guten Eigenschaften im Widerstreit zu liegen.

Auch der kleine Timothy machte Donnigan Sorgen. Er folgte Simon auf Schritt und Tritt und ahmte die Handlungsweise des älteren nach. Alles, was Simon ihm auftrug, führte er bereitwillig aus.

Wenn Simon sagte: „Hier, wirf diesen Stein auf den alten Truthahn“, dann warf Timothy den Stein. Wenn Simon ihm einen Stock reichte und sagte: „Versuch mal, ob du so fest zuschlagen kannst, daß das Glas zerbricht“, so zerbrach Timothy das Glas. Als Simon dann dafür bestraft wurde, weil er Timothy zu irgend etwas angestiftet hatte, wurde er klüger. Er begann zu sagen: „Denkst du, du könntest die Ziege an ihrem Schwanz anbinden?“ Oder: „Meinst du, du könntest mit der roten Farbe ein A auf die Hauswand malen?“ Natürlich dachte Timothy immer, daß er es könnte, und Simon konnte wahrheitsgemäß verkünden: „Ich habe ihm nicht gesagt, er soll das tun.“

Es war eine schlechte Kombination, und Donnigan und Laura machten sich große Sorgen.

*

„Mama, komm schnell. Simon ist verletzt!“

Schreiend kam Fiona in die Küche gerannt. Laura ließ den Brotteig liegen, den sie gerade knetete, und eilte mit vor Angst weit aufgerissenen Augen in den Hof. Was war nur passiert?

„Er hat mit dem Feuer gespielt“, rief Fiona über die Schulter zurück, während sie weiterlief.

Das Feuer. Donnigan und ein Nachbar wollten eines der Schweine schlachten. Dazu brauchten sie einen Topf mit kochendem Wasser, um den Kadaver hineinzutauchen, damit sie die rauhen Borsten abkratzen konnten. Immer wieder hatte man den Kindern eingeschärft, sich von dem Feuer fernzuhalten.

Laura fand den Jungen im Gartenhäuschen. Er hatte sich zusammengekrümmt und unterdrückte mühsam seine Schmerzensschreie. Seine Hände sahen schrecklich aus.

„Oh, lieber Gott“, sagte Laura, nachdem sie einen Blick darauf geworfen hatte. Dann wendete sie sich an Fiona: „Hol deinen Vater. Schnell!“

Es gelang ihr, Simon ins Haus zu bringen. Er hatte es jetzt aufgegeben, tapfer zu sein, und schrie vor Schmerzen, als sie ihn auf den Küchentisch legte. Seine Handflächen waren knallrot und mit schwarzem Ruß bedeckt. Laura bemerkte, daß sich bereits Brandblasen gebildet hatten.

„Oh, gütiger Gott“, rief sie wieder. „Alle beide. Alle beide!“

Donnigan kam und nahm die Sache in die Hand. Laura war ganz elend zumute. Sie versuchte, den Jungen zu beruhigen, indem sie ihm gut zuredete, sein wirres dunkles Haar zurückstrich und ihm die tränennassen Wangen streichelte.

Die anderen Kinder kamen aufgeregt flüsternd herein. Doch das Ausmaß der Verletzung brachte sie zum Schweigen.

„Er ist schwer verletzt", hörte Laura Brenna flüstern.

„Er hätte nicht am Feuer spielen sollen", erwiderte die mütterliche Fiona, während sie sich die Tränen fortwischte.

Timothy starrte mit aufgerissenen Augen seinen Bruder an. Dann begann er zu weinen. Er wich zurück und rannte schluchzend in sein Zimmer, das er mit Simon teilte. Laura wollte zu ihm gehen, doch sie hatte das Gefühl, daß sie hier mehr gebraucht wurde.

Sie säuberten Simons Hände so gut es ging, strichen Brandsalbe darauf und verbanden sie mit Leinenstreifen aus einem Kissenbezug, der dafür geopfert worden war.

„Ich wünschte, wir könnten ihn zum Arzt bringen", sagte Donnigan.

„Aber das würde Stunden dauern", erwiderte Laura.

„Wir müssen tun, was wir können", sagte Donnigan kopfschüttelnd. „Ich hoffe nur, daß er keine Infektion oder Wundbrand bekommt. Wenn auch nur das leiseste Anzeichen davon zu sehen ist, müssen wir ihn nach Raeford bringen."

Laura nickte. Sie würden den Jungen aufmerksam im Auge behalten.

*

Später kam alles heraus. Simon hatte zu Timothy gesagt: „Meinst du, du könntest diesen großen Stein in das heiße Wasser werfen?"

Timothy hatte den Stein und die Herausforderung angenommen.

Doch als Timothy auf das Feuer und den darüber hängenden Topf mit dem kochenden Wasser zuging, war er über ein Stück Holz gestolpert, das davor liegengeblieben war.

Simon, der sich dicht an seiner Seite hielt, um zu sehen, was mit dem Stein in dem kochenden Wasser passieren würde, sah seinen jüngeren Bruder stolpern und sprang vor, um ihn zur Seite zu stoßen, wobei er selbst das Gleichgewicht verlor und mit den Händen in die glühenden Kohlen fiel.

Simon mußte also die Konsequenzen seines Ungehorsams auf sich nehmen. Und der kleine Timothy erlebte, welche Folgen es haben konnte, wenn man Anweisungen ignorierte.

*

Simons Hände heilten nur langsam. Donnigan machte sich Sorgen, daß die Hände vielleicht nicht richtig verheilten. Aber er machte sich auch Gedanken darum, wie der ungehorsame, rebellische Junge seine Situation akzeptieren würde. Seine ganze Selbständigkeit war ihm genommen worden. Er mußte angezogen, gefüttert, gekämmt und bemuttert werden. Er konnte nicht einmal allein zur Toilette gehen.

Zuerst fiel ihm das sehr schwer. Fiona hatte ihm das Brot nicht richtig gestrichen. Brenna hatte seine Pfannkuchenstücke nicht klein genug geschnitten. Der Schuh, den Sean ihm zugebunden hatte, ging wieder auf. Die anderen waren nie schnell genug zur Hand, wenn er sie brauchte. Er nörgelte und beklagte sich beinahe den ganzen Tag. Donnigan erwiderte dann ruhig: „Wenn du dir deine Hände nicht verletzt hättest, könntest du alles allein machen."

Allmählich schien sich der Junge an seine Situation zu gewöhnen und seine zeitweilige Behinderung als selbstverschuldet hinzunehmen.

„Ich bin froh, wenn ich diese Verbände endlich los bin", sagte er immer wieder, doch er nörgelte nicht mehr so häufig wie zuvor.

Laura, die die Verbände täglich wechselte und die tote Haut entfernte, achtete sorgfältig auf Anzeichen einer Infektion, aber alles schien soweit in Ordnung.

*

Während Simon darauf wartete, daß seine Hände heilten, änderte sich seine Haltung den anderen Familienmitgliedern gegenüber beträchtlich. Es schien eine besondere Verbindung zwischen ihm und seinen Geschwistern zu entstehen. Sean half ihm beim Anziehen und übernahm seine Aufgaben auf der Farm. Simon leistete ihm dabei Gesellschaft. Donnigan bestand immer darauf, daß Simon wenigstens dabei war. Er wollte nicht, daß er bloß finster brütend herumsaß.

Fiona nahm ihre Pflichten sehr ernst, bemutterte den Jungen und achtete darauf, daß er alles bekam, was er brauchte. Brenna machte aus ihren Aufgaben ein Spiel. „Mach den Mund weit auf, damit die Hummel hineinfliegen kann", oder: „Schließ deine Augen ganz fest, damit ich die Sommersprossen von deiner Nase waschen kann", sagte sie zu ihm, und dann lachte sie, wenn er ihr gehorchte.

Timothy versuchte, seinem älteren Bruder zu helfen, doch beinahe alles, was er tat, war in Simons Augen nicht richtig. Timothy brachte seinem Bruder vielleicht mehr über Geduld bei als jedes andere Familienmitglied. Denn Simon liebte seinen jüngeren Bruder, auch wenn er ihn häufig in Schwierigkeiten gebracht hatte.

„Wenn es dir wieder besser geht –" sagte Timothy häufig und erklärte ihm dann einen ausgeklügelten Plan. Simon betrachtete dann seine verletzten Hände, und sein Blick verdüsterte sich. „Ich glaube nicht, daß das eine gute Idee ist", hörte Laura ihn bei mehr als einer Gelegenheit sagen. „Wir könnten uns verletzen."

Laura hatte den Eindruck, daß Simon vorerst einmal genügend Schmerzen erlitten hatte.

Als seine Hände soweit abgeheilt waren, daß er sie eingeschränkt wieder gebrauchen konnte, war er sehr viel ruhiger geworden.

„Vielleicht hat Gott diesen schrecklichen Unfall dazu gebraucht, um an Simon ein – ein Wunder zu bewirken", wagte Donnigan eines Abends zu sagen, als er und Laura sich zu Bett legten.

„Oh, ich hoffe wirklich, daß Gutes daraus entsteht", erwiderte Laura, während sie sich ihr Nachthemd über den Kopf zog und die Decken zurückwarf.

„Aber es fällt mir schwer – so schwer, seine Hände so vernarbt zu sehen“, meinte sie betrübt.

„Besser seine Hände als seine Seele“, erwiderte Donnigan.

Die Entdeckung

Donnigan brütete wieder über der Bibel. Laura schien es so, als würde er den größten Teil des Abends damit zubringen, ganze Kapitel zu lesen, sich Notizen zu machen und Querverweise zu überprüfen.

„Wonach suchst du eigentlich?“ fragte sie ihn und biß mit den Zähnen den Faden ab, mit dem sie gerade einen Knopf angenäht hatte.

„Das solltest du nicht tun“, ermahnte Donnigan sie, als er aufblickte.

Sie nickte. Sie wußte, daß sie es nicht tun sollte, doch die Schere war in ihrem Nähkorb auf der anderen Seite des Raumes.

„Uns fehlt irgend etwas“, fuhr Donnigan als Antwort auf ihre Frage fort. „Ich bin sicher, daß es hier zu finden ist. Ich bin ganz sicher. Wenn ich es nur herausbekäme.“

Laura antwortete nicht, darum fuhr Donnigan fort, las sich seine eigenen Notizen durch, während er sprach. „Gott hat den Menschen erschaffen – der Mensch sündigte, darum hat Gott ihm das Gesetz gegeben. Wenn ein Mensch Tieropfer brachte und versuchte, gehorsam zu sein, freute sich Gott.“

Laura nickte zustimmend. Donnigan runzelte noch immer die Stirn.

„Du meinst doch hoffentlich nicht, daß wir Gott jetzt Brandopfer bringen sollten, oder?“ fragte Laura abgestoßen.

„Nein“, erwiderte Donnigan. „Erinnerst du dich an den Vers: ‚Gehorsam ist besser als Opfer‘? Und Jesus hat seine Nachfolger auch nicht zum Opferbringen aufgefordert.“

„Dann brauchen wir also einfach nur zu gehorchen?“ fragte Laura ein wenig erleichtert.

„Ja, aber das Problem ist, daß keiner von uns das kann.“

Laura widersprach. „Ich tue es“, sagte sie schnell. „Zumindest versuche ich es.“

„Das ist der Punkt“, meinte Donnigan. „Wie sehr wir uns auch bemühen, wir schaffen es nicht. Hier im Römerbrief heißt es: ‚Denn alle haben gesündigt‘. Und hier der Vers: „‚Da ist kein Gerechter, nicht einer‘. Und der Vers, der sehr eindeutig ist: ‚Alle unsere Gerechtigkeit ist wie ein unflätiges Kleid.‘“

Donnigan legte seinen Stift hin und blickte sie an. Lauras Hände lagen still in ihrem Schoß. Es schien ihr, als gäbe es in dieser Sache nicht viel Hoffnung.

„Aber irgend etwas hat sich geändert“, erinnerte sie ihn. „All diese Verse über Jesus; er ist gekommen, um uns zu retten. In der Bibel steht doch, daß er das Opfer für alle unsere Sünden war.“

„Darum brauchen wir auch keine Lämmer und Stiere mehr“, meinte Donnigan nickend.

„Was fehlt uns dann denn noch?“

„Ich weiß es nicht“, erwiderte Donnigan langsam. Er lehnte sich auf seinem Stuhl zurück und starrte auf das offen vor ihm liegende Buch. „Ich weiß nicht, was fehlt, außer der Friede, von dem hier drin die Rede ist. Warum habe ich keinen Frieden, Laura? Warum kämpfe ich immer noch?“

Laura antwortete nicht. Sie hatte keine Antwort.

*

Wallis kam vorbei – wieder einmal pünktlich zur Essenszeit. Laura hätte sich eigentlich schon daran gewöhnt haben müssen, und eigentlich hatte sie es auch, doch trotzdem ärgerte es sie immer noch ein wenig, wenn sie vom Tisch aufstehen, einen Teller für den Nachbarn holen und die Kinder zusammenrücken lassen mußte.

„Wollte mal sehen, was dein Korn macht“, meinte Wallis zu Donnigan, als wäre das der Grund für seinen Besuch.

Schnell senkte Laura den Blick, damit man ihr ihre Verärgerung nicht anmerkte.

„Prima – sieht einfach prima aus", erwiderte Donnigan. „Und deins?"

„Auch gut." Wallis griff nach der Schüssel mit den Möhren.

Wallis hatte Risas Verschwinden nie richtig verwunden. Er schien nicht mehr so wütend zu sein, und er hatte insofern Fortschritte gemacht, als er die Tatsache nun widerstrebend annahm. Er wußte, sie würde nie mehr zurückkommen, wie er so lange Monate, so lange Jahre gehofft hatte.

„Gott hat das Korn gemacht", meldete sich Rachel zu Wort. Dann wendete sie sich wieder ihrem Essen zu.

„Du hast gute Frühlingskälber", stellte Wallis fest und nahm einen Bissen der warmen Pastete.

Donnigan nickte. Sie waren wirklich prächtig.

„Gott hat die Kälber erschaffen", sagte Rachel.

Wallis runzelte die Stirn und nahm eine Gabel voll Kartoffeln. Nachdem er eine Zeitlang gekaut hatte, hob er den Kopf wieder.

„Hast du gestern abend noch viel von dem Regenschauer mitbekommen? Meiner Meinung nach kam er gerade rechtzeitig."

Bevor Donnigan antworten konnte, sagte Rachel wieder: „Gott hat den Regen erschaffen."

Wallis blickte das Kind verwirrt an. Dann wendete er sich Donnigan zu. „Was ist denn hier los, Donnigan? Verbringst du alle deine Zeit damit, deinen Kindern dieses religiöse Zeug beizubringen?"

„Nicht meine gesamte Zeit", erwiderte Donnigan gleichmütig.

Einen Moment lang lastete ein ungemütliches Schweigen auf dem Raum. Selbst die Kinder schienen das zu spüren und verstummten.

Donnigan brach schließlich das Schweigen. „Du scheinst dich nicht sehr um dein Seelenheil zu kümmern", sagte er zu Wallis.

Wallis kaute weiter. Dann hob er den Blick und erwiderte verstimmt: „Es ist nicht so, daß ich damit nichts am Hut hätte. Meine Eltern waren ziemlich fromm. Ich habe meinen Teil in meiner Kindheit abbekommen – doch ein Mann kommt meiner Meinung nach nicht sehr weit damit."

Donnigan hätte zu gern gefragt: „Und wie weit ist nicht sehr weit?", doch seine Aufmerksamkeit war gefesselt von dem, was Wallis davor gesagt hatte.

„Du hast genug davon mitbekommen? Was? Was hat man dir erzählt?"

Wallis rutschte unbehaglich hin und her. Er kratzte sich mit der Gabel an seinem strubbeligen Kopf.

„Nun, ich – ich weiß nicht, ob ich mich noch an alles erinnere."

„Versuch es", drängte Donnigan und beugte sich eifrig vor.

Wallis zögerte immer noch.

„Los ... bitte", sagte Donnigan.

„Na ja, du weißt schon, das ganze Zeug. Gott hat alles erschaffen, und –"

„Die Geschichte kennen wir", rief Timothy. „Sie steht in der Bibel."

„Dann aß Eva den Apfel – und sie gab auch Adam von dem Baum, und auch er aß davon, und dann hat Gott sie aus dem Garten vertrieben und ihnen gesagt, sie dürften nie mehr zurückkommen."

Jedes von Donnigans Kindern hätte diese Geschichte erzählen können – vermutlich besser als der ältere Mann.

„Weiter", drängte Donnigan.

„Nun, dann all diese Geschichten über diese Burschen, Noah, Joseph, Elia und so", fuhr Wallis fort.

Mit einem Blick brachte Donnigan seine Kinder zum Schweigen. Sie schienen an ihrem Wissen um all diese biblischen Gestalten beinahe zu ersticken. Doch Donnigan wollte hören, was Wallis zu sagen hatte. Vielleicht fand er durch ihn das letzte Puzzleteilchen.

„Und dann kommt der zweite Teil", fuhr Wallis langsam fort. „Wo Jesus geboren wird."

„Weiter“, sagte Donnigan.

Laura hatte zu essen aufgehört. Sie beugte sich beinahe genauso eifrig vor wie Donnigan.

„Nun, er zog herum und heilte die Menschen, half den Armen und versuchte ihnen beizubringen, wie sie leben sollten, er vergab ihnen ihre Sünden und –“

„Wie?“ unterbrach ihn Donnigan. „Wie vergab er ihnen ihre Sünden?“

„Wie?“ Wallis schien verwirrt. „Wie?“ wiederholte er. „Ich schätze, das weiß nur Gott, der Allmächtige.“

Donnigan war enttäuscht. Aber er weigerte sich aufzugeben. „Hast du dir deine Sünden schon mal vergeben lassen?“ fragte er den älteren Mann.

Wallis errötete unter seinem Bart.

„Ich? Ich doch nicht“, beeilte er sich zu antworten.

„Hast du es schon mal miterlebt?“

„Na sicher – bei vielen.“ Wallis wirkte ein wenig ratlos. Man konnte keine Kirche besuchen, zusammen mit seinen Eltern, ohne einer ganzen Anzahl von Leuten zu begegnen, die um Vergebung beteten.

„Wie?“ fragte Donnigan.

„Na ja, du stehst auf, trittst vor die Gemeinde – oder wohin auch immer ... manchmal war es auch bei einer dieser Zeltversammlungen – du kniest dich hin und weinst ein bißchen vor diesem ... man nennt es Altar, glaub' ich – du weinst also und bittest Gott, dir deine Sünden zu vergeben.“

Donnigan richtete sich auf seinem Stuhl auf. Einen Altar. Sie hatten keinen. Laura begegnete seinem Blick.

Donnigan erinnerte sich. In der Bibel war die Rede von einem Altar. Als Gott dem Volk die Stiftshütte und später den Tempel gab, sprach er von dem Altar. Auf dem Altar wurden die Opferungen vorgenommen.

„Ich frage mich, ob es in der Kirche noch einen Altar gibt“, sagte Laura laut.

„Haben sie – hat man Opfer auf diesem Altar gebracht?“ fragte Donnigan zögernd.

„Opfer? Du meinst, etwas schlachten? Nein. Sie haben

nichts dergleichen getan. Der Pastor sagte, wir sollten uns selbst geben – als lebendiges Opfer."

„Als lebendiges Opfer? Was bedeutet das?" fragte Laura.

„Ich weiß es nicht. Predigergeschwätz vermutlich."

„Ein lebendiges Opfer", sagte Donnigan. „Du weißt, es gibt einen Vers, der davon spricht. Gestern abend bin ich wieder darauf gestoßen. In der Apostelgeschichte. Nein, nein. Im Römerbrief, glaube ich."

Donnigan eilte davon, um die Bibel zu holen. Er blätterte ein wenig darin herum, während die anderen ihn schweigend beobachteten.

„Hier ist es, in Römer 12,1: ‚Ich ermahne euch nun, liebe Brüder, durch die Barmherzigkeit Gottes, daß ihr eure Leiber hingebt als ein Opfer, das lebendig, heilig und Gott wohlgefällig ist. Das sei euer vernünftiger Gottesdienst'."

Donnigan runzelte die Stirn, las den Vers noch einmal, dann schüttelte er den Kopf.

„Da steht ‚Gottesdienst'", meinte Laura. „Denkst du –?"

„Das bedeutet sicher, daß man lebt, um Gott zu dienen", sagte Donnigan, der den Vers immer wieder durchlas.

Wallis kratzte sich wieder am Kopf. Die ganze Unterhaltung behagte ihm überhaupt nicht – und es war so schrecklich eng und warm hier drin. Er knöpfte sich das Hemd auf und fuhr sich über den Kragen.

„Nun, man kann ihm nicht dienen, wenn man ein Sünder ist – soviel wurde mir erzählt", fuhr Wallis fort. „Ich glaube nicht, daß er etwas mit dir zu tun haben will, wenn du ein Sünder bist – wenn du deine Sünde nicht bekannt hast. Und dafür gibt es den Altar."

Donnigan wußte, es gab viele Verse, die von Sündenbekenntnis sprachen. Er wollte sie später am Abend alle nachschlagen.

„Dann brauchst du bloß ... einfach Jesus annehmen, so sagen sie, glaube ich. Dann wirst du wiedergeboren."

Jesus hatte diese Worte bei Nikodemus gebraucht. Donnigan erinnerte sich daran. Wiedergeboren. Aus dem Geist von neuem geboren, hatte Jesus gesagt. Donnigan wurde ganz aufgeregt. Die Stücke fügten sich langsam zusammen.

„Und das ist alles", fuhr Wallis fort, der nur den einen Wunsch verspürte, sich aus dieser Situation zu befreien.

„Und das hat man dir in deiner Kirche beigebracht?" fragte Donnigan.

„Ja. Ganz genau", bestätigte Wallis, ohne zu zögern.

„Aber du hast deine Sünden nicht bekannt?"

Wallis blickte langsam auf und schüttelte den Kopf.

„Aber warum nicht? Ich meine – wenn du doch alles wußtest ... wenn du wußtest, daß es funktionierte?"

Zu ihrer Überraschung begann Wallis nervös auf seinem Stuhl herumzurutschen. Er betrachtete seine schmutzigen Hände und rieb sie aneinander. Als er schließlich aufschaute, war sein Blick getrübt.

„Es funktionierte bei anderen. Das habe ich gesehen. Aber – na ja – ich war jung. Ich wollte alles so machen, wie ich es für richtig hielt, wollte mein eigener Boß sein. Ich dachte, ich hätte noch Zeit genug für die Religion, wenn ... na ja, irgendwann eben." Er wischte sich mit dem Ärmel die schweißnasse Stirn ab. „Es war nicht so, daß es nicht funktioniert hätte", fuhr er fort. „Es lag an mir. Meine Mama –" Er brach wieder ab. „Ich war gerade bereit, wieder darüber nachzudenken, als Risa –" Er wurde wieder unruhig. „Aber es ist nicht viel dran, scheint mir", schloß er lahm. „Es hat mir nicht viel Frieden gebracht."

„Aber anderen? Du hast andere erlebt, die Frieden bekommen hatten?" fragte Donnigan sanft. Er mußte es einfach wissen.

„Du meinst, wenn sie zum Altar gingen und ein Bekenntnis abgelegt haben? Ja. Allerdings. Allerdings habe ich das." Der Mann brachte ein mühsames Lächeln zustande und wischte sich wieder den Schweiß von der Stirn.

Ich muß einen Altar für uns finden, dachte Donnigan. *Für uns alle. Genau das brauchen wir – einen Ort, wo wir vor Gott niederknien können.*

*

Donnigan ritt in die Stadt. Die Kirchentür war immer noch vernagelt. Es war sogar ein doppeltes Schloß angebracht worden. Donnigan rüttelte an den Schlössern, doch er wußte, ohne den passenden Schlüssel würde er sie nicht öffnen können.

Er ging zu dem Fenster, preßte sein Gesicht gegen die Scheibe und spähte hinein. Er konnte nichts entdecken, was einem Altar ähnlich war. Da stand nur ein kleiner Ständer, worauf man vielleicht ein Buch legen konnte. Darum war ein kleines Geländer gezogen. Donnigan war enttäuscht. Wenn er nur gewußt hätte, wie ein Altar aussah, dann hätte er vielleicht selbst einen bauen können.

Traurig wendete er sich ab. Dann dachte er an das ältere Ehepaar, das er schon einmal über Gott ausgefragt hatte. Vielleicht konnten sie ihm etwas über einen Altar erzählen. Vielleicht hatten sie sogar den Schlüssel zur Kirchentür!

Doch als er an ihre Tür klopfte, wurde er von einem neuen Gesicht empfangen. „Oh, Sie meinen den alten Joseph Reed?" fragte die Frau. „Sie sind fortgezogen. Wir wohnen jetzt schon seit fast einem Jahr in diesem Haus. Ich weiß nicht, wo sie hingezogen sind. Er war ziemlich arm. Vermutlich sind sie zu Verwandten gegangen."

Enttäuscht suchte Donnigan Lucas auf. Nachdem sie eine Weile miteinander geplaudert hatten und er sich nach Irma und ihren vier Mädchen erkundigt hatte, kam Donnigan zum Anlaß seines Besuchs.

„Du weißt doch über vieles Bescheid. Was kannst du mir über einen Altar erzählen?"

„Einen Altar?"

Donnigan nickte.

Lucas dachte schweigend nach. Er schien nach einer Antwort zu suchen.

„Nun, die Inkas hatten einen für ihre –"

„Ich spreche nicht von den Inkas", sagte Donnigan. „Ich

spreche vom Altar des Herrn, von dem Altar, der in einer Kirche steht."

Lucas schwieg eine Zeitlang, dann gestand er: „Ich habe mich nie viel um Religion gekümmert", und Donnigan stand wieder mit leeren Händen da.

*

Donnigan wendete sich wieder der Bibel zu. Er beschäftigte sich intensiv mit dem Altar im Alten Testament, der im Wald von Shittim gebaut und mit reinem Gold überzogen worden war. Verlangte Gott wirklich einen solchen Altar? Wenn ja, dann war es kein Wunder, daß er nicht in der verlassenen Kirche zurückgeblieben war, und dann bestand auch keine Möglichkeit, daß Donnigan einen bekam.

Donnigan wendete sich nun dem Thema Sündenbekenntnis und Annahme zu.

Er fand eine Menge Verse. Er begann, sie zusammenzusetzen. Auf einmal machten sie Sinn. Er las viele der neutestamentlichen Geschichten noch einmal. Die Predigten des Johannes, die Berufung der Zwölf, die Bekehrung des Paulus – schließlich den Dienst der Jünger. Während er die Verse las, schien er ein neues Verständnis dafür zu bekommen.

Bekenntnis. Wiedergeburt. Das passierte immer und immer wieder. Die Menschen hörten von Jesus Christus und wurden seine Jünger, indem sie ihre Sünden bekannten und seine Vergebung annahmen. Und Donnigan fand nicht einen Vers, der davon sprach, daß man einen Altar brauchte, um „wiedergeboren" zu werden. Eilig machte er sich Notizen. Seine Finger zitterten vor Aufregung. War es das? War das die Antwort, die er so lange gesucht hatte? Die Antwort, die von Anfang an so offensichtlich hätte sein müssen?

Hier stand alles. Es fehlte nichts mehr. Wundervoll fügte sich alles ineinander. Man beugte sich vor einem gnädigen Gott, bekannte seine Sünde und bat ihn um Vergebung. Und dann nahm man mit Danksagung sein Opfer am Kreuz für sich persönlich in Anspruch. Er war das Lamm. Das Lamm, das getötet und für jeden Sünder geopfert worden war. Mit seinem Blut hatte er alle Sünden abgewaschen und jeden Menschen gereinigt, damit er sich als lebendiger Diener Gott, dem Vater, darstellen konnte, falls er das Opfer annahm. Und man brauchte keinen Altar. Gott nahm einen an, wo immer man war. Wann immer man zu ihm kam.

Gott hatte Paulus mitten auf der staubigen Straße nach Damaskus angenommen, den Gefängniswärter von Philippi in dem feuchten, dunklen Verlies, den äthiopischen Kämmerer in der Kutsche unter der heißen Sonne der Wüste.

„Laura! Laura", sagte Donnigan aufgeregt. „Ich habe es gefunden. Ich habe es wirklich gefunden. Es hat die ganze Zeit hier gestanden. Sieh nur – gleich hier. Man braucht keinen Altar. Wir alle können Frieden, wirklichen Frieden haben. Alles, was man braucht, steht hier in diesem Vers. Sieh nur! ‚Wenn wir aber unsere Sünden bekennen, so ist er treu und gerecht, daß er uns die Sünden vergibt und reinigt uns von aller Ungerechtigkeit'."

Donnigan blickte mit vor Aufregung gerötetem Gesicht auf. „Nun brauchen wir nur noch die richtigen Gebete zu finden", sagte er.

Sie kamen der Lösung näher.

*

Am folgenden Morgen sprach Donnigan mit seiner Familie über diesen Vers. Die Faszination dieser neuen Entdeckung war seiner Stimme anzumerken.

Die Kinder sahen ihn an. Einige Blicke waren unbeteiligt, andere verwirrt, und bei einigen war überhaupt keine Reaktion zu merken.

„Was bedeutet das?" fragte Fiona offen. „Was ist bekennen?"

„Nun, du erinnerst dich doch daran, daß wir über Adams Sünde gesprochen haben – und daß seither jeder von uns dauernd sündigt, nicht?"

Fiona nickte.

„Nun – und bekennen heißt, du gibst zu, daß du gesündigt hast. Hier ist noch ein anderer Vers. Er spricht vom Bereuen. Wenn man bereut, dann tut es einem sehr leid, daß man Böses getan hat, und dann will man sich davon abwenden. Du sagst Gott also, daß du Böses getan hast und daß es dir sehr leid tut."

„Wie Simon mit dem Feuer", warf Timothy ein. „Er hat Mama gesagt, daß er es getan hat und daß es ihm sehr leid tat."

Donnigan fragte sich unwillkürlich, ob die Sache Simon auch leid getan hätte, wenn er sich seine Hände dabei nicht so schrecklich verbrannt hätte.

„Gott haßt die Sünde", fuhr Donnigan fort, um wieder aufs Thema zurückzukommen. „Die Sünde verdirbt alles. Er kann nicht zulassen, daß sündige Menschen in seinen Himmel kommen. Die Sünde würde auch im Himmel alles häßlich machen."

Donnigan wollte in seiner Erklärung fortfahren, doch eine zitternde Stimme unterbrach ihn. Die kleine Brenna hatte etwas auf dem Herzen. „Papa."

Donnigan blickte sein Kind an und war überrascht zu sehen, daß Tränen in ihren Augen standen und ihr Kinn zitterte.

„Ich möchte Gott sagen, daß es mir leid tut", schluchzte sie.

Donnigan hielt den Atem an. Er wollte gerade sagen: „Aber wir kennen das Gebet nicht – noch nicht." Doch dann blickte er Laura an. Ihm fiel auf, daß auch ihre Augen feucht waren, doch sie nickte mit dem Kopf. Es erschien ihm richtig, die kleine Brenna auf ihre eigene, kindliche Weise Gott sagen zu lassen, daß es ihr leid tat.

*

Kurze Zeit später strahlte Brenna. „Ich habe Gott gesagt, daß es mir leid tut, und jetzt ist er nicht mehr böse auf mich", erzählte sie Fiona.

„Aber du mußt von jetzt an gut sein“, warnte Fiona, „sonst wird er wieder böse.“

Brenna runzelte die Stirn, doch dann erhellte sich ihr Gesichtchen. „Papa sagt, daß Jesus mir helfen wird, gut zu sein – und wenn ich wirklich etwas Falsches tue, dann werde ich Gott wieder sagen, daß es mir leid tut.“

„Gut und schön, aber du kannst nicht denken, du könntest dauernd Böses tun und dann Gott wieder um Vergebung bitten“, sagte Fiona ernst. „Du mußt wirklich, wirklich, wirklich versuchen, gut zu sein.“

Brenna zuckte die Achseln. „Das werde ich“, sagte sie ernst. „Ich möchte Gott nicht mehr traurig machen.“

Damit schien die Sache erledigt.

*

Donnigan ging nach draußen, wo seine Arbeit auf ihn wartete, und die Kinder gingen zum Spielen oder kamen ihren Pflichten nach. Laura blieb allein in ihrer Küche zurück und dachte über die Ereignisse des Morgens nach. Bei dem Gedanken an die kleine Brenna füllten sich ihre Augen mit Tränen. Das Kind schien wirklich verstanden zu haben, was es getan hatte. Sie war so traurig gewesen, als sie um Vergebung gebeten hatte. Und hinterher war sie so fröhlich, weil sie gespürt hatte, daß ihr kleines Gebet erhört worden war.

Laura dachte darüber nach, während sie den Brotteig knetete.

„Das ist es, was ich brauche“, sagte sie vor sich hin. „Vielleicht würde dann diese Last verschwinden, die ich mit mir herumtrage. Ich habe so sehr versucht, gut zu sein, seit wir in der Bibel lesen. Ich habe wirklich versucht, Madame zu vergeben, aber ich kann es nicht. Ich schätze, es ist genau wie in der Bibel steht – unsere Gerechtigkeit ist wie ein unflätiges Kleid, weil wir nie richtig in der Lage sind zu tun, was wir doch so gern tun möchten.“

Tränen strömten Lauras Wangen herunter. Schließlich ließ sie ihren Brotteig liegen, wischte sich die Hände an ihrer

Schürze ab und ging in ihr Schlafzimmer. Sie kniete sich neben ihr Bett und wandte ihr Gesicht himmelwärts. „Gott“, weinte sie, „ich bin wie Brenna. Ich möchte dir sagen, daß es mir leid tut. Das ganze Böse, die ganze Sünde in meinem Leben. Vergib mir, lieber Gott. Bitte vergib mir, und mach mein Herz so rein, wie du es versprochen hast, durch das Blut deines Sohnes Jesus Christus.“

Sie schwieg eine Weile – dann flüsterte sie leise: „Danke, Herr, danke.“

Laura konnte das tiefe Gefühl des Friedens nicht erklären, daß sich in ihr ausbreitete.

*

Donnigan warf noch eine Heugabel voll Heu in die Futterkrippe. Er war immer noch erschüttert von Brennas einfachem Gebet. War es das, was Jesus gemeint hatte, als er davon sprach, daß die Menschen wie die kleinen Kinder werden sollten? Donnigan dachte, daß es durchaus so sein könnte. Brennas Glaube war so einfach ... so vollständig, ihr Gebet so ernsthaft, und sie war dadurch so fröhlich geworden, so beschwingt.

„Das ist es, was ich will, wonach ich mich sehne“, murmelte Donnigan vor sich hin. „Doch ich habe alles so kompliziert gemacht. Habe versucht, alles herauszufinden – darauf zu achten, daß ich auch alles richtig mache. Und es ist doch so einfach. Wir brauchen Gott bloß zu sagen, daß es uns leid tut.“

Donnigan schüttelte den Kopf. Tränen traten in seine Augen.

„Worauf warte ich denn noch?“ sagte er zu dem Schwarzen. „Jetzt, wo ich es weiß, warum mache ich es nicht einfach –?“

Und Donnigan warf seine Heugabel in einen Heustoß und fiel auf die Knie.

„Oh Gott“, begann er. „Ich komme zu dir wie Brenna. Danke, daß du uns den Weg durch ein kleines Kind gezeigt hast. Wir brauchen keine hochtrabenden Gebete, keine besonderen Worte. Wir müssen nur ehrlich vor dich treten – und mit dir sprechen.

Vergib mir, Herr. Vergib mir und gib mir deinen Frieden. Reinige mich und hilf mir, der Ehemann, der Vater zu sein, der ich nach deinem Willen sein soll. Hilf mir, ein lebendiges Opfer zu sein, das vor dir um Jesus Christus willen annehmbar ist. Ich liebe dich, Herr. Hilf mir, das sichtbar werden zu lassen, durch mein Leben, durch meinen Gehorsam."

Donnigan wartete schweigend, mit gesenktem Kopf und gefalteten Händen.

Eine seltsame Ruhe durchströmte und umgab ihn. Er hätte es nicht erklären können, doch er wußte, sein Gebet war erhört worden.

*

Laura rannte aus dem Haus. „Donnigan! Donnigan!" Er würde so froh sein zu erfahren, daß sie den Weg gefunden hatte, daß sie den Einen gefunden hatte, den sie beide gesucht hatten.

Doch bevor sie den kleinen Hof überquert hatte, öffnete sich schon die Stalltür, und Donnigan kam ihr entgegengelaufen.

„Ich habe es gefunden – ich habe ihn gefunden!" rief er ihr mit strahlendem Gesicht zu.

„Du auch?" rief sie zurück.

„Und du?" erwiderte er.

„Ja", lachte sie voller überströmender Freude. „Ja!"

„Oh, Laura", brachte er heraus, bevor er sie erreichte.

Mit strahlenden Augen fielen sie sich in die Arme und lachten und weinten zusammen. Ganz in der Nähe beobachteten mehrere kleine Augenpaare sie neugierig und gespannt.

Dann stellte Fiona fest: „Ich schätze, sie freuen sich über etwas."

„Ich glaube, ich weiß auch worüber", erwiderte Brenna mit strahlendem Blick.